KB191271

성현의 지혜
강자의 품격

중국 성현들의
삶의 철학과 진략

LINN
인문고전
클래식
17

중국 성현들의 삶의 철학과 전략 —

성현의 지혜
강자의 품격

장석만 편저

LINN
도서출판 린

머리말 _

'인생은 공평하지 않으니, 그것에 익숙해져야 한다.'라는 구절을 쉽사리 수긍하지 못한 이유는 인생이 공평하지 않다는 사실을 받아들이기 힘들었거나 공평하지 않다는 것은 알지만 익숙해지지 않아서였는지도 모른다.

인생은 정말 공평하지 않은 것일까. 어떤 이는 태어날 때부터 돈과 권력의 심장부에 누워 있거나 세상을 매혹시킬 이기적인 유전자를 지니고 있다. 별다른 노력 없이도 부귀와 명예를 유지하는 사람이 있는가 하면 죽도록 일해도 가난과 멸시에서 벗어날 수 없는 사람도 있다.

상대방의 말을 듣고 싶으면 반대로 침묵하고, 펼치고 싶으면 반대로 움츠리고, 높아지고 싶으면 반대로 낮추며, 얻고 싶으면 반대로 줘라. 지나치게 사랑하면 반드시 크게 손해를 보고 너무 많이 지니면 반드시 크게 잃는다. 만족할 줄 알면 욕됨이 없고 그칠 줄 알면 위태롭지 않아서 오래 갈 수 있다.

외롭고 약했던 테무친을 칭기즈칸으로 탈바꿈시킨 것은 무쇠 같은 팔이 아니라 열린 귀였고, 천재적인 군사 재능이 아니라

겸허함이었으며, 검은 뼈니 흰 뼈니 하며 귀한 핏줄 따지던 몽골의 전통을 뒤엎고 귀족이든 말단 병사든 전리품에 공동의 권리를 주고 전사자의 아내와 아이까지 챙긴 리더십이었다.

칭기즈칸은

"집안이 나쁘다고 탓하지 말라. 나는 아홉 살 때 아버지를 잃고 마을에서 쫓겨났다."

"가난하다고 말하지 말라. 나는 들쥐를 잡아먹으며 연명했고 목숨을 건 전쟁이 내 직업이고 내 일이었다."

"배운 게 없다고, 힘이 없다고 탓하지 말라. 나는 내 이름도 쓸 줄 몰랐으나 남의 말에 귀를 기울이면서 현명해지는 법을 배웠다."

독자 여러분께서 강자의 삶을 누리길 바라는 마음으로

첫째, 공자, 맹자, 노자, 장자, 중용, 대학, 한비자, 묵자, 귀곡자, 홍응명 등 중국인들의 삶에 지대한 영향을 준 사상가나 학자들의 어록에서 강자가 되는 길, 지도자가 되는 법, 처세하는 방법을 간추려 전달함으로써 독자들께서 훨씬 더 업그레이드되는 삶을 살 수 있게 했다.

둘째, 유방, 당 태종(이세민), 명 태조(주원장) 등 나라를 세운 사람들의 뛰어난 리더십을 보여준다. 아울러 제갈량, 손무, 장준 등 뛰어난 전술과 전략을 발휘하거나 재빠른 판단과 통솔력으로 혁혁한 공을 세워 후세 사람들이 두고두고 강자라고 일컫는 이들의 언행을 본받아 독자 여러분의 품격을 한 단계 올릴 수 있게 했다.

셋째, 관중, 소진, 장의, 장소, 범수, 조설근 등 문관 또는 문인들이 세상을 보는 독특한 안목, 상대를 설득하는 기가 막힌 언변, 순간순간 변하는 상황에 빠르고 날쌔게 반응하여 처리하는 임기응변을 받아들여 독자들께서 더욱 강한 사람이 되는 데에 길잡이가 되게 했다.

독자 여러분께서 이 책을 꼼꼼히 읽고 어떤 일이나 문제를 명철하게 포착하고 분석 및 평가하여, 뛰어난 슬기와 계략을 펼치기를 바란다.

편저자 씀

차례 _

◆ 이야기 속 인물

제2편 _ 끊어야 할 때 끊지 않으면 오히려 어지러워진다

제3편 _ 장사꾼들이 한 필의 천을 다루듯

◆ 이야기 속 인물

제 1 편

나는 누구인가

"

천하에 공통으로 통하는 도는 다섯이고

그 도를 시행하는 방법은 세 가지다.

즉, 군신, 부자, 부부, 형제, 벗의 사귐이다.

이 다섯 가지는 천하에 모두 통하는 도이다.

지혜, 어짊, 용기 이 세 가지는 천하의 공통되는 덕이다.

그런데 그것을 실천하는 방법은 같다.

마지막 구절에 이 세 가지를 실행하는 방법은 하나라고 한다.

이 하나가 무엇일까? 정성[誠]이다.

정성, 진실한 마음 정도의 뜻이다.

《중용》에서는 성(誠)을 그 정도의 지위에 두지 않는다.

하늘의 도(天之道)라고까지 격상시킨다.

"

⠿ 나는 누구인가

　노자는 《도덕경》 제33장에서 다음과 같이 말했다.

　"남의 마음을 알아보는 사람은 지혜로운 사람이라 하고 자기를 잘 아는 사람을 밝은 사람이라 하고, 남을 이기는 사람을 힘이 있다 하고 자기를 이기는 사람을 강하다 하니라. 만족을 아는 사람을 부유한 사람이라 하고, 강행하는 사람을 뜻이 있는 사람이라 하노라. 자기가 있어야 할 곳을 잃지 아니하는 사람은 오래간다 하고 죽어도 사라지지 않는 사람을 장수한다 하니라."

　知者智 自知者明 勝人者有力 自勝者强 知足者富 强行者有志

　不失其所者久 死而不亡者壽

　이 세상에서 가장 중요한 일은 '나는 누구인가'를 확실하게 파악하는 일이다. 소크라테스는 '너 자신을 알라'고, 부처는 '스스로 마음의 등불(불성)을 밝히라[自燈明]'고, 우파니샤드는 '자기를 알라'고 하였다.

　나의 진정한 적은 바로 자기 자신이며 진정한 맞수도 자기 자신이며 또한 가장 통제하기 힘들며 상대하기 어려운 적 또한 자기 자신이다. 그러므로 나 자신을 알고 자신을 통제하며 자신과 싸움에서 이기는 것은 평생에서 가장 중요하다. 노자는 자신을 알지 못하면 남을 알 수 없고 남을 알 수 없으면 자기를 알 수 없다고 주장하였다.

유방(劉邦)의 휘하에 진평(陳平)이라는 사람이 있었다. 진평은 부모를 일찍 여의고 집은 가난했으나 책 읽기를 좋아했다. 진평은 기골이 장대하고 풍채가 좋았기 때문에, 형 진백(陳伯)은 동생을 자랑스럽게 여겼다. 진백은 똑똑한 동생의 뒷바라지를 꾸준히 하면서 동생을 잘 먹이고 입혔다.

진백은 동생의 가능성과 잠재력을 알아봤는지, 살림은 본인이 알아서 할 테니 동생에게는 학문에만 열중하고 여러 사람을 만나 견식을 넓히라고 했다. 이런 진백의 안목이 없었다면 진평은 평범한 농사꾼이 되었거나 백수 한량으로 살다가 생을 마감했을 가능성이 높다.

진평은 젊어서부터 포부가 대단했다. 한번은 마을 제사에서 사람들에게 고기를 나눠주는 일을 맡은 적이 있다. 진평은 정말이지 모두에게 공평하게 고기를 나눠줬고, 마을 사람들은 하나같이 그를 칭찬했다. 여기서 '진평이 고기를 나눠준다'는 유명한 고사성어 '진평분육(陳平分肉)'이 나왔다. 일을 공평하게 처리하는 것을 비유한 말이다.

그런데 동네 어른들은 모두 진평을 칭찬했지만 정작 본인은 그것이 그다지 마음에 안 들었던지 한숨을 내쉬면서 이렇게 말했다고 한다. "천하를 나누라고 해도 그렇게 공평하게 잘 나눌 텐데!" 자신은 마을 제사에서 고기나 나누고 있을 사람이 아니라는 자기 신세를 한탄하는 말이기도 하고, 천하의 일을 맡겨도 얼마든지 잘 처리할 수 있다는 자부심이 함께 묻어나는 한탄이기도 했다.

진평이 고기 나누는 일을 맡은 것을 '주재(主宰)'라고 한다. 고기 나누는 일을 주도했다는 뜻이다. 재상(宰相)이란 단어에서 '재(宰)'는 본래 고기를 고루 나눈다는 이 글자 뜻에서 기원한다. 제사에서 고기를 고루 공평하게 잘 나누듯이 나라 일도 그렇게 공평하게 잘 처리하는 자리가 바로 재상이라는 것이다. 다음 글자인 '상(相)'은 돕다, 보좌하다는 뜻이다. 합쳐 보자면 제왕을 도와, 또는 보좌해 천하의 일을 주재하는 자리가 바로 재상이다.

얼마 후, 진나라 곳곳에서 반란이 일어나자 진평은 위나라로 가서 위왕을 섬기게 되었다. 그러나 그가 위왕에게 여러 계책을 내놓았지만 위왕은 매번 탐탁하게 여기지 않았다. 그리하여 진평은 초나라로 가서 항우를 섬기게 되었다. 그곳에서 진평은 다시 계책을 건의했고 항우가 은왕인 사마인을 굴복시키는 데 커다란 도움을 주었다.

그러나 항우는 진평의 능력을 질투했고 진평은 이를 개탄하며 초나라를 떠나 한나라 유방에게 갔다. 그가 위무지(魏無知)의 추천으로 유방의 총애를 받으며 군영의 장수들의 파병을 관리하는 직책을 맡게 되자 여기저기에서 불만의 소리가 불거졌고 한나라의 장수인 주발과 관엽이 유방에게 아뢰었다.

"진평이 비록 재주가 있는 인물이라고는 하나 그의 학문과 재능은 아직 검증된 바 없으며 고향에 있을 때는 형수와 정분을 통했다는 소문도 있사옵니다. 폐하께서 그를 어여삐 여겨 관직까지 내려주셨지만 본분을 다하기는커녕 여러 장수로부터 뇌물까지 착복하고 있으니 실로 개탄하지 않을 수 없는 일이옵니다."

이 말을 들은 유방이 화가 나서 진평을 추천했던 위무지를 꾸짖었다.

"진평의 품행이 좋지 않거늘 어찌하여 그대는 바른대로 고하지 않고 재능이 많은 인재라고 하였는고?"

"소신은 당시 진평의 재능을 추천했던바, 지금은 폐하께서 진평의 품행을 꾸짖고 계시옵니다. 재능과 품행은 별개의 문제로 현재 우리나라와 초나라는 양립할 수 없는 관계로 어느 한 나라는 패망하게 되어 있습니다. 인재를 잃는 자는 지고 인재를 얻는 자는 이길 것입니다. 초왕을 이기고 천하를 손에 넣으시려면 진평과 같은 인재의 뛰어난 계략이 필요하옵니다."

유방은 위무지의 말에 일리가 있다고 생각했지만 여전히 마음이 꺼림칙했다. 그리하여 진평을 불러 꾸짖었다.

"그대는 처음에 위왕을 섬기다가 뜻대로 되지 않자 초왕을 섬겼고 그마저도 안 되어 과인에게 왔다. 헌데 지금에 이르러 뇌물을 챙기기에만 급급하니 어찌 그대의 충성심과 지조를 의심하지 않을 수 있겠는가?"

"제가 위왕과 초왕을 떠난 것은 그럴 만한 이유가 있었기 때문입니다. 위왕은 고집이 세고 남의 말을 듣지 않는 인물이었으며, 초왕은 원대한 포부를 가진 자이기는 하나 자신의 친인척만을 등용하였습니다. 그런데 폐하께서는 인재를 중시하여 능력 있는 자는 모두 등용하신다고 들었기에 제가 이곳으로 온 것입니다. 한나라 군영은 이미 군량미는커녕 변변한 무기조차 없어 궁여지책으로 여러 장수들로부터 뇌물을 받았습니다. 저의 계책과 지략이 한나라에 도움이 되지 않는다면 폐하께서 내려주신 관직과 그동안 받았던 뇌물을 모두 반납하겠습니다."

이에 유방은 진평에게 사과하고 많은 재물을 하사하는 한편 그를 승격시켜 전군을 감독하게 했다. 이로부터 진평은 유방의 책사가 되었다.

자신을 아는 현명함은 나아갈 수 있는 원동력이다.

정의로 사악함과 맞서 싸우고, 노력으로 나태함과 맞서 싸우며, 공정함으로 편파에 맞서 싸우고, 진실로 허위와 맞서 싸우며, 겸손함으로 교만함과 맞서 싸우고, 넓은 마음으로 근심 걱정과 맞서 싸워야 한다. 이러한 마음가짐이 진짜 자신의 주인이 되는 것이다.

:: 자신을 구하는 첫걸음

자신을 아는 것이 자신을 구하는 첫걸음이다. 자신의 부족함을 알면 스스로 구하려는 마음이 생긴다. 정확하게 자아를 인식하고 자기의 잠재력을 발굴한다면 자신은 더 한층 제고와 발전을 가져오게 되며 성공으로 치닫게 된다.

《한비자》 '유로(喩老)' 편에 다음과 같은 구절이 있다.

"(사람의) 지혜란 눈과 같아 백 보 밖은 볼 수 있지만 자신의 눈썹은 볼 수 없습니다."

智之如目也 能見百步之外而不能自見其睫

한비는 이런 비유를 들어 설명한다. 초나라 장왕이 월나라를 정벌하려고 하자 두자(杜子)가 간언했다.

"왕께서는 무엇 때문에 월나라를 정벌하려고 하십니까."

장왕이 답했다.

"월나라는 정치가 어지럽고 병력이 약하기 때문이오."

다시 두자가 말했다.

"저는 사람의 지혜가 눈[目]과 같은 것이 걱정됩니다. 장교(莊蹻)라는 자가 도적질을 하고 있지만 벼슬아치들이 이를 그냥

두고 있는데 이것은 정치가 어지러운 탓입니다. 병력이 쇠약하고 정치가 어지러운 것은 월나라보다 더한데도 월나라를 정벌하려고 하니, 이것은 지혜가 눈과 같은 이치인 것입니다."

이 말을 듣고 장왕은 정벌 계획을 멈추었다. 한비는 이 고사를 평하며

"아는 것의 어려움이란 남을 보는 데 있는 것이 아니라 자신을 보는 데 있다."

知之難 不在見人 在自見

라고 하면서 '명(明)'의 의미를 '자견(自見)', 즉 자신을 보는 것이라고 풀이했다. 통찰력은 기본적으로 남을 아는 것보다 자신을 제대로 파악하는 데서 나온다는 것을 알려준다. 그러려면 스스로에게 엄격해야 한다.

서시(西施)는 중국 역사상 가장 아름다운 여인 중 한 명으로 꼽히는 인물이다. 그녀는 춘추시대 말기에 월나라에서 태어났으며, 왕소군 · 초선 · 양귀비와 함께 중국의 4대 미녀로 일컬어진다. 서시의 미모는 너무나 뛰어나서 그녀가 개울에서 빨래를 할 때면 물고기들이 그 아름다움에 넋을 잃고 헤엄치는 것을 잊어 개울 바닥으로 가라앉았다고 한다. 이로 인해 서시에게는 '침어(沈魚)'라는 별명이 붙기도 했다.

서시가 옅은 화장을 하고 소박한 옷을 입어도 그녀의 외모는 어디를 가나 사람들의 이목을 끌었다. 그녀의 아름다움에 감탄하지 않는 사람이 없었다.

이런 서시가 사는 동네에 동시(東施)라는 추녀가 살고 있었다. 동시는 외모가 못생겼을 뿐 아니라 교양도 갖추지 못한 탓에 평소의 행동도 거칠기 짝이 없었다. 목소리는 투박하여 깨진 항아리 소리가 났다. 그러나 동시도 여자인지라 미인이 되고 싶은 꿈을 품고 있었다. 그래서 오늘은 이 옷도 입어 봤다가 내일은 저런 머리 모양도 해보지만 동네 사람들은 아무도 동시에게 예쁘다고 말하지 않았다.

서시의 아름다움은 단순히 외모에만 국한되지 않았다. 그녀의 모든 행동과 표정이 사람들의 눈을 사로잡았다고 한다. 이러한 서시의 매력은 여러 고사성어의 탄생으로 이어졌다. 그중에서도 가장 유명한 것이 '서시빈목(西施嚬目)'이다.

이 말은 '서시가 눈살을 찌푸리다'라는 뜻으로, 아름다운 사람의 모든 행동이 아름답게 보인다는 의미를 담고 있다. 전해지는 이야기에 따르면, 서시는 심장병을 앓고 있었다. 그녀가 가슴 통증 때문에 눈살을 찌푸리고 가슴을 쓰다듬는 모습조차도 너무나 아름다워 보였다고 한다. 이 고사성어는 현재 '영문도 모르고 남의 흉내를 내다'라는 의미로도 사용되고 있다.

동시는 서시가 가슴에 손을 얹고 이마를 찌푸리는 모습을 좋아하는 사람이 많은 것을 보고는 자기도 서시의 모양을 흉내 내서 손을 가슴에 얹고 이마를 잔뜩 찌푸린 채 마을의 이곳저곳을 돌아다녔다. 그런데 추녀가 그런 모습을 하니 원래 못생겼던 외모가 더 흉해 보였다.

서시의 이러한 모습을 본 추녀 동시가 서시를 따라 하면서 새로운 고사성어가 탄생한다. 바로 '동시효빈(東施效矉)'이다. 이는 '동시가 서시의 눈살 찌푸림을 흉내 낸다'는 뜻으로, 못생긴 동시가 아름다운 서시의 행동을 따라 했지만 오히려 더 추해 보였다는 이야기에서 비롯되었다.

고을의 한 부잣집에서 동시를 보더니 문을 꼭 닫아 걸어버렸다. 동시를 보고 놀라 식구들과 아이를 데리고 아예 멀리 이사한 사람도 있었다. 동시가 서시의 모양을 흉내 내며 돌아다니는 모습을 보고 사람들은 동시를 마치 전염병 환자를 보듯 했다.

서시(西施, 춘추시대의 미인)

말희 · 달기 · 포사와 함께 고대
중국인들의 여성관을 엿볼 수
있는 인물

'제 눈에 안경'에 해당하는 말을 '정
인안리출서시(情人眼里出西施)'라고 한다. "사랑하는 사람의 눈에는 서
시가 나타난다."라는 뜻이다. 팜 파탈(femme fatale)이라는 말은 남성들
에게 '치명적인 여자'란 뜻이다. 사악한 내적 욕망을 숨긴 채 아름답고
매혹적인 외모로 주인공 남성에게 다가가 파멸로 몰아넣는 인물로 그려
진다.

팜 파탈이라면 중국사의 4대 미인 중에서 단연코 침어(沈魚) 서시(西
施)를 꼽을 수 있다. 양귀비 역시 당 왕조 몰락에 일부 책임이 있지만, 주
변의 상황에 의해 강요된 삶을 살았던 운명의 희생양이라는 이미지가 훨
씬 더 강하다.

그녀의 별명인 침어라는 말은, 서시가 연못에서 물고기가 헤엄치는 모
습을 감상하고 있었는데, '그녀의 아름다움에 놀란 물고기가 헤엄치는
것을 잊고 바닥으로 가라앉았다'라는 과장에서 기인한 것이다.

'서시빈목(西施嚬目)'은 문자적인 의미로만 해석하면 '서시가 눈살을
찌푸린다'라는 의미이며 '동시효빈(東施效嚬)'과 똑같이 본질을 망각하고
무작정 남의 흉내만 내는 어리석음을 깨우치기 위해 사용하는 말이다.

서시가 월나라의 재상인 범려(范蠡)에게 스카우트되어 오나라 왕궁으로 들어가는 이야기는 '와신상담(臥薪嘗膽)' 고사와 관련이 있다. 전국시대에 중국의 남부에서도 오(吳), 월(越), 초(楚), 정(鄭) 같은 제후국들이 패권을 다투었다. 이들 중에도 서로를 원수로 여겼던 나라가 오나라와 월나라였다.

　오왕 합려(闔閭)는 월나라를 공격하다 입은 부상이 악화되어 세상을 떠났다. 합려를 계승한 부차(夫差)는 매일 밤 장작더미 위에 자리를 펴고 자면서 자신의 방 앞에는 사람을 세워놓아 자신이 나타날 때마다 "부차야! 아버지의 원수를 잊었느냐!"라고 외치게 하였다. 바로 장작을 베고 눕는다는 의미의 '와신(臥薪)'이다.

　이 소식을 들은 월왕 구천(句踐)은 대부 범려의 말을 듣지 않고 오나라를 공격하다 크게 패배하고 병사들을 수습해서 회계산(會稽山)에 들어가 농성을 했다. 결국 구천은 부차에게 항복을 하고 말았다.

　자신의 부인과 범려를 데리고 오나라에 들어온 구천은 부차의 명령에 따라 여러 해 동안 합려의 묘를 지키며 말을 기르는 궂은일을 하면서 월나라로 돌아갈 기회만 기다렸다. 마침 부차가 병에 걸리자 구천은 그를 정성껏 간호해서 병을 낫게 했다. 이에 감동한 부차는 구천을 석방했다. 구천은 월나라로 돌아와서도 부차를 섬겼지만 자신의 처소에 돼지의 쓸개를 걸어두고 그것을 핥아 쓰디쓴 맛을 보면서 "너는 회계산의 치욕을 잊었느냐?"라고 소리쳤다. 바로 쓸개를 맛본다는 의미의 '상담(嘗膽)'이다.

⠿ 시련을 어떻게 생각하고 어떻게 대처하느냐

큰 인물들은 밑바닥의 쓰라린 환경에서 태어나 처절한 고생을 하는 경우가 많다. 밑바닥에서 출생하는 이유를 하느님의 섭리라고 볼 수도 있고, 전생에 이미 공부해 놓은 성적이라 할 수도 있고, 팔자소관이라고 할 수도 있다. 그다음에는 후천적인 노력이 추가되면서 내공이 쌓인다.

즉 세 가지 액체를 흘린 양에 내공은 비례한다. 피·땀·눈물이 그 세 가지 액체이다. 피·땀·눈물을 얼마나 많이 흘렸는가에서 결판이 난다. 이것을 흘리지 않은 사람들은 말을 해도 설득력이 떨어지고, 카리스마도 별로 없다.

《맹자》의 '고자장(告子章)'에 이런 대목이 있다.

"하늘이 장차 그 사람에게 큰일을 맡기려고 하면, 반드시 먼저 그 마음과 뜻을 괴롭게 하고, 근육과 뼈를 깎는 고통을 주고, 몸을 굶주리게 하고, 그 생활은 빈곤에 빠뜨리고, 하는 일마다 어지럽게 한다. 그 이유는 마음을 흔들어 참을성을 기르게 하기 위함이며, 지금까지 할 수 없었던 일을 할 수 있게 하기 위함이다."

天將降大任於是人也 必先苦其心志 勞其筋骨 餓其體膚 空乏其身行 拂亂其所爲 所以 動心忍性 曾益其所不能

중국의 개혁과 개방 정책을 추진한 바 있는 덩샤오핑(鄧小平)은 정권 유지에 불안을 느낀 나머지 정적을 숙청하는 과정에서 마오쩌둥으로부터 삭탈관직을 당하고 유배되었을 때 '고자장'을 수백 번 암송하며 고통을 견디고 때를 기다렸다는 일화가 전해지기도 한다.

고난과 역경이 오히려 그를 더욱 강하게 만들었으며, 동시에 위대하게 만든 것이다. 살면서 좌절과 절망이 없었던 사람이 누가 있으랴. 인생의 성공과 실패는 타고난 재능과 부에 따라 결정되는 것이 아니라, 살면서 누구나 마주치게 되는 역경을 어떻게 얼마나 잘 극복해 냈느냐에 달려 있다. 역경은 성공의 원동력이다.

조선시대 선비들은 절해고도로 유배를 가서 처절한 고독과 고통을 겪을 때 방안에 써 붙여 놓으며 스스로를 달랬던 글이 바로 이 '고자장'이라고 한다. 이 '고자장' 없었으면 유배 가서 많은 이가 자살했을 것이다.

'죽두목설(竹頭木屑)'이라는 말은 대나무 조각과 톱밥이라는 뜻이다. 별로 쓸모없고 하찮은 것인데 나중에 요긴하게 쓰일 수 있다는 것을 비유적으로 표현한 사자성어이다. 중국 동진(東晉) 시기 도간(陶侃)이라는 청렴한 관리가 대나무 조각과 톱밥을 모아 두었다가 요긴할 때에 사용했다는 이야기에서 비롯되었다.

도간은 어린 시절에 아버지를 잃고 홀어머니 아래서 어려운 생활을 하였다. 그때 한 고위 관리가 도간의 집을 찾아왔다. 도간 어머니는 집이 가난하여 귀한 손님을 대접할 방법이 없었다. 생각 끝에 자신의 머리를 잘라 팔아서 손님에게 술과 음식을 대접하여 보냈다. 그 뒤 고관이 이런 훌륭한 어머니는 반드시 아들을 바르게 교육시켰을 것을 알고 도간을 나라에 추천하여 벼슬길을 터 주었다.

도간은 형주에서 군사적인 임무에 많은 공을 세우고 강하태수로 임명되었다가 다시 형주자사(荊州刺史)로 승진되었다. 그러나 그때 역모를 꾸미던 왕돈이 그를 미워하여 광주좌사로 좌천시켰다. 광주는 남쪽 해변의 시골이었다. 울분에 찬 도간에게는 할일도 없었다.

도간은 매일 아침 일어나면 집안의 가구와 그릇을 밖에 내놓았다가 날이 저물면 다시 집안으로 들여놓곤 하였다. 주변 사람들이 그의 생각을 알 수가 없어 물었다.

"사또께서는 무슨 일로 매일같이 가구를 내놓았다가 들여놓았다가 하십니까? 힘들지 않으십니까?"

"왜 힘들지 않겠는가? 그러나 일부러 힘든 것을 만들어 내 몸을 단련하는 것이네. 나는 앞으로 큰 뜻을 펼치려는데 몸이 게을러지고 정신이 해이해지면 무슨 일을 하겠는가? 그래서 일이 없는 데도 일을 만들어 몸을 단련하네."

그 뒤, 도간은 다시 형주자사가 되니 형주의 백성들이 춤을 추며 기뻐했다. 도간이 형주자사로 있었던 어느 해, 병선(兵船) 몇 척을 만들어야 했다. 그는 종종 건조 현장을 시찰했는데 톱밥과 대나무 조각들이 버려져 있는 것을 발견했다. 그는 톱밥을 다 모아서 관청 재산으로 등록하라고 지시했다. 사람들은 그런 그를 뒤에서 비웃었다. 어느 날, 폭설이 내린 후 녹으면서 관청 마당이 온통 진흙탕이 되었다. 도간은 모아두었던 톱밥을 마당에 뿌리라고 지시했다. 그러자 다니기가 수월해졌다.

그런 도간은 안에 들어와서는 어진 정치를 펼치고 밖에 나가면 명장으로 많은 공을 세웠던 것이다. 미래를 준비하며 오늘을 사는 사람들은 노심초사하며 힘들더라도 그것이 결국 자기 삶을 새롭게 하는 고통이라는 것을 잘 알기 때문에 참아낼 수 있는 것이다.

하늘이 어떤 사람에게 큰 임무를 맡기려고 하면 먼저 시련을 주어 부족한 것을 채워주고 불가능하던 것을 가능하게 해준다고 한다. 우리는 세상을 살아가면서 여러 가지 고통과 시련을 만난다. 모든 것이 뜻대로 되는 것은 아니며 병들기도 하고 사고를 겪기도 한다. 이런 때에 거기에 매몰되어 고개를 돌리지 못하면 벗어날 길을 찾지 못한다. 한 발 물러나서 생각하고 고개를 돌려 살피는, '한 생각 돌이키는 지혜'가 필요하다.

:: 도달할 경계를 알아야

《대학》'경일장(經一章)'에 다음과 같은 말이 나온다.

"대학의 도는 밝은 덕을 밝힘에 있으며 백성들을 새롭게 함에 있으며 지극한 선(善)에 머무름에 있다. 머무를 데를 안 뒤에 정함이 있게 되니 정해진 뒤에 고요해질 수 있으며 고요해진 뒤에 편안해질 수 있으며 편안해진 뒤에 생각할 수 있게 되며 생각한 뒤에 깨달을 수 있다. 물(物)에는 근본과 말단이 있고 일[事]에는 끝과 시작이 있으니 먼저 하고 뒤에 할 바를 알면 도에 가까울 것이다."

大學之道 在明明德 在親民 在止於至善 知止而后有定 定而后能靜 靜而后能安 安而后能慮 慮而后能得 物有本末 事有終始 知所先後 則近道矣

마음이 우선 안정돼야 생각이 깊어질 수 있다. 제사 등 중요한 행사를 앞두고 목욕재계하는 것 또한 몸을 깨끗이 씻는 행위를 통해 마음을 정갈하게 가다듬기 위한 것이다. 제갈량은 "마음이 고요하게 안정되지 않으면 원대함을 이룰 수 없다(非寧靜無以致遠)"고 했다. 남송의 대유학자로 주희(朱熹)의 스승인 이동(李侗)은 그래서 "하루의 절반은 독서를 하고 나머지 절반은 정좌를 한다(半日讀書 半日靜坐)"며 사람들에게 '주정(主靜: 무욕한 까닭에 고요하다)'을 강조하고 시간만 있으면 정좌할 것을 이야기했다.

청나라 말기의 정치가 증국번(曾國藩) 역시 정좌를 수신의 주요 항목으로 삼고 "매일 시간을 가리지 말고 한 시간 정도 정좌하라"고 일렀다고 한다. 정좌를 하는 동안 마음을 살필 것을 권한다. 자신의 혼란스러운 생각을 통제할 수는 없어도 적어도 자신의 생각이 얼마나 혼란스러운지는 관찰할 수 있다는 이유에서이다.

도달해야 할 경계를 알아야 마음이 안정되고 사려가 면밀해야 수확이 있다. 또한 모든 사물은 근본과 발단이 있고 일은 시작과 끝이 있다. 이런 이치를 알아야 사물의 발전 법칙에 도달할 수 있다.

BC 126년 전한 무제의 명에 따라 서역으로 떠났던 장건(張騫)이 13년간의 서역 사행(使行)을 마치고 장안으로 돌아왔다. 장건에 의해 개척된 실크로드를 통해 전한은 서역 여러 나라와 교류하고 흉노를 제압했다. 그러나 왕망(王莽)이 전한을 무너뜨리고 신(新)나라를 세우면서 서역 교류는 일시적으로 중단되었다. 전한은 서역 지배를 위해 둔전 정책을 실시하고 서역도호부를 설치했다.

왕망의 대외 정책은 남방을 정벌하여 영토를 확장하는 데 목적이 있었다. 이에 서역의 여러 나라들이 왕망을 배신하고 흉노의 지배 아래로 들어갔으며 중국과의 교역은 뜸해졌다. 신나라가 멸망하고 광무제가 후한을 건국한 후, 그는 다시 흉노를 견제하고 서역 진출을 도모했다. 후한의 서역 지배는 이후 반초의 서역 원정에 의해 실현된다.

반초(班超)는 33년 섬서성 함양에서 태어났으며 자는 중승(仲升)이다. 그의 아버지는 역사가 반표(班彪)이며 형은 《한서》의 저자로 유명한 반고(班固)이고, 여동생은 시인 반소(班昭)다.

반초는 키가 크고 체구가 컸으며 언변이 뛰어났다. 어려서부터 형 반고와 함께 아버지 반표에게서 학문을 익혔으며 난대영사(蘭臺令史: 궁중에서 장서를 교열하고 문서를 관장하던 직책)가 된 반고를 따라 낙양(洛陽)으로 진출했다. 이곳에서 반초는 초서(抄書: 책의 중요한 내용만을 뽑아서 씀) 일을 했다. 그러나 가슴속에는 항상 큰 뜻을 품고 있었다.

《후한서》에는 그의 포부를 알 수 있는 말이 기록되어 있다. 일찍이 반초는 이상적인 인물로 비단길의 개척자 장건을 꼽았는데, 어느 날 문서를 베끼다 화가 난 그는 붓을 던지며

"내가 사내대장부로서 반드시 장건을 본받아 넓은 곳에 가서

큰 공을 세워야지 이렇게 매일 붓이나 들고 앉아서 남의 글이나 베껴주며 살아야 하겠는가?"

옆에서 그 말을 듣고 있던 사람들은 모두 다 반초가 주제넘게 높은 데만 올려다본다고 비웃었다. 그러자 반초가 말했다.

"당신들이 어찌 장사의 뜻을 알겠는가?"

그 후, 반초는 흉노를 물리치는 원정군이 되어 큰 공을 세웠다. 30여 년 동안 서역에 주둔하면서 그 지역을 동한의 영향력 아래 두면서 위세를 떨친 반초는 유명한 군사가이자 외교가로 역사에 이름을 남겼다.

그 후 123년 반초의 아들 반용(班勇)이 서역장사(西域長史)로 임명되어 서역 지배권을 되찾았다. 장건으로 시작되어 반초, 반용에 이르는 한의 서역 지배를 '3통 3절(三通三絶)'이라고 일컬으며 이는 한의 서역 지배가 세 번 이어졌다가 세 번 끊어졌다는 의미다.

반초에 의해 다시 열린 실크로드를 통해 후한은 수십 년간 빼앗겼던 서역에 대한 지배권을 흉노에게서 찾아올 수 있었다. 반초의 서역 원정을 통해 후한은 비로소 서역은 물론이고 서아시아, 중앙아시아, 인도 등과 활발하게 문화를 교류하며 자국 문화를 발전시켰고, 이때 중국에 불교가 유입되는 계기가 마련되었다.

∷ 무늬가 바탕을 앞서면

《논어》 '옹야' 편에 "문질빈빈(文質彬彬)"이란 말이 나온다. 바탕[質]과 무늬[文]가 잘 조화를 이룬 상태를 말한다. 공자가 생각한 이상적인 인간형을 표현하고 있다.

공자는 이렇게 말했다.

"질(質)이 문(文)을 이기면 야(野)하고, 문이 질을 이기면 사(史)하다. 문과 질이 잘 어울어진 뒤에야 군자라고 할 수 있다."

子曰 質勝文則野 文勝質則史 文質彬彬 然後君子

'질'은 기질, 성질이란 말에서 보듯이 사람의 바탕을 말한다. '질'은 거칠고 투박하지만 생명력의 원천이다. 질박한 생명력은 인간의 의지로 길러져서 성숙하고 세련되어간다. 세련되는 정도가 겉으로 드러나는 것이 '문'이다. 문(文)이란 한자는 옷감에 새긴 무늬를 가리키는 '문(紋)' 자에서도 보이듯이 '꾸민다'는 뜻에서 나온 말이다. 우리말 '무늬'도 근원이 같을 것이다. 공자가 말한 '문'은 당시 지식인이 갖춰야 할 지식과 교양의 총체적 표현이라고 볼 수 있다.

야(野)는 시골사람[野人]으로, '다듬어지지 않아 거칠고 투박하다'는 뜻을 담고 있다. 사(史)는 관청에서 문서를 담당하는 사람을 가리키는 말인데, 내용 전달보다 문서 형식을 꾸미는 데 더 치중하는 경향, 또는 그런 사람을 비유했다. 빈빈(彬彬)은 '어떤 뛰어나고 빛나는 두 가지 상태가 서로 반반을 이룬 모습'이다.

공자는 말했다.

"바탕이 무늬를 앞서면 거칠어지고 아집에 빠질 수 있다. 무늬가 바탕을 앞서면 겉만 번지르르해져서 진실성을 잃기 쉽다. 바탕과 무늬가 잘 조화를 이루고 난 뒤라야 성숙한 인간이라고 할 수 있다."

본뜻은 좋은데 표현을 지나치게 아끼거나 서툴면 행동이 거칠어진다. 행동이 거칠면 격이 떨어진다. 본바탕은 좋은데 행동이 과격해 남들에게 경시당하는 사람을 종종 볼 수 있다. 문(文)은 일종의 스타일이다. 자기만의 스타일을 '디자인'하기 위해 실무 능력 외에 교양과 재예를 닦는 것이 필요하다.

문과 질의 조화가 이상적이지만, 현실에서는 그리 쉬운 일이 아니다. 공자는 스타일이 좋은 사람보다 질박한 인간형을 좋아했다. '말을 잘 꾸미고 얼굴색을 자주 바꾸는 사람[巧言令色]'을 멀리하라고 했다. 겉모습의 아름다움보다는 바탕의 선함을 중시했다.

그럼에도 공자는 두 가지가 균형을 이룬 뒤라야 군자가 될 수 있다고 가르쳤다. 공자의 제자 자공(子貢)은 외교관으로 출세한 사람이다. 어떤 사람이 그를 "사람은 바탕이 중요한데 자공은 무늬만 앞선 사람"이라고 비난하자, 자공은 "털을 다 뽑아버리면 호랑이 가죽과 개가죽이 무슨 차이가 있는가."라고 반문했다.

인간에게는 정신적인 본질과 외형적인 형식의 조화가 중요하다. 즉 본바탕과 수양이 혼연일체로 조화를 이루는 데서 인격이 형성되는 것이다. 동한 시대 때 정현(鄭玄)은 마융(馬融)이라는 사람이 학식이 깊고 넓다는 말을 듣고 산을 넘고 물을 건너 그를 찾아갔다.

마융은 학식도 높고 명성도 대단했지만 몹시 도도하였다. 그는 정현을 힐끔 보고는 문간방에 둔 채 학당에 들어가 강의를 듣는 것은 허락하지 않았다. 마융이 그렇게 한 것은 정현이 여기에서 공부하는 것이 어렵다는 사실을 알고 하루 속히 떠나게 하려는 속셈이었다.

그러나 정현은 낙심하지 않았다. 그는 마융이 강의를 마칠 때마다 강의를 들은 학생을 찾아가 묻고 부지런히 자습하였다. 마융은 정현의 이런 행동을 눈여겨보았다. 그는 뒤에서 몰래 정현을 관찰하였고 총명하면서 배우기 좋아하는 정현을 보면서 조금씩 마음을 열었다.

어느 날 마융이 정현을 불러 시험을 쳐보았다. 정현은 마융이 문제를 내놓으면 정확한 답을 내놓았으며 사유가 명철하고 식견이 있었다. 마융은 정현의 머리를 쓰다듬으며 흐뭇해서 말했다.

"넌 정말 겸손하고 좋은 학생이다. 곧고 깨끗한 군자로구나!"

그때부터 마융은 정현에게 학당에 들어와서 강의를 듣게 하였을 뿐만 아니라 그를 힘껏 가르쳤다.

공자(孔子, BC 551~BC 479)

**옛것을 살려 새로운 것을
알게 하는[溫故而知新] 전수자**

유교의 시조로서 중국 최초의 민
간 사상가이자 교육자. 어머니는
아들을 얻기 위해 니구산(尼丘
山)에 가서 신령님께 기도를 올리고 공자를 낳았다. 그런 까닭에 공자의
이름 구(丘)를 니구산의 구(丘) 자에서 따왔다고 하는데, 그가 태어날
때 이마 가운데가 니구산처럼 골이 파여 있었기 때문에 이름을 구(丘)라
고 지었다는 이야기도 있다.

어렸을 때부터 예(禮)에 뛰어났으며, 천하를 주유하며 인(仁)에 기초
한 정치를 펼치려 했으나 실패하여 유가 경전을 정리·편찬하는 데 전념
하고, 제자 양성에 힘썼다. 그 결과 3,000여 명의 제자들을 길러냈다. 공
자의 사상을 담고 있는 《논어》는 스승이 죽은 뒤에 그의 제자들이 편찬
한 것이다.

공자는 유교의 기본 가치관인 인·의·예·충을 가르치며, 춘추시대
의 혼란기에 봉건적인 예(禮)의 질서를 인(仁)의 기초 위에 다시 세우려
고 했다. 흔히 석가모니는 자비를, 예수는 사랑을, 소크라테스는 진리
를, 공자는 인을 강조했다고 말한다.

그렇다면 '인'이란 무엇인가? 첫째, 인이란 인간 중심의 사상이다. 즉,

인이란 모든 일의 주체인 인간으로 하여금 인간다운 인간이 되게 하려는 휴머니즘이다. 둘째, 인은 진실함과 성실성에 그 바탕을 두어야 한다. 셋째, 인의 경지는 끊임없는 자기 노력으로 달성된다. 인이란 욕망에 빠지기 쉬운 자기 자신을 극복하고 예절로 돌아가는 것, 즉 극기복례(克己復禮)다. 욕정에 빠진 육신을 죽이고 인을 이루기 위해서는, 즉 살신성인(殺身成仁)하기 위해서는 끊임없는 노력이 필요하다. 공자는 학식과 덕행을 겸비하고 극기복례와 살신성인을 이룩한 사람을 군자(君子)라 부르고, 그 자신과 제자들의 교육 목표로 삼았다.

공자는 죽은 뒤에 성인으로 추앙되었고, 그 명예는 2,000년이나 계속 이어졌다. 그를 기념하는 사원이 곳곳에 세워졌고, 12세기 초에는 신으로 추대되었다. 단순한 인간이기를 원했으며 스스로 성인이 될 수 없다고 했던 그가 결국 신격화된 것이다.

:: 사람의 행동과 인격

　사람들의 행동과 인격적인 매력은 사회와 주변 사람들에게 적극적인 영향을 미친다. 그러므로 한 사람의 성품은 늘 한결같은 사회의 인정을 받으며 지도자와 스승의 위치에 서게 된다.

　묵자(墨子)는 '겸애(兼愛)'라는 독창적인 학설을 주창한 중국 노(魯)나라 사상가이다. 겸애란 사람을 차별하지 않고 똑같이 사랑하는 것을 의미한다. 묵자의 겸애정신을 담은 여러 문장 가운데 인간관계에 대한 몇 구절을 살펴본다.

1. 때와 장소를 가려라. 지혜로운 이는 자신의 능력을 함부로 쓰지 않는다. 똑똑한 척하는 사람은 아무 때나 자신의 얄팍한 잔재주를 보이며 허점을 만들지만 영리한 사람은 언제 자신의 능력을 발휘할지 때와 장소를 가릴 줄 안다. 경거망동한 운신은 괜히 화를 부르기 쉽다.

2. 아첨하는 이를 곁에 두지 말라. 괜한 시비로 다른 이의 원망을 사는 건 어리석은 행동이다. 상대의 기분을 적절히 맞추는 처세는 중요하다. 다만 신의가 있는 인간관계에서는 이것을 주의할 필요가 있다. 친구의 결점을 알고도 말하지 않으면 이것은 친구의 의무를 저

버린 행위다. 묵자는 평소 진심으로 친구를 책망하고 꾸짖는 이가 있다면 그가 바로 인생의 스승이자 진정한 친구라 했다.

3. 겸허한 태도로 마음을 열어라. "양자강과 황하는 작은 물줄기를 마다치 않아 큰 강을 이뤘다." 묵자는 다른 사람의 작은 비평도 기꺼이 받아들이는 태도야말로 타인의 장점을 흡수해 정진하는 가장 빠른 길이라 하였다. 겸손은 삶에서 가장 중요한 태도이다.

4. 의미 없는 논쟁은 하지 말라. 말싸움을 하게 되면 누구나 고집부리기 마련이다. 사실 거기서 얻을 수 있는 건 아무것도 없음에도 자존심 때문에 쉽게 포기하지 못한다. 논쟁에서 지면 기분이 나쁘고 이기면 친구를 잃는다. 상대방과 논쟁을 하고 싶을 때는 두 가지를 고려해라. 첫째, 논쟁은 이겨도 의미 없다는 사실, 둘째 그것이 상대의 자존심을 짓밟아 얻은 것이라는 것이다.

5. 비워야 담을 수 있다. 가득 차 있는 곳에는 어떤 새로운 것도 담을 수 없다. 자의식 과잉은 수많은 번뇌의 시작이다. 지나치게 내 안을 나로 가득 채우면 피곤함에 시달려 자신과 남에게 예민하게 군다. 자아가 가득 찬 사람에게는 타인이 들어갈 공간이 없다. 항상 어느 정도 나를 비워두는 여유가 필요하다.

6. 소인을 피하라. "군자는 소인과 친구는 되지 않더라도 소인을 대처하고 피할 줄 알아야 한다." 묵자는 사람을 군자와 소인으로 나누며 소인의 위험성을 경계했다. 소인은 반드시 주변 사람을 음해하므로

상대하기보다는 피하는 쪽이 좋고, 만약 적을 만들더라도 군자보다는 소인 쪽이 훨씬 위험하다. 군자와 달리 소인은 그 옹졸함으로 평생 다른 이를 괴롭히기 때문이다.

7. 자랑하지 말라. 특별함을 추구하는 것은 건강에 좋은 자세다. 하지만 그것이 지나쳐 주위를 무시하면 그 모든 의미가 퇴색된다. 세상에는 소인이 많아 겸손하지 않으면 반드시 질투를 받게 된다. 소인들은 공격 대상이 되지 않게 자신을 감추고 보호할 필요가 있다. 예부터 지혜로운 이는 빛을 감추고 우둔함을 보인다고 하였다.

묵자(墨子, BC 480~BC 390)

참사랑이 부족하여 세상이
혼란스럽다

묵가(墨家)의 창시자이다. 묵자의 이
름은 적(翟)으로 공자보다 좀 늦게
태어났을 것으로 추정된다. 유가와 묵가는 당시 여러 학파 가운데 가장
대립적인 관계에 있었다.

묵자의 묵은 검다는 뜻이다. 묵은 두 가지로 해석되는데 첫 번째는
묵자의 살이 검었다는 것, 두 번째는 묵자가 이마에 먹을 새기는 형벌인
묵형을 받았다는 것이다. 살이 검다는 것은 살갗이 햇볕에 탔다는 것인
데, 만약 그렇다면 묵자는 직접 노동하는 위치, 즉 농민이라는 점이다.
두 번째, 묵형을 받았다는 것으로 해석하더라도 당시 묵형 받은 범죄자
들은 하층민이거나 하층민으로 떨어졌다는 것을 생각할 때 묵자는 하
층민의 신분으로서 살아갔다는 결론이다. 묵자라는 이름으로 미루어 볼
때 직접 노동하는 하층민의 위치에 있었다는 것인데, 묵자가 통치자도
백성처럼 검소하게 살아야 한다고 주장했다는 점이 맞아떨어진다.

묵자는 비공(非攻)을 주장하여 적극적으로 전쟁을 반대했다. 비공은
전쟁이 불의이고 백성을 해친다고 주장하여, 현대 평화주의 이론과 공
통점이 있다. 절용과 절장은 군주의 의례적인 사치에 반대한 것이다. 비
악에서는 궁정음악이 백성의 이익에 배반됨을 말하였다. 천지에서는 하

늘이 뜻하는 것은 인간 사회의 정의가 되며, 모든 사람이 본받고 따라야 할 규범이 된다고 하였다.

묵자는 또한 겸애(兼愛: 모든 사람을 차별 없이 사랑하는 일)를 주장하였다. 그의 정치적 사상은 현명한 군주가 나타나 사회를 다스리는 것이었다. 현명한 군주란 옛날의 우(禹)임금처럼 백성들과 함께 부지런히 일하고 검소한 생활을 해야 한다고 하였다.

또 사회 전체의 인류는 서로 협조하고 사랑하여 힘이 있는 자들은 앞을 다투어 힘이 없는 사람을 돕고 재력이 있는 사람은 될 수 있는 대로 재산을 사람들에게 나누어주고, 학덕이 있는 사람은 사람들을 교화시켜야 한다고 주장했다.

묵자는 모든 사람이 격의 없이 사랑을 나누고 서로 이익을 균등하게 나누면 사회의 재난과 혼란을 없앨 수 있고 천하는 태평해질 것이라고 생각했다. 이 같은 주장은 대중의 입장을 반영한 것이기는 하나 이것은 소생산자들의 소박한 꿈에 지나지 않고 역사의 발전 법칙에 어긋나는 것이었다.

묵자는 저명한 사상가였을 뿐만 아니라 박식한 학자였으며 뛰어난 기술자이기도 했다. 전설에 따르면 묵자가 만든 목제(木製) 새는 날 수 있었다고도 한다. 그가 저술한 《묵자》를 보아도 그가 물리학 · 기하학 등의 분야에 탁월한 지식을 가지고 있었음을 알 수 있다.

∷ 깊은 사고력과 강력한 행동력

관자(管子)는 BC 약 725~645년에 활동한 사람으로 이름은 이오(夷吾), 자는 중(仲)이다. 지금의 안휘성 북부 영상에서 태어난 상인 출신 정치가이다. 그는 춘추전국시대를 대표하는 최고의 정치인 가운데 한 명으로, 중국 역사 전체를 놓고 보아도 최고의 정치인으로 손꼽히기에 손색이 없다. 관자의 또 다른 이름은 '관포지교(管鮑之交)'의 한 명인 관중(管仲)이다.

공자, 맹자, 순자가 현실정치를 못해본 것과는 달리, 그는 친구 포숙아(鮑叔牙)의 도움으로 제나라 재상까지 올라 '환공'이라는 군주를 도와 40년 동안 국정을 맡아봤다. 결과는 매우 성공적이었다. 제나라를 부강하게 했을 뿐 아니라 중원의 평화와 번영을 가능하게 했다.

공자를 비롯해 제갈량 같은 인물들도 그를 흠모하여 자주 언급하였으며, 심지어 자신을 관중에 비교하기도 했다. 혼란기 지식인의 표상인 양계초(梁啓超: 1873~1929)는 중국 최고의 정치가로 관자를 꼽는다.

사서오경에 끼지도 못하고, 우리에게 이름도 생소한 중국 고

전 《관자》에 대해 중국 사회가 지대한 관심을 보인다. 학술대회, 논문집 출간, 관자기념관 개관, 각종 연구서·번역서 출간 등 사업이 잇따르고 있다.

오늘날 관중이 다시 조명 받는 것은 그의 지도력이 우리 시대의 요구와 맞아떨어지는 면이 많기 때문이다. 그는 경제를 중시하고 국제 외교에도 능숙했던 대단히 실용적이며 성공적인 정치인이었기 때문이다. 관중의 사상은 유교라는 대외적 명분을 떠받치는 실리적인 사상으로, 중국인의 생각과 행동을 이해하기 위한 열쇠가 된다.

《관자》 '승마' 편에 다음과 같은 구절이 있다.

"무릇 일이란 사려 깊은 생각에서 시작되고, 노력을 통해 성공에 이르며, 교만함으로 실패를 초래한다."

事者 生於慮 成於務 失於傲

무슨 일을 하든 반드시 깊은 사고력과 강력한 행동력을 갖춰야 하고 성공하려면 교만과 자만심을 멀리하고 항상 겸손하고 신중한 태도를 유지해야 한다.

남루한 옷차림의 소년이 공장에서 인부를 지휘하고 있는 나이 지긋한 사나이에게 다가가 물었다.

"안녕하세요. 어떻게 해야 저도 이다음에 아저씨처럼 인부들을 지휘할 수 있겠습니까?"

소년의 질문에 사장은 소년을 물끄러미 뚫어보더니 이야기 하나를 들려주었다.

"수로를 파는 공사장에서 세 인부가 일을 했는데 그 가운데 삽을 든 인부가 자신은 나중에 직접 회사를 차려서 사장이 될 것이라고 호언장담하지 뭐냐? 그러자 다른 인부는 일은 고된데 임금은 적다고 투덜거렸지. 그러나 세 번째 인부는 두 사람이 잡담을 나누는 사이에도 말 한마디 하지 않고 열심히 일만 했단다. 수년 뒤에 그 세 사람이 어떻게 된 줄 아냐? 첫 번째 인부는 아직도 공사장에서 삽질을 하는데 입으로는 여전히 나중에 사장이 되겠다고 허풍만 떨고 있단다. 두 번째 인부는 일찌감치 일을 때려치웠어. 세 번째 인부는 그 건설회사의 사장이 되어 대기업으로 키웠단다."

사장은 이야기를 마친 뒤 소년에게 물었다.

"이 이야기에 담긴 뜻을 알겠니? 애야. 돈 벌 궁리보다는 먼저 열심히 일하는 법부터 배우도록 하렴."

소년은 이해를 못하는 듯 난감한 표정을 지었다. 그러자 사장은 저쪽에서 일하는 인부들을 가리키며 말했다.

"저 사람들이 보이니? 저들은 모두 내가 부리는 인부들이지만 난 그들의 이름은커녕 얼굴조차 제대로 기억하지 못한단다. 허나 '될성부른 나무는 떡잎부터 안다'는 속담처럼 나는 저들

가운데 누가 이다음에 성공할지 하는 정도는 훤히 내다볼 수 있단다. 자세히 한번 보렴. 저쪽에 얼굴이 햇볕에 벌겋게 익은 채 일하는 빨간색 옷차림의 청년이 보이지? 저 친구는 언젠간 성공할 것이란다."

소년이 어리둥절한 눈빛으로 쳐다보자 사장은 이어서 말했다.

"난 오래전부터 저 청년을 눈여겨봤단다. 저 청년은 궂은일도 마다하지 않고 남들보다 앞장서서 일하는 친구이지. 제일 먼저 출근해서 하루 종일 열심히 일하고는 남들이 다 퇴근하고 나서야 마지막에 퇴근하곤 한단다."

그제야 조금 깨달은 듯 고개를 끄덕이는 소년을 바라보며 사장은 미소를 짓고는 이렇게 말했다.

"난 저 청년을 곧 공사 감독관으로 기용할 생각이란다. 아마 저 청년은 이전보다 더 열심히 일할 테고 곧 성공한 사람이 될 거야!"

⠿ 자신에게 필요한 것과 필요하지 않은 것

    가치관이 뚜렷한 사람은 자신을 절제하고 자제할 수 있다. 또한 자신에게 필요한 것과 필요하지 않은 것을 잘 분별할 수 있다. 분명한 가치관을 가진 사람은 공을 세우고도 거기에 마음을 두지 않기 때문에 영원히 공을 잊지 않게 된다.

    노자는 《도덕경》 제2장에서 이렇게 말했다.

    "만물을 진작시키고도 '내'가 그렇게 했다고 자랑하지 않고 만물을 모두 낳고도 '내 것'으로 소유하려 하지 않으며, 만물을 위하되 '나'만 믿으라고 하지 않고 만물을 위해 큰 공덕을 세우고도 '내 공덕'으로 삼지 않는다. 오직 그 공덕을 자신의 것으로 삼지 않기에 그 공덕이 사라지지 않는다."

    萬物作焉而不辭 生而不有 爲而不恃 功成而弗居

    夫唯弗居是以不去

    당나라 의종(재위 859~873)은 사치하고 방탕한 생활로 당 왕조의 멸망을 촉진했다. 기록에는 "주색에 빠져서 놀고 즐기는 데에 절도가 없다."라고 되어 있다. 선종의 장남으로 833년에 태어났다. 회창 6년(846) 10월 운왕에 봉해졌다. 선종이 단약의 후유증으로 659년 8월 급서했다. 군권을 장악한 환관 왕종실은 운왕을 궁으로 맞아들여 이최로 개명하고 황제로 즉위토록 하였다.

환관들이 재상들에게 즉위 관련 문서에 서명을 요구하자 재상 하우지가 나서 지난 수십 년간 황제의 즉위 문제에 재상들이 참여한 전례가 없다며 제일 먼저 문서에 서명했다고 한다. 환관이 있는 북사(北司)가 조정 대사를 결정한다는 감로지변(甘露之變) 이후의 전례가 새삼 확인되었다.

의종이 환관의 선택을 받은 것은 무능하고 정사에 큰 관심이 없었기 때문이다. 그들의 기대에 부응하듯이 유흥에 깊이 빠져들었다. 매일 소연회가 열렸고 사흘마다 대연회, 매달 십여 차례 대규모 주연이 개최되었다. 궁중에는 500여 명의 악공이 있었다고 한다.

수시로 장안 교외의 행궁(行宮)에 행차해 오락과 유흥을 즐겼다. 곡강, 곤명, 파산, 함양 등에 놀러 행차하고 싶으면 즉시 갔고 유사는 항상 음악, 음식, 천막을 갖추고 있었으며 여러 친왕들은 말을 세워놓고서 모시고 따라가는 것에 대비했다. 행차할 때마다 안팎의 여러 관사에서 뒤따르는 사람이 10여만 명이었으니 비용이 이루 말할 수 없었다. 좌습유 유태는 유흥을 줄이고 정사에 관심을 기울일 것을 건의했지만 허사였다.

의종은 재임 기간 동안 재상을 21명 발탁했지만 범용한 인물 뿐이었다. 민생이 크게 어지러워지자 각지에서 반란이 일어나기 시작했다. 즉위하던 해 절동 지역에서 구보가 농민 반란을 주도했다. 스스로를 '천하도지병마사'로 칭하고 연호를 나평으로 개원했다. 왕식을 절동 관찰사로 임명해 진압에 나섰다. 왕식은 창고를 열어 굶주린 백성들을 구휼해 민심 이완을 차단했다. 주민들의 협조를 얻어 포위작전을 감행해 구보를 체포해 장안으로 압송, 처형했다. 868년에는 강소성에서 번진 출신의 방훈이 난을 일으켰다. 1년여 만에 난이 진압되었지만 조정의 무능력이 만천하에 알려졌다.

의종은 국사를 팽개친 채 사치스럽고 방탕한 생활을 했다. 이 때문에 나라의 기강은 문란해졌고 조정의 대신들은 온갖 부정부패를 일삼았다. 조정에 양목이라는 간신이 있었는데 그는 욕심을 채우기 위해서라면 물불을 가리지 않는 위인이었다.

그는 먼 친척 되는 양현계에게 아첨을 떨어 재상의 자리까지 올라 재물을 거두어들였다. 심지어 그의 집사까지도 양목의 권세를 등에 업고 남의 물건을 약탈했고 호사스러운 생활을 누렸다.

어느 날, 양목의 딸이 승상인 배탄의 아들에게 시집을 가게 되었다. 양목은 딸을 화려하게 치장시키고 옥과 코뿔소의 뿔로 장식한 진귀한 물건들을 혼수품으로 보냈다. 배탄은 청렴한 관리로 법을 엄격히 지키며 부정부패를 일삼는 탐관오리들과는 어울리지 않는 강직한 사람이었다. 또한 멀리 내다볼 줄 아는 안목과 고결한 인품과 절개를 지닌 사람이었다.

배탄은 사돈댁에서 보낸 호화롭고 사치스러운 혼수품을 보고 반가워하기는커녕 화를 내며 "훗날, 우리 집을 망하게 할 물건들이다!"라고 노하며 혼수품을 미련 없이 불살라 버렸다.

얼마 지나지 않아 양목은 뇌물을 받은 것이 발각되어 좌천되었다. 후에 멀리 귀양을 가게 되었고, 귀양길에 사약을 받아 죽었다. 승상 배탄은 검소하고 분수에 넘치는 재물의 유혹에 빠지지 않은 현명한 사람인 반면, 양목은 권력을 악용하여 사리사욕을 채우기 위해 온갖 부정부패를 저질러 결국 비극적인 결말을 맞이하였다.

:: 욕망을 다스려야

귀곡자가 살았던 2,500여 년 전 중국은 수많은 제후국이 각각의 군사력을 바탕으로 서로 경쟁하며 패권을 다투던 각축장이었다. 제후국들은 제한된 자원과 한정된 공간을 두고 부국강병을 외치며 천하의 주인이 되고자 서로 경쟁하니, 이 경쟁에서 승리하기 위해 혹은 생존하기 위해 '인간이 상상할 수 있는 재주는 모두 동원될 수밖에 없었다.'

당연히 제후국들은 재주 있는 사람들이 필요했고, 재주 있는 사람들은 출사해 자신의 포부와 이상을 실현하고자 열국을 주유했다. 이러한 시기, 귀곡자는 다른 제자백가들과는 달리 '출사를 원하는 사람이 자신의 포부를 펼치기 위해 어떻게 해야 하는지, 실제적인 원칙과 방법'을 제자들에게 가르쳤다.

귀곡자가 제시하는 출사의 요결은, 반드시 주도적으로 해야 한다는 것이다. 주도적이라는 말은 일에 휘둘리지 않고 일을 장악하는 것을 의미한다. 그런데 일을 장악하기 위해서는 먼저 할 일이 있다. '과연 할 수 있는 일인가'를 생각하고 일 전체를 가늠해 보는 것이다. 결국 일 전체를 먼저 가늠한 후 주도적으로 진퇴를 결정하는 것이 패합이다.

귀곡자가 가르친 '실제적인 원칙과 방법'을 담은 《귀곡자》는 "하나의 큰일을 이루어 나가는 단계"를 설명하는 책으로, '일을 어떻게 시작하고 어떻게 진행하며 어떻게 마무리할 것인지'를 이야기한다. 이를 위해 "'일을 정확하게 정의하고, 주변의 객관적 상황을 파악하며, 같이 일할 사람과 네트워크를 구축하고, 결단을 내릴 때' 필요한 방식" 등 오늘날에도 여전히 유효한 수단과 방법을 제시한다.

《귀곡자》에는 상대의 심리에 맞추어 그의 신임을 얻고 친밀한 관계를 유지해야 한다는 내용도 있고, 기회를 틈타 상대의 약점을 장악해서 그가 빠져나가지 못하도록 붙잡아둬야 한다는 내용도 있으며, 상대를 잘 위무(慰撫)해 그의 진심을 끌어내 확인함으로써 상황을 추측하고 파악해서 책략을 세워야 한다는 내용도 있다.

《귀곡자》'본경음부칠술(本經陰符七術)' 편에 다음과 같은 구절이 있다.

"심지(心志)는 욕망의 사자(使者)이다. 원하는 것이 많으면 마음이 산란해지고 마음이 산란하면 의지가 약해지며 의지가 약해지면 생각하는 바를 이룰 수 없다. 그러므로 마음을 다스리면 배회하지 않고 배회하지 않으면 의지가 약해지지 않으며 의지가 약해지지 않으면 생각한 바를 이룰 수 있다."

　사람의 욕심에 끝이 없다는 말은 전혀 틀린 이야기가 아니다. 청나라 전덕창(錢德蒼)이 편집했다는 기서 《해인이(解人頤)》에는 사람의 욕망을 날카롭게 표현한 다음과 같은 구절이 나온다.

　"한겨울에 찬바람이 불어 닥치면 배고픔을 걱정하고 배가 부르면 입을 것을 생각한다. 먹고 입는 것을 모두 채우면 아름다운 아내를 얻고 싶어 한다. 미인을 얻어 아들을 낳고 나면 힘써 일굴 땅 하나 없는 것이 한스럽다. 넓은 논밭을 손에 넣으면 관직에 오르지 못해 업신여김 당하는 것을 한탄한다. 관직에 오르면 그 직위가 높지 않은 것을 부끄러워하고 또 권리를 쥔 신하가 되고 나면 결국 임금의 옷을 입으려 한다."

　욕망이 없는 사람은 없으나 우리는 자신이 바라는 것을 어느 정도 절제할 필요가 있다. 욕망을 절제하지 못하면 결국 자아를 잃고 욕망의 노예가 된다. 우리는 평소에도 욕망을 억제해야 하며 언제나 평상심을 유지해야 한다.

　당 태종 이세민(李世民: 재위 626~649)은 당나라의 제2대 황제다. 뛰어난 군사적 능력을 바탕으로 수나라 말기 중원의 혼란기를 모두 평정하여 당 건국에 지대한 공로를 세웠다. 뛰어난 정치가, 전략가, 예술가이기도 했으며 정관의 치(貞觀之治)로 불리는 왕조 최전성기를 이끈 황제다.

이세민은 고조 이연의 두 번째 아들이다. 이름인 '세민'의 본래 뜻은 제세안민(濟世安民), 즉 세상을 구하고 백성을 편안하게 한다는 뜻이다. 1차 고당 전쟁 당시 고구려를 침공한 황제다.

이세민은 황제에 오르고 나서 농민들에게 균등히 토지를 나누어 주어 조용조 제도로 세금을 걷었다. 이 제도는 토지를 받은 사람은 국가에 곡물을 바치고, 1년 중 20일을 국가를 위해 일하며, 직물 등을 바치게 하는 제도로서 국가는 풍족해지고 민생은 안정되었다. 이세민은 형 이건성의 편에 있던 위징을 자신의 편으로 만들었고, 위징은 명재상이 되어 중국을 안정시켰다.

또한 과거 제도를 실시하여 인재를 양성했고, 군사 제도는 부병제인 징병제로 택하였다. 이렇게 많은 인재를 등용시킨 당나라는 나날이 번창해져 갔으며 백성들도 더더욱 이세민을 우러러 보았다. 이세민은 아무리 적의 밑에서 일했던 장수라 할지라도, 능력이 뛰어나면 무슨 일을 해서라도 자신의 사람으로 만들었다. 이세민은 신하들이 자기에게 독설을 퍼부어도 역정을 내지 않고, 그 간언을 잘 받아들여 언제나 국가와 백성을 위해 좋은 정책을 만들 수 있었다.

이세민이 하루는 조정 신하들에게 말했다.

"높은 하늘을 두려워하여 몸을 숙이고 후박한 땅을 두려워하여 맨발로 걷듯이 짐은 언제나 이처럼 하늘과 땅을 조심하고 있소. 그대들도 이같이 주의 깊게 법규를 지킨다면 백성들은 평화를 누리고 그대들 자신도 평안을 누릴 수 있을 것이오.

옛사람의 말에 '현명한 자는 재물이 많으면 뜻이 상하고 어리석은 자는 재물이 많으면 과오가 생긴다'라고 했소. 이 말을 깊이 새겨들어야 하오. 사사로운 욕심에 눈이 어두워 마음이 깨끗하지 못하면 법규를 지키지 않아 백성들의 원망을 얻어 죄가 드러나지 않더라도 항상 긴장하게 될 것이요. 이것이 심해지면 병에 걸리거나 자살을 하는 수도 있소. 남자라면 재물을 탐내 생명을 잃거나 자손에게 치욕을 남겨서는 안 될 일이오."

:: 자아를 세우고 주관이 있어야

　순자의 본명은 순황(荀況)이다. 전국시대 말기의 유교 사상가이자 학자이다. 일찍이 유가 경전을 공부하기 시작했고, 수재로 이름이 나 열다섯 살에 학술 문화의 중심지였던 직하학궁에서 유학했다. 이후 20여 년간 여러 학자와 교류하며 학문적 명망을 쌓았고 직하학궁의 우두머리를 세 차례 역임했다.

　제나라 사람의 모함으로 초나라로 쫓겨 갔을 때는 저명한 재상 춘신군(春申君)이 그를 난릉(蘭陵: 산동성) 지방의 영으로 삼으려고도 했다. 하지만 그의 명성이 두려워진 춘신군은 곧 순자를 물리쳤다. 순자는 결국 진나라로 가 법가의 정책가로 명성을 날리던 응후(應侯), 범수(范睢)와 진소왕을 만난다. 그러나 그들을 왕도정치로 설득하는 데는 실패해 고향인 조나라로 돌아가게 되니 이때 그의 나이는 거의 여든에 가까웠다.

　한편 초나라의 춘신군은 한 참모의 설득으로 다시 순자를 부른다. 그러나 순자는 신랄한 풍자가 담긴 답신을 보내 거절한다. 그러나 이에 굴하지 않고 여러 차례 정중한 청을 보내오는 춘신군에게 순자는 결국 초나라의 난릉령(蘭陵令) 직을 수락했다. 순자의 나이 아흔여덟으로 추측되는 서기전 238년경에 춘신군은 살해되었고 순자는 난릉령에서 물러나 수만 자에 이르는 저술을 남기고 눈을 감는다.

그는 격동의 전국시대에 제자백가의 모든 학설을 섭렵하는 치열한 학문적 노력으로 초기 유가 사상의 학문적 체계를 집대성했다. 《논어》, 《맹자》, 《도덕경》 등이 일화·경구 등으로 채워진 서술 양식이었던 데 비해, 《순자》는 유가에서 저자가 쓴 최초의 체계적인 논문이며, 총론적인 설명, 연속적인 논증, 세부적인 상술 등으로 구성된 저작으로 평가받고 있다.

사람은 반드시 자아를 세우고 주관이 있어야 한다. 자신이 가야 할 길을 가되 다른 사람의 말에 흔들리지 말아야 한다. 지혜로운 사람은 자기 주관이 확실하기 때문에 확고한 자아를 세우고 부화뇌동하지 않는다.

《순자》'천론(天論)' 편에는 다음과 같은 말이 나온다.

"하늘은 사람이 추위를 싫어한다 해서 겨울을 없애지 않는다. 땅은 사람이 넓고 먼 것을 싫어한다 해서 그 광활함을 없애지 않는다. 군자는 소인의 기세가 흉흉하다 하여 자신의 덕행을 멈추지 않는다."

天不爲人之惡寒也輟冬 地不爲人之惡遼遠也輟廣 君子不爲小

人匈匈也輟行

하루는 손자가 할아버지를 태운 나귀를 끌고 길을 가고 있었다. 길을 가는 도중에서 마주친 소년들은 어떻게 자기만 편안하게 나귀를 타고 어린 손자는 힘들게 걷게 하느냐며 할아버지를 비난했다. 할아버지는 생각해 보니 소년들의 말이 맞는 것 같았다.

할아버지는 당장 나귀에서 내려 손자를 나귀에 태웠다. 손자가 나귀를 탄 지 얼마 되지 않아 지나가는 어른들과 마주쳤다. 어른들은 이구동성으로 나귀를 타고 있는 손자를 욕했다. 어떻게 백발의 할아버지를 걷게 하고 자기만 편안하게 나귀를 탈 수 있는가? 손자는 생각해 보니 자기가 잘못한 것 같았다.

손자는 할아버지에게 죄송해하며 당장 나귀 등에서 내렸다. 그리고 두 사람은 아예 나귀를 타지 않고 같이 걷기로 했다. 잠시 후, 지나가는 사람을 만났다. 그 사람은 나귀가 있는데도 타지 않고 힘들게 걸어가고 있으니 정말 나귀보다 더 바보 같다며 비웃었다.

할아버지와 손자는 사람들의 말이 일리가 있다고 생각하고 곧바로 할아버지와 손자는 같이 나귀를 타고 앞으로 갔다. 얼마 가지 않아 만난 또 다른 사람이 비난을 했다. 두 사람이 나귀 등에 올라타고 있으니 아무리 짐을 지는 짐승이라 하지만 나귀가 힘들어 죽을지도 모를 일이 아닌가!

할아버지와 손자는 이 말도 일리가 있다고 생각했다. 두 사람은 당장 나귀 등에서 내렸다. 두 사람은 더는 어떻게 해야 할지 몰라 매우 난감했다.

우리는 반드시 자신의 주관을 확고히 하고 자신을 믿어야 한다. 다른 사람의 말과 시선을 두려워하지 말아야 한다. 원칙이 없어 중심을 잡지 못하고 쉽게 흔들리는 사람은 평생 고민하고 주저하게 된다.

:: 호랑이인 줄 알고 활을 쏘았는데

중국 고대의 철학자인 장자의 본명은 장주(莊周)이다. 장자가 태어나고 죽은 해는 정확하게 알려져 있지 않다. 전국시대 송(宋)나라 몽읍(蒙邑: 현재의 허난성의 고을)에서 태어나 맹자와 비슷한 시대에 활약한 것으로 전해진다.

한때 칠원(漆園)에서 관리로 일하다 그만둔 이후 평생 벼슬길에 들지 않았다. 초나라의 위왕(威王)이 그를 재상으로 쓰려 한 적도 있었으나 사양하고 저술에 전념하였다.

장자는 노자를 계승하여 도(道)를 천지 만물의 근본 원리로 삼고, 어떤 대상에 욕심을 내거나 어떤 일을 이루려 하지 않으며[無爲], 자기에게 주어진 대로 자연스럽게 행동하여야 한다[自然]고 주장하여, 노장사상(老莊思想)이라는 도가(道家)를 이루었다.

장자 사상은 중국 사람들의 중요한 생활철학의 일면으로 발전하였으며, 당나라 왕실에서는 노자[이이(李耳)]가 같은 성이라 하여 노장사상을 무척 존중하였다.

노자와 사상이 비슷하나, 노자는 '공을 이루면 뒤로 물러나야 위험이 없다', '백성들에게 (무엇을) 하려고 하지 마라'는 정치술에 가까운 반면, 장자는 정치를 떠나 세속을 초탈한 삶의 중요성을 강조한다. 장자에도 정치술이 있긴 있다. 하지만 장자 사상의 핵심은 '어떤 것을 이래 볼 수도 있고 저래 볼 수도 있으니, 사소한 것에 집착하지 말고 자연을 따라 너그러운 마음으로 살자'는 것이지, 노자처럼 '통치자는 일을 많이 만들지 말고 욕심을 줄여야 된다'는 식의 정치적 조언은 아니다.

《장자》의 묘미는, 풍성한 상상력을 바탕으로 한 이야기들 안에 깊이 있는 철학이 자리하는 데 있다. 《장자》는 이론서가 아니다. 표면적으로는 상징과 비유가 풍부한 재미있는 이야기다. 다만, 거기 깊숙하게 들어찬 철학이 워낙 거대하기 때문에 그 이야기들이 진중하게 보일 뿐이다. 장자는 그만큼 뛰어난 이야기꾼이기도 하다.

참된 정성이 마음속에 있으면 그 정성은 겉으로 나와 활동한다. 참된 슬픔은 소리도 내지 않지만 정말 애처롭고 참된 노여움은 노여움을 말하지 않아도 위압을 느끼며 참된 친근함은 웃지 않아도 사람을 즐겁게 한다.

장자는 이렇게 말했다.

"참된 본성이란 정성의 지극함에 있다. 정성이 없으면 남을 감동시킬 수 없다."

몰입(沒入)은 고도의 집중을 유지하면서 지금 하는 일을 충분히 즐기는 상태다. 무아지경(無我之境), 물아일체(物我一體)와 같은 개념이다. 몰입은 강렬한 주의집중으로 자아를 인식하지 못하고 시간의 흐름도 망각하게 만든다. 몰입은 '무언가에 흠뻑 빠져 있는 심리적 상태'이며, '물 흐르는 것처럼 편안한 느낌'이다. 몰입의 순간은 실로 엄청난 파워를 발생시켜 큰 성과를 만들어낸다.

서한 시기 명장 이광(李廣)은 말 타고 활쏘기의 능수였다. 그는 작전 때면 매우 용감하여 사람들은 그를 "비장군(飛將軍)"이라고 불렀다. 이광은 흉노와 70여 차례 싸워서 혁혁한 공을 세웠다.

이광은 자신이 부임한 군에 호랑이가 있다는 소리를 들으면 언제나 직접 나가서 활로 쏘곤 했다. 이광은 태어날 때부터 키가 크고 팔이 원숭이처럼 길었다. 이광은 말은 더듬고 말수가 적었으며 사람들에게 관대하면서 까다롭지 않아 병졸들은 그를 따랐다.

활을 쏠 때는 적이 습격해도 거리가 수십 보 안에 들어오지 않거나 명중시킬 자신이 없으면 쏘지 않았고 쏘기만 하면 활시위 소리가 나자마자 고꾸라졌다. 이 때문에 그는 싸움터에서 자주 적에 포위되거나 곤욕을 겪었고 맹수를 쏠 때도 부상을 당하는 일이 많았다고 한다. 이광은 청렴하여 상을 받으면 그것을 부하들에게 나누어주었고 음식도 군사들과 함께 먹었다.

사석위호(射石爲虎)라는 사자성어가 있다. 호랑이인 줄 알고 활을 쏘고 보니 그 화살이 바위에 꽂혀 있었다는 뜻이다. 《사기》 '이장군열전(李將軍列傳)'에 "이광이 사냥을 나갔다가 밤중에 길을 잃고 헤매다가 바로 앞 풀숲에 큰 호랑이가 숨어 있는 걸 발견하고, 급히 활을 꺼내 온 힘을 다해 호랑이를 명중시켰다. 사람들을 시켜 호랑이를 찾았으나 호랑이는 없고 호랑이 모양의 바위에 화살이 박혀 있는 것이었다. 그것도 화살촉은 물론 화살 뒤쪽의 깃털마저 바위 속에 완전히 들어가 있을 정도였다."는 일화에서 유래했다.

이광 자신도 놀라 몇 걸음 떨어져 다시 바위에 활을 쏴봤으나 화살만 부러질 뿐 다시는 바위에 꽂히지 않았다. 사람들이 신기해서 대학자인 양웅(揚雄)을 찾아가 그 연유를 물으니 "호랑이의 위협에 목숨을 잃을 수도 있다는 그 절박함이 자신도 모르게 바위를 꿰뚫는 놀라운 집중력을 불러온 것이다. 정성이 지극하면 금석도 열 수 있는 법이지(精誠所至, 金石爲開)."라고 했다고 한다.

장자(莊子, BC 369~BC 286?)

무애자재(無碍自在)의 도를 깨친
위대한 사상가

그가 쓴 《장자》는 도가의 시조인 노자가 쓴 것으로 알려진 《도덕경》보다 더 분명하며 이해하기 쉽다. 장자의 사상은 중국 불교의 발전에도 영향을 주었으며, 중국의 산수화와 시가에도 많은 영향을 미쳤다.

본명은 장주(莊周), 자는 자휴(子休)이다. 맹자와 동시대에 살았다고 전해진다. 한때 칠원리(漆園吏)라는 말단 관직에 있었으나 평생을 가난하게 살았다.

장자는 만물 일원론을 주창하였다. 어느 날 장자는 자기가 나비가 되어 훨훨 자유로이 날아다니는 꿈을 꾸었다. 그러나 잠을 깨니 내가 꿈을 꾸고 나비가 된 것인지, 아니면 나비가 꿈을 꾸고 지금의 내가 되어 있는 것인지 모를 일이었다. 장자는 이처럼 상식적인 사고방식에 의문을 품고 유학자들이 말하는 도덕적 가르침 따위는 하잘것없는 것이라고 하였다. 그리하여 노자의 생각을 이어받아 자연으로 돌아갈 것과 무로 돌아갈 것을 주장하였다.

장자는 《장자》의 내편과 외편에 나오는 일화들을 보면 개인의 안락함이나 대중의 존경 따위에는 전혀 신경 쓰지 않은, 예측 불허의 괴팍한 성인으로 나타나 있다.

의복은 거칠고 남루했으며 신발은 떨어져나가지 않게 끈으로 발에 묶어 놓았다고 한다. 그는 자신이 비천하거나 가난하다고 생각하지 않았다. 그의 친구인 혜시(惠施)가 부인의 상을 당한 장자를 조문하러 와서 보니, 장자는 돗자리에 앉아 대야를 두드리며 노래를 부르고 있었다. 혜시가 장자에게 평생을 같이 살고 아이까지 낳은 아내의 죽음을 당해 어떻게 그럴 수가 있느냐고 따지자 장자가 말했다.

"아내가 죽었을 때 내가 왜 슬프지 않았겠는가? 그러나 다시 생각해 보니 아내에게는 애당초 생명도 형체도 기도 없었다. 유와 무의 사이에서 기가 생겨났고, 기가 변형되어 형체가 되었으며, 형체가 다시 생명으로 모양을 바꾸었다. 이제 삶이 변하여 죽음이 되었으니 이는 춘하추동의 4계절이 순환하는 것과 다를 바 없다. 아내는 지금 우주 안에 잠들어 있다. 내가 슬퍼하고 운다는 것은 자연의 이치를 모른다는 것과 같다. 그래서 나는 슬퍼하기를 멈췄다."

장자의 임종에 즈음하여 제자들이 그의 장례식을 성대히 치르려고 의논하고 있었다. 장자는 "나는 천지로 관을 삼고 일월로 연벽(連璧)을, 성신으로 구슬을 삼으며 만물이 조상객(弔喪客)이니 모든 것이 다 구비되었다. 무엇이 더 필요한가?"라고 말하면서 그 의논을 즉시 중단하게 했다.

제자들은 매장을 소홀히 하면 까마귀와 솔개의 밥이 될 우려가 있다고 했다. 이에 대해 장자는 "땅 위에 있으면 까마귀와 솔개의 밥이 되고, 땅속에 있으면 땅속의 벌레와 개미의 밥이 된다. 까마귀와 솔개의 밥을 빼앗아 땅속의 벌레와 개미에게 준다는 것은 공평하지 않다."라고 했다.

:: 아는 것은 안다고 하고, 모르는 것은 모른다고 하여야

《논어》 '위정' 편에서 공자는 다음과 같이 말했다.

"자로(子路)야, 내가 너에게 안다는 것인지 무엇인지 가르쳐 주겠다. 자기가 알고 있다는 것을 아는 것과 모르고 있다는 것을 아는 것, 이 두 가지가 아는 것이니, 모르는 것은 바로 이러한 것을 모르는 것이니, 이래야 진정으로 아는 것이니라."

子曰 由 誨女知之乎 知之爲知之 不知爲不知 是知也

어느 날, 공자와 제자들이 길을 가고 있는데, 마차가 갑자기 멈춰 섰다. 알고 보니 한 어린아이가 길에서 돌을 쌓는 놀이를 하고 있었다.

마차를 몰던 자로가 큰소리로 어린아이를 불렀다.

"야, 이놈아, 저리 비켜라. 우리는 여기를 지나가야 해."

"어르신들은 누구십니까?"

어린아이는 고개를 갸웃하며 물었다. 자로가 대답했다.

"공자님과 그의 학생들이다."

어린아이가 또 물었다.

"공자님은 어떤 분이세요?"

자로는 오만하게 그에게 일러 주었다.

"공자님은 성인이시란다."

어린아이가 물었다.

"성인이요? 성인이시면 반드시 무엇이든지 다 아시겠네요?"

자로는 이치가 당연하다는 듯이 말했다.

"당연하지."

그 말을 듣고 어린아이는 정색을 하며 물었다.

"좋아요. 제가 그분께 좀 여쭤보겠습니다."

마차에서 자로와 아이의 대화를 듣고 있던 공자는 곧 마차에서 내렸다.

"얘야, 넌 무슨 문제를 물으려고 하느냐?"

"어르신을 성인이시라고 하던데, 응당 모르시는 것이 없으실 테지요. 제가 여쭙겠는데요, 이치에 비추어서 본다면, 성이 마차를 피해야 하는지 마차가 성을 피해가야 하는지요?"

"당연히 마차가 성을 피해가야 되겠지."

"그렇다면 보십시오. 제가 쌓은 것이 무엇입니까?"

공자가 고개를 숙이고 보았더니, 아이가 쌓은 성에는 집뿐만 아니라 성벽까지도 있었다.

어린아이가 웃으면서 말했다.

"어르신께서 보셨으니 아시겠지요. 방금 마차가 성을 피해가야 한다고 하셨으니, 저보고 비키라고는 안 하시겠지요."

공자는 자로를 불러 마차를 한쪽으로 빙 돌아가게 했다.

공자 일행이 한 농촌에 이르러 농가에 투숙하게 되었다. 자로가 우물에 가서 물을 퍼서 밥을 지으려고 물통을 찾았으나 마땅한 것을 찾지 못했다. 하는 수 없이 머리가 두 개 정도 들어갈 정도 되는 옹기에다 물을 가득 담아 끌어올려 땅에다 놓았더니, 옹기가 자꾸 기울어져 물이 다 쏟아지고 말았다. 몇 번이나 시도하였어도 마찬가지였다.

다른 방법이 없이 그러고 있을 때 공자가 왔다. 공자는 옹기를 보고 또 보더니, 옹기를 우물에 집어넣어 반쯤 물을 채워 끌어올려 땅에다 놓았다. 옹기는 옆으로 기울어지지 않고 온전하게 있었다.

공자는 제자들에게 말했다.

"이것은 오래된 물통인데, 이것은 머리 두 개가 들어갈 정도의 크기여서, 물은 쉽게 들어가지만, 물을 가득 채우면 곧 기울어지고, 반을 채워야 넘어지지 않게 된단다."

공자는 오늘 길에서 만난 어린아이와 나눈 대화와 관련하여 겸연쩍게 말하였다.

"사람 노릇은 바로 이 옹기와 마찬가지인데, 자만해서는 안 되고, 자만하면 곧 넘어지는 것이다. 세상에는 우리가 모르는 일들이 너무나 많으니, 우리는 자신의 무지를 인정하여야 한다. 아는 것은 안다고 하고, 모르는 것은 모른다고 하여야, 이래야 총명하고 지혜가 있는 사람인 것이다."

능력에 따라 행동하는 것을 기본 원칙으로 삼아야 한다. 사람의 능력에는 한계가 있다. 이 점을 간과하고 허세를 부리며 굳이 어려운 임무를 맡으려 한다면 공연히 힘만 낭비할 뿐 절대 좋은 결과를 얻을 수 없다.

위나라 영공(재위 BC 534~BC 493)이 노나라 명사 안합(顏闔)의 학식이 높음을 잘 알고 그를 태자 괴귀(蒯瞶)의 스승으로 초빙하려 했다.

안합은 괴귀의 성품이 잔인하고 함부로 사람을 죽여 위나라 사람 모두가 그를 두려워한다는 말을 들었다. 안합은 자신이 과연 이런 사람을 가르칠 수 있을까? 자신이 없었다. 그래서 위나라 현자 거백옥(蘧伯玉)을 찾아가 조언을 구하기로 했다. 안합은 괴귀에 대해 들은 것을 거백옥에게 이야기하며 물었다.

"지금 왕께서 저를 괴귀의 스승으로 삼으려 하고 있습니다. 제가 여기에 응한다 해도 이 일을 잘 해낼 수 없을 것입니다. 만약 괴귀를 바른길로 인도하지 못하고 제멋대로 행동하게 두면 그는 계속 사람들을 해칠 것이고 위나라를 위기에 빠뜨릴 것입니다. 그러나 제가 괴귀를 엄하게 단속하여 마음대로 행동하지 못하게 한다면 괴귀가 저를 죽일지도 모릅니다. 그러니 제가 어찌해야 하겠습니까?"

거백옥은 이렇게 대답했다.

"그대의 능력으로 괴귀를 가르치는 일은 결코 쉽지 않을 것이오. 정말 괴귀의 스승이 되고자 한다면 반드시 신중하게 행동하여 경솔하게 왕자의 감정을 건드리지 않도록 해야 하오. 그렇지 않으면 죽음을 면치 못할 것이오. 자신의 말을 너무 아낀 나머지 벌레가 말을 무는 것을 보고 칼을 휘둘렀다가 결국 놀란 말의 발에 밟혀 죽음을 초래한 것과 같은 것이오.

어느 날 내가 마차를 타고 길을 가는데 앞쪽에 사마귀 한 마리가 마차 바퀴가 다가오는 것을 보고 앞다리를 들어 올려 마차 바퀴를 막으려 했소. 그 사마귀는 자신의 힘으로 절대 마차 바퀴를 막을 수 없다는 사실을 몰랐던 것이지요.

결국 그 사마귀는 마차 바퀴에 깔려 죽고 말았지요. 그대도 자신의 능력을 생각하지 않고 괴귀의 스승이 된다면 방금 말한 사마귀와 같은 비극을 초래하게 될지 모르오."

안합은 거백옥의 말을 듣고 괴귀의 스승이 되지 않고 위나라를 떠나기로 결심했다.

그 후, 괴귀는 커다란 문제를 일으켜 결국 죽음을 맞이했다.

∷ 닭과 기장밥에 얽힌 약속

《순자》'비십이자(非十二子)' 편에서 이렇게 말했다.

"군자는 자신을 수양하지 못한 것은 부끄럽게 여기지만, 남들이 더럽게 보는 것을 부끄럽게 여기지는 않는다. 신의가 없는 것은 부끄럽게 여기지만, 남들이 믿어 주지 않는 것을 부끄럽게 여기지는 않는다. 능력이 없는 것은 부끄럽게 여기지만, 등용되지 못하는 것을 부끄럽게 여기지는 않는다."

신실함은 어디서 나오는가? 덮어놓고 믿지 않고 살피고 따져 보아 믿을 만한 것을 믿는 데서 생긴다. 의심할 만한 일을 덩달아 믿어 부화뇌동하면 뒤에 꼭 후회하고 책임질 일이 생긴다. 다 잘해주고 무조건 베푸는 것이 인(仁)이 아니다. 그의 언행을 보아 그가 받을 만한 대접만큼 해주는 것이 인이다. 가리지 않고 잘해주면 그가 달라질 기회를 빼앗는 것이나 한가지다. 문제가 생겼을 때 바른말로 상황을 바로잡아주는 것이 지혜다. 때로는 입을 꾹 다문 침묵이 더 무서울 때도 있다. 침묵이 언어의 힘을 넘어서는 것은 아주 가끔이다.

사람은 반드시 신의를 지켜야 한다. 신의란 곧 말에 믿음이 있어야 한다는 것이다. 그러므로 자기가 한 말에 대해 신용을 지켜야 하며 실언을 하지 말아야 한다. 자신이 한 말에 책임과 의무를 다해야 타인에게 믿음을 얻을 수 있다.

잘못인 줄 알면서도 음험하게 속내를 숨긴다. 못된 심보를 안 들키려고 겉꾸민다. 속임수는 항상 그럴싸해 보이고, 쓸데없는 말이 더 현란하다. 희한한 짓을 하면서 고집을 부린다. 잘못을 해놓고도 인정하지 않고 자꾸 꾸며서 좋다고 우긴다. 간사한 자를 곁에 두고 총애한다. 말은 청산유수인데 막상 이치에 맞지 않는다. 이런 현상이 자꾸 벌어지면 그 사회나 조직에 문제가 커지고 있다는 증좌다. 믿을 것을 믿고 의심할 것은 의심한다. 좋은 게 좋은 것이 아니다. 불편해도 진실을 따르는 것이 맞는다.

동한 때 장소(張邵)와 범식(范式)은 수도 낙양에서 동문수학했다. 두 사람은 학업을 마치고 각자 제 갈길을 갔다. 장소가 갈림길에서 날아가는 기러기를 바라보면서 "오늘 이별하면 이제 언제 다시 볼 수 있을지 모르는데…"라며 눈물을 흘렸다. 범식은 장소의 손을 잡으며 이렇게 말했다.

"여보게 친구, 너무 슬퍼하지 말게. 2년 뒤 가을에 내 반드시 자네를 찾아갈 테니까 그때 다시 만나면 되네."

2년이 지나고 어느 가을날, 낙엽이 우수수 떨어지고 울타리

엔 국화가 만발하고 먼 하늘에 기러기 울음소리가 들려오니 장소는 옛 친구에 대한 그리움이 더욱 간절해져 자기도 모르게 "그가 곧 오리라!"하고 중얼거렸다. 그리고 곧바로 집으로 돌아와 어머니에게 말했다.

"어머니, 방금 먼 하늘에서 기러기 울음소리가 들렸으니 곧 범식이 올 겁니다. 어서 그를 맞이할 준비를 해야 해요."

"아들아, 네가 너무 순진했던 게다. 범식이 사는 산양군이 여기서 얼마나 먼지 모르냐? 범식이 어떻게 여기까지 온단 말이냐? 천 리가 넘는 길이다."

"범식은 정직하고 진실하고 신용이 있는 사람입니다. 반드시 올 겁니다."

"그래, 그래! 그는 올 게다. 나는 가서 음식 준비를 해야겠다."

장소의 어머니는 이렇게 말할 수밖에 없었다. 사실 어머니는 범식이 올 것으로는 믿지 않았지만 아들이 실망할까봐 그의 마음을 달래려 했던 것이다.

그런데 약속한 시간이 되자 범식이 정말 장소를 만나러 왔다. 그는 자기가 사는 산양군에서 장소가 사는 여남군까지 온갖 고초를 겪으며 머나먼 길을 걸어온 것이다. 장소의 어머니는 너무 감동하여 그들 옆에 서서 눈물을 닦으며 말했다.

"세상에 이렇게 믿을 만한 친구가 다 있구나!"

범식이 약속을 지킨 이 이야기는 지금까지도 아름다운 일화로 전해져 오고 있다. 닭[鷄]과 기장[黍]밥에 얽힌 약속[約], 즉 계서약(鷄黍約)이다. 조선의 선비들은 '닭과 기장밥'의 우정을 부러워했다. 친구가 찾아오면 '계서'를 준비한다는 표현도 흔하게 나타난다.

 '소거백마(素車白馬)'는 '흰 수레와 흰 말'이란 말로 절친한 벗의 죽음을 애도하는 마음을 표현할 때 사용하는 말이다. 《후한서》 '독행열전 범식(獨行列傳 范式)'에 다음과 같은 이야기가 전한다.

 범식과 장소는 절친한 사이로 일찍이 동문수학한 후 각자 고향으로 떠나면서 2년 후 다시 만날 것을 기약했다. 그 후 2년이 되는 그날 장소 어머니께서는 "헤어진 지 2년이나 되었으니 이제 잊어버렸을 것이다."라고 말했다. 그러나 그날 저녁 무렵에 이르자 아니나 다를까 범식이 나타났다. 두 사람은 그간의 회포를 풀며 며칠을 함께 지냈는데 그 후 몇 달이 지나 장소는 갑자기 죽었다.

 한편 범식은 꿈에 장소가 나타나 '내가 죽게 되었다'는 말을 남기고 떠나는 꿈을 꾸었는데 그는 장소의 죽음을 직감하고 흰 말이 끄는 흰 수레를 타고 장소의 집으로 향했다.

 한편 장소의 집에선 장례를 치르기 위해 상여를 옮기려 하자 상여가 움직이지 않아 애를 먹고 있었는데 그때 저 멀리서 흰 수레를 몰고 달려오는 사람이 보였다. 장소의 어머니는 그가 범식임을 알아보았다. 이윽고 범식이 문상을 마치자 상여가 움직였다. 이후 절친한 친구의 죽음에 대한 표현뿐만 아니라 상을 당한 상주가 원행할 일이 있을 경우 흰 말이 끄는 흰 수레를 사용하게 되었다.

∷ 한결같이 배움에 정진해야

묵자는 공자와 더불어 공묵(孔墨)이라 일컬어질 만큼 제자백가의 거두였다. 《회남자》에는 "공자와 묵자의 명성은 영토가 없었지만 천자의 지위를 누렸고 천하를 두루 유묵(儒墨)에 기울게 했으며, 묵자를 따르는 무리는 백팔십 인인데 불 섶을 짊어지고 칼날을 밟으며 죽어도 돌아서지 않았다."고 전한다. 또 《맹자》에서는 "양자(楊子)와 묵자의 말이 가득하여 천하의 언론은 양자로 돌아가지 않으면 묵자로 돌아간다."고 증언한다.

묵자는 공자가 세상을 떠난 몇 년 후에 태어났다. 주(周)나라 봉건제도가 급속히 붕괴되어 작은 봉건국가들이 패권을 다투던 시기에 성장한 그는 겸애를 기본 이념으로 삼아 혼란한 정국을 바로잡고자 하였다.

전하는 바에 따르면 그도 역시 공자의 가르침을 따르는 유학자였으나, 주례(周禮)를 지나치게 강조하는 데에 생각을 달리하여 자신만의 사상을 세상에 내놓고 그것을 실천할 군주를 찾아 여러 나라를 돌아다녔다. 그러나 그에 적합한 군주를 찾지 못하자, 학교를 세워 후학을 키우는 데 힘썼다. 그는 매우 검소하게 살았으며 전쟁에 반대하여 평화주의를 주창했다.

묵자 하면 전쟁에 반대하고 서로 사랑할 것을 주장하는 평화주의자 또는 이상주의자로만 평가하는 사람들이 적지 않다. 하지만 사실 묵자는 내로라하는 개혁주의자이자 실천주의자였다.

묵자 철학이 지닌 개혁적인 성향은 그가 《묵자》 '비유(非儒)' 편에서 유가가 중요시한 예악(禮樂)을 번거로울 뿐만 아니라 사람을 미혹하는 것으로 비판한 데에서도 잘 드러난다. 묵자가 보기에 이런 번거로운 예법은 백성들의 삶을 고단하게 할 뿐 실생활에는 전혀 도움이 되지 않는 허례허식이었다.

그의 사상은 《묵자》 '절장(節葬)'에서 값비싼 장례 의식은 금지해야 한다는 주장으로 이어진다. 묵자는 망자를 지나치게 예우하는 것은 사회의 재화를 낭비할 뿐만 아니라 죽은 사람을 섬기기 위해 살아 있는 사람에게 오히려 너무 무거운 부담을 지우는 행위라고 생각했다.

당시 통치자들은 무덤을 화려하게 하고 부장품을 시신과 함께 묻었고 순장이라는 악습마저 있었다. 묵자는 이를 비판하며 좀 더 민생을 돌보는 실용적인 시점으로 장례 문화를 간소화할 것을 주장했다. 그의 사상은 불필요한 지출이나 낭비를 억제해야 한다는 《묵자》 '절용(節用)' 편에서도 잘 드러난다.

묵자는 반전 평화운동과 절용 문화운동을 전개한 사회운동가이자 혁명가였으며, 인류 최초로 우주와 공간과 시간을 말한 철학자요, 정교한 가격이론을 제시한 경제학자이기도 했다. 무엇보다 그는 신분 계급과 노예제가 엄연히 존재하던 고대 사회에 천하 만민에게 두루 평등한 사랑을 외친 평등주의자요, 박애주의자였다. 이처럼 묵자는 독창적이고, 선구적인 사상가였으며 그의 사상은 현재까지도 유효하다.

사람은 지식을 통해 강력한 힘을 얻는다. 지식은 사회 발전의 밑거름이자 인류의 진보를 위한 발판이며 개인이 시대의 흐름에 발맞출 수 있는지 여부를 결정하는 중요한 요소이다.

묵자가 외교 사절 신분으로 위나라로 갈 때, 그가 마차에 한가득 책을 싣는 것을 본 현당자가 묵자에게 물었다.

"선생님께서는 일전에 '책은 다만 옳고 그름을 가늠하는 도구일 뿐'이라는 공상과(公尚過)의 가르침을 알려주셨습니다. 그런데 지금 마차에 이렇게 많은 책을 싣고 계신 것은 도대체 무엇에 쓰려는 것인지요?"

묵자가 대답했다.

"옛날에 주공 단은 아침에 백 편의 글을 읽고, 저녁에는 70명의 선비를 만났다. 그러므로 주공 단은 재상으로 천자를 보좌하였고, 그의 다스림은 지금까지 전해지고 있다. 나는 위로는 임금을 위해 해야 할 일이 없고, 아래로는 농부처럼 농사지어야 할 어려움이 없으니, 내 어찌 감히 독서를 폐하겠나? 내가 듣건대, '사물은 똑같이 귀결되는 것이지만, 말로 전함에는 오류가 있다.' 그러나 백성들이 듣는 것은 고르지 않으니, 책이 많아지는 것이다. 이제 만약 마음속에서, 이치를 정밀하고 세밀하게 생각해 본다면, 사물이 똑같이 귀결되는 것, 이미 그런 요점을 알 것이다. 이런 까닭에 책으로 가르치지 않은 것이니, 그대는 무엇이 괴이하다는 것인가?"

묵자는 주공이 매일같이 배우는 것을 게을리하지 않았기 때문에 그의 업적과 명성이 후세 사람들에게까지 전해질 수 있는 것이라 생각했다. 천자를 모시고 온갖 정무를 해결하는 중에도 한결같이 배움에 정진했던 주공을 생각하면 묵자는 배움을 멈출 수 없다고 여겼다.

:: 자신이 바르면 천하가 돌아온다

《맹자》 '이루(離婁)' 편에 다음과 같은 말이 나온다.

"다른 사람을 사랑하는데도 그가 나를 친하게 여기지 않을 경우는 자신의 사랑하는 마음을 반성해 보고, 다른 사람을 다스리는데도 다스려지지 않을 경우는 자신의 지혜를 반성해 보고, 다른 사람에게 예를 갖추어 대하는데도 그것에 상응하는 답례가 없을 경우는 자신의 공경하는 마음을 반성해 보아야 한다.

어떤 일을 하고서 바라는 결과를 얻지 못하면 모두 돌이켜 자신에게서 그 원인을 찾아야 한다. 자신의 한 몸이 바르면 천하 사람들이 다 그에게로 돌아온다."

孟子曰 愛人不親反其仁 治人不治反其智 禮人不答反其敬行有

不得者 皆反求諸己 其身正而天下歸之

삼국시대 촉한의 정치가이자 군사 전술가인 제갈량이 기산에 영채를 세우자 위나라 조예는 장합(張郃)을 선봉으로 내세우고 사마의(司馬懿)와 함께 20만 대군으로 맞섰다. 제갈량은 장수들에게 서둘러 진을 치게 했다. 이때 참군 마속(馬謖)이 가정 길목을 지키겠다고 자청했다. 제갈량은 군령을 내려 대장 왕평과 마속에게 정예병 2만 5,000명을 거느리고 가정(街亭)으로 가게 했다.

가정에 도착한 왕평과 마속은 지형을 살펴보았다. 왕평이 길목에다 영채를 세우고 보루를 쌓아야 한다고 주장하자 마속은 완강히 반대했다. 왕평이 마속을 말렸으나 소용없었다. 왕평은 군사 5,000을 거느리고 산 아래에 진을 쳤고 마속은 군사를 이끌고 산 위로 올라가 진을 쳤다. 마속은 제갈량의 지시를 어기고 가정의 요소에 영채를 세우지도 않았고 보루도 쌓지 않았다.

위나라 사마의는 군사를 이끌고 산을 포위하여 공격을 개시하였다. 마속이 산꼭대기에서 내려다보니 주위는 온통 위나라 군사들뿐이었다. 촉의 군사들은 간담이 서늘해졌다. 마속이 공격 명령을 내렸지만 군사들은 감히 나서지 못했다. 사마의는 산에 불을 질렀다. 마속은 당황하여 진지를 버리고 산에서 내려왔다. 위나라 군사는 이 틈에 대대적인 공격을 퍼부어 촉나라 군사를 거의 섬멸시켰다. 가정을 빼앗기자 위협을 느낀 제갈량은 군사를 한중(漢中)으로 물러서게 했다.

마속은 큰 죄를 저질렀음을 깨닫고 제갈량의 막사에 들어가 무릎을 꿇었다. 제갈량은 엄하게 말했다.

"가정은 우리가 승패를 결정짓는 관건이 되는 곳이라고 그토록 말하지 않았더냐? 왕평의 권고를 따르지 않아 군사를 잃었으니 모두 너의 잘못이다. 군법에 따라 처벌하지 않으면 앞으로 어떻게 군사를 통솔할 수 있겠느냐?"

제갈량은 말을 마치자 도부수(刀斧手)에게 명령을 내려 마속의 목을 치게 했다. 이 소식을 듣자 참군 장왕이 달려와 마속을 살려주기를 간청했지만 제갈량은 눈물을 흘리며 말했다.

"예전에 손무가 천하를 제패한 것은 국법이 엄했기 때문이오. 지금은 세상이 어지러워 전쟁이 끊이지 않고 있소. 만약 내가 국법을 어지럽힌다면 어떻게 적을 이길 수 있겠소?"

제갈량은 평소 마속을 친아들처럼 대해주었고 그의 재주를 아껴왔지만 결국 마속의 목을 쳐서 군법을 엄격히 세웠다. 그리고 마속을 안장한 뒤, 촉의 후주에게 글을 올려 자신이 사람을 잘못 기용해 북벌에 실패한 죄를 달게 받겠다며 자신의 계급을 세 등급 낮추어 줄 것을 간곡히 요청했다.

제갈량이 마속의 과오를 자신의 책임으로 돌린 일은 후세에 아름다운 이야기로 전해지고, 제갈량이 눈물을 흘리며 마속의 목을 친 일을 가리켜 '읍참마속(泣斬馬謖)'이란 고사성어가 오늘날까지 전하고 있다.

∷ 임금이 백성과 더불어 즐기다

우리에게 맹자는 공자만큼이나 익숙한 이름이다.

학창 시절에 배운, 인간의 본성이 선하다는 맹자의 '성선설'을 기억하는 독자들도 있을 것이다. 그런데 《맹자》를 직접 읽어 본 사람은 많지 않을 것이다.

《맹자》에는 맹자가 여러 왕들을 만나 나눈 대화 등이 그대로 담겨 있다. 문장이 완결성이 있어서 한문을 익히려는 이들에게 첫 번째로 권해지는 책이기도 하다.

《맹자》에서 만나는 맹자는, 직설적이고도 시원하게 우리의 마음을 흔들어 놓는다. 《맹자》에는 권력 앞에서도 쫄지 않고 당당히 자신의 정치철학을 펼치는 맹자의 육성이 가득하다. 쪼개진 나라들이 전쟁을 거듭하던 전국시대인데도 맹자는 자신의 소신을 굽히지 않고 왕들과 당당히 맞선다. 여러 왕들과 맹자의 뜨거운 대화를 읽다 보면 마치 연극 대본을 읽는 것처럼 자연스레 몰입된다.

맹자가 말했다.

"함께 천하를 즐기고 함께 천하를 걱정한다."

흔히 사람들은 공동의 이익을 생각하기보다 개인의 이익만을 우선시하는 이기적 사고방식이 사회적 병폐로 되고 있다. 그러므로 훌륭한 지도자는 아랫사람들을 먼저 생각할 뿐만 아니라 국가나 인류의 이익을 크게 생각해야 한다.

제나라 선왕이 별궁인 설궁(雪宮)에서 성대한 연회를 베풀어 즐기다가 맹자를 접견하고는 물었다.

"현자도 이러한 즐거움을 누립니까?"

맹자가 대답했다.

"현자도 이러한 즐거움을 누립니다. 그러나 보통 사람들은 이러한 즐거움을 얻지 못하면 윗사람을 비난합니다. 그러한 즐거움을 얻지 못했다고 윗사람을 비난하는 것도 잘못이고, 백성들의 윗사람으로 즐거움을 백성들과 함께하지 않는 것도 잘못입니다.

백성들의 즐거움을 자신의 즐거움으로 여기면 백성들도 임금의 즐거움을 자신들의 즐거움으로 여길 것입니다. 백성들의 근심을 자신의 근심으로 여기면 백성들도 임금의 근심을 자신들의 근심으로 여길 것입니다. 천하 사람들과 즐거움을 함께하고 천하 사람들과 근심을 함께하고도 통일된 천하의 왕이 되지 못한 사람은 없었습니다.

예전에 경공(景公)이 재상 안자에게 '과인은 전부산과 조무산을 여행하고 바다를 따라 남쪽으로 내려가서 낭야(瑯野)에까지 가려고 합니다. 과인이 어떻게 준비하면 선왕들이 행했던 순방에 견줄만 하겠습니까?'라고 물었습니다.

그러자 안자가 답했습니다.

'참 좋은 질문이십니다. 요즘에 전국을 순방하는 왕은 군대를 몰고 다니면서 양식을 걷어가기 때문에 백성들은 굶주렸어도 먹지 못하고 피곤하여도 쉬지 못하며 서로를 흘겨보고 비방하다가, 마침내 서로가 해치고 빼앗는 나쁜 짓을 하게 되었습니다. 그런데도 여전히 선왕의 명을 거역하고 백성을 학대하며 물을 흘려버리듯 음식을 낭비하고, 즐거움에 빠져 멈출 줄 모르며, 억지로 즐길 거리를 만들어 맘껏 즐기고, 자신을 어지럽힐 만큼 사냥에 몰두하며, 자신을 망쳐버릴 만큼 술을 마셔 제후들의 근심거리가 되고 있습니다.

뱃놀이를 하면서 물살을 따라 내려가며 즐기다가 돌아갈 줄 모르는 것이 즐거움에 빠져 멈출 줄 모르는 것이고, 사람들에게 배를 끌고 물살을 거슬러 오르게 하며 즐거워하다가 돌아갈 줄 모르는 것이 억지로 즐길 거리를 만들어 마음대로 즐기는 것이며, 또 사냥을 하면서 부족한 대로 만족하고 그만두려 하지 않는 것이 자신을 어지럽힐 만큼 사냥에 몰두하는 것이고, 술을 마시면서 적당한 정도에서 멈추려 하지 않는 것이 자신을 망칠 만큼 술을 마셔대는 것입니다.

선왕들은 멈출 줄 모르고 즐거워하거나 억지로 즐길 거리를 만들어 즐기려 하지 않았고, 자신을 어지럽힐 만큼 사냥에 몰두하거나 자신을 망칠 만큼 술을 마시는 행동도 하지 않았습니다. 어느 것을 따를지는 오직 임금께서 결정하실 일입니다.'

이 말을 들은 경공은 매우 기뻐하며, 나라 안에 대대적으로 명령을 내린 후 교외로 나가 머물면서 창고의 양곡을 풀어 부족한 사람을 도와주었습니다. 그리고 음악을 관장하는 태사(太師)를 불러 '나를 위해서 임금과 신하가 함께 즐길 수 있는 음악을 지으라'고 했습니다. 치소(徵招)와 각소(角招)라는 음악이 바로 그것입니다. 그 가사에서 '임금의 욕심을 가로막는 것이 무슨 잘못인가?'라고 했습니다. 임금의 욕심을 가로막는 것이 임금을 사랑하는 것임을 말한 것입니다."

:: 침착함에서 시작하여 조급함으로 망한다

　말과 행동이 모두 여유로운 것이 바로 안정이다. 서두르지 않고 조급해하지 않으며 모든 일을 이치에 맞게 처리하는 것이 침착이다. 정직은 솔직하고 담백한 것이고 평온함을 갖춘 사람은 남들과 다투지 않고 늘 상대방을 감싸 안는다.

　《후흑학》이 말 그대로 두꺼운 얼굴과 시커먼 마음으로 천하를 움켜쥐는 비술을 논한 후흑학이라면, 《귀곡자》는 은밀한 계책을 들고 천하를 종횡으로 누비며 유세하는 비술을 논한 음모학이다.

　음모는 흔히 은밀히 흉악한 일을 꾸미는 잔꾀의 의미로 통용되고 있으나 《귀곡자》가 말하는 '음모'는 그런 뜻이 아니다. 처자식과 직장 상사와 부하 등 주변 사람들이 전혀 눈치 채지 못할 정도로 은밀하게 일을 추진하는 것을 말한다. 말할 것도 없이 여기에는 국가 대사와 같이 큰일도 포함된다. 최고 통치권자가 '음모'의 대가가 되어야 한다는 이야기이다.

　《귀곡자》는 일을 시작하기 전에 먼저 균열의 조짐을 없애라고 한다. 실 같은 틈이 벌어져서 큰 틈이 되고, 결국은 거대한 구조물도 붕괴되고 만다. 경우에 따라서는 프로젝트가 작은 틈에 의해 망가질 수도 있다. 먼저 어디에서 틈이 벌어질지 알아낸다면 프로젝트는 더욱 주도면밀해져서 많은 비용과 노력을 절약할 수 있다.

《귀곡자》는 이렇게 말했다.

"군주가 편안하고 여유로우며 바르고 조용하다면 군주의 품격이 있는 것이다."

동진(東晉)의 개국공신 왕돈(王敦)은 야심이 아주 커 황제의 자리를 넘보았다. 이를 눈치 챈 모사 전풍(田豐)은 계속해서 왕돈을 부추겼고 결국 두 사람은 의기투합해 모반을 결심했다.

어느 초여름 새벽에 왕돈이 막 잠에서 깼을 때 전풍이 황급하게 그를 찾아왔다. 아무런 말없이 자신에게 눈짓만 하는 전풍을 보고 왕돈은 손짓으로 시종을 물렸다. 두 사람은 곧 문을 걸어 잠그고 모반할 계획을 세워 나갔다. 전풍이 은밀한 목소리로 이야기를 시작하자 듣고 있던 왕돈의 표정은 점점 긴장하며 상기되었다. 잠시 후 왕돈이 갑자기 자리에서 일어나 손짓으로 전풍의 말을 막았다.

마침 창밖을 내다보던 그의 눈에 맞은편 서재에 걸어둔 휘장이 살짝 흔들리는 것이 보였기 때문이었다. 왕돈은 그제야 조카 왕희지가 그 서재에서 자고 있다는 사실을 떠올렸다. 당시 열한 두 살이었던 왕희지는 평소에 왕돈의 사랑을 듬뿍 받으며 자랐다. 왕돈이 총명하고 무슨 일이든지 금세 깨우치는 왕희지를 일찌감치 가문의 후계자로 점찍고 그를 곁에 두었던 것이다.

왕희지는 이번에도 며칠 동안 왕돈의 집에서 머물고 있었는데 마침 그 침실이 왕돈과 전풍이 이야기를 나누던 거실과 바로 이어져 있었다. 하지만 왕돈은 전풍이 찾아왔을 때 너무 긴장한 나머지 왕희지가 그 방에서 자고 있다는 사실을 까맣게 잊어버린 것이다. 왕돈은 놀란 표정으로 말했다.

"이를 어쩌면 좋단 말인가! 방금 우리가 했던 이야기를 그 아이가 들었다면 이제 어떻게 해야 하지!"

거병이니, 찬탈이니 하는 것은 분명 크나큰 반역죄였다. 만일 그것이 새어나가기라도 한다면 결말이 어떨지는 불 보듯 뻔한 것이다. 전풍은 두 눈 가득 살기를 띠며 왕돈에게 말했다.

"대장군, 이 일이 알려지면 우리는 모두 죽습니다. 무릇 담이 작으면 군주가 아니라 했고 독하지 않으면 사내대장부가 아니라 했습니다."

전풍은 은근히 왕돈에게 조카를 죽일 것을 종용했다.

"대장군이 큰일을 하려면 과감하게 행동해야겠지. 잘라야 할 때 자르지 않으면 더 큰 화가 생긴다고 했으니 말이오."

왕돈은 조카가 자고 있는 방을 바라보며 조용히 말했다.

"얘야! 무정한 나를 용서하려무나."

말을 마친 왕돈은 날이 시퍼렇게 선 청룡 보검을 빼어 들고 왕희지의 방으로 갔다. 전풍도 조용히 그의 뒤를 따랐다. 살며시 휘장을 걷고 검을 내리치려던 찰나 왕돈은 행동을 멈추고 말았다. 왕희지가 색색 숨소리를 내며 아주 달게 자고 있었던 것이다. 심장 박동도 일정한 것을 보니 한참 자고 있는 게 분명했다. 왕돈은 그제야 마음이 놓였다.

"아무것도 듣지 못했구나!"

왕돈은 즉시 검을 감추고 전풍의 손을 잡아끌며 왕희지의 방에서 나왔다. 정말 위기의 순간이었다. 왕희지는 자칫하면 삼촌의 손에 죽을 수도 있었다. 사실 이미 잠을 깬 왕희지는 뜻하지 않게 두 사람의 이야기를 다 들었다.

비록 어린아이였지만 그는 그것이 얼마나 위험한 일인지 직감했다. 그리고 왕돈이 검을 들고 자기 방으로 올 때 왕희지는 두려움으로 심장이 터질 것만 같았지만 그는 온 힘을 다해 마음을 안정시키고 두 눈을 감은 채 잠이 깊이 든 척을 했던 것이다.

어린 왕희지는 이렇게 남다른 대범함과 침착함으로 자신의 목숨을 지킬 수 있었다. 명나라 학자 여곤(呂坤)은 "천지 만물의 이치는 모두 침착함에서 시작하며 조급함으로 망한다."라고 했다.

:: 총애와 치욕은 지극히 상대적인 것

노자는 《도덕경》 제13장에서 이렇게 말했다.

"총애를 받거나 치욕을 당해도 놀라지 말며 커다란 우환을 자기 몸처럼 귀하게 여겨라."

寵辱若驚 貴大患若身

만약 총애를 받거나 치욕을 당했을 때 마음이 어지러워지면 이는 자기 수양을 게을리한 사람으로 결국 경거망동하다가 큰 화를 부르게 된다. 즉 실패의 원인이 된다.

중국의 시인 이백(李白)이 과거 시험을 치르기 위해 도성에 갔다. 사람들은 이백에게 시험관 양국충(楊國忠)과 환관 고력사(高力士)는 재물을 탐내는 자들이니 예물을 보내지 않으면 시험을 아무리 잘 봐도 낙방할 것이라고 일러주었다.

하지만 이백은 한사코 이들에게 예물을 보내지 않았다. 그리하여 이백의 과거 시험 성적은 좋았지만 양국충은 이런 서생은 먹이나 갈아야 한다고 깔보았다. 고력사는 한술 더 떠서 "먹을 가는 일도 과분하다. 이런 자는 내 신발이나 벗기는 게 딱 맞다."라고 말하며 시험장에서 내쫓았다.

그로부터 1년쯤 지난 어느 날, 번(番)의 사신이 당나라에 와서 국서를 건네주었으나 알아볼 수 없는 글자가 가득 쓰여 있었다. 당 현종은 양국충에게 이를 읽어보라고 했지만 양국충은 도무지 무슨 글자인지 읽을 수가 없었고 조정의 대소 신료 가운데 이를 읽을 수 있는 자가 단 한 명도 없었다.

현종은 화를 냈다.

"3일이 지나도 조정 대신들 중 읽는 자가 아무도 없다면 봉록 지급을 정지할 것이다. 6일이 지나도 읽을 자가 없다면 모두 파직할 것이며 9일이 지나도 읽는 자가 없다면 모두에게 형벌을 내릴 것이다."

그때 한 대신이 글을 읽어낼 사람으로 이백을 추천했다. 이에 현종은 번으로 조서를 하루빨리 보내야 했기에 사람을 보내 이백을 모셔오게 했다.

현종 앞에 이른 이백은 양국충과 고력사가 문무 대신들 중 가장 앞자리에 서 있는 것을 보고 현종에게 말했다.

"소인이 작년에 과거 시험을 치렀을 때 양 태사가 저를 낙방시켰고 고 태위가 저를 쫓아냈습니다. 청하건대 폐하께서 양국충에게 소인의 먹을 갈게 하시고 고력사에게 소인의 신발을 벗기도록 분부를 내려 주십시오. 그렇게 해주신다면 소인이 성심성의를 다해 조서를 쓰겠습니다."

현종이 어명을 내리자 양국충은 눈물을 머금고 먹을 갈고 고력사는 무릎을 꿇고 이백의 신발을 벗겨주었다.

이처럼 이백은 수모를 당했을 때도 당황하지 않았다. 이백은 그 후 한림학사가 되어 현종의 총애를 받았지만 그 자리에서 스스로 물러났다. 일시적인 총애나 치욕에 담담하게 대응한 이백의 태도에서 군자다운 풍모를 엿볼 수 있다.

사람들은 힘 있는 사람에게 총애를 받으면 뛸 듯이 기뻐하고 치욕을 당할 때는 한없이 슬퍼하는데, 총애와 치욕은 지극히 상대적인 것이어서 인위적인 가치 기준에 따라 결정되므로 항상 경계해야 한다는 것이다.

똑같은 행동도 시간이 흘러 평가하는 사람의 마음이 변하면 정반대의 결과를 낳을 수 있다. 지도자의 총애를 받든 비난을 받든 그것이 인간의 인위적이고 자의적인 판단이라는 것을 깨닫는다면 좀 더 쉽게 내 본연의 일에 몰두할 수 있지 않을까?

:: 운명은 스스로 개척하는 것

사람은 태어난 순간부터 생명은 우리에게 이 세상의 현실을 직시할 수 있는 용기를 준다. 우리는 이 용기에서 시작된 생명을 스스로의 힘으로 성장시켜 간다. 우리는 각자의 삶의 목표를 위해 변화하고 선택할 수 있는 능력을 가지고 있다.

묵자는 지금으로부터 약 2,300~2,500년 전, 보편 복지와 침략 전쟁 반대, 의로운 정치를 주장하고, 그것이 하느님의 뜻이라 말하면서, 그 뜻을 펼치고자 앉은자리가 따뜻해질 새 없이 동분서주했던 사상가이자 조직가이며 활동가이다.

《묵자》 원전은 한나라 때까지 71편이 전해졌다고 하나 현전하는 것은 53편이다. 《묵자》의 핵심은 '묵자 10론', 곧 겸애, 비명, 비공, 상현, 상동, 천지, 명귀, 절용, 절장, 비악으로 요약할 수 있다.

한비자는 "오늘날 이름 높은 학파는 유가와 묵가다."라고 말했다. 맹자가 "양주(楊朱)와 묵적(墨翟: 묵자의 본명)의 소리가 천하에 가득하다."고 경계했을 만큼 대중적 인기도 높았다. 그러나 진 제국의 통일 이후 묵가는 제국에 위협이 되는 불온한 사상으로서 땅에 묻히고 불태워지며 잊혀갔다.

《묵자》를 관통하는 키워드는 '사랑과 평화'이다. 주목할 것은 《성서》를 관통하는 열쇠말도 '사랑과 평화'이다. '사랑과 평화'를 기치로 내건 묵가의 창시자 묵적은 생전에 원수를 사랑하라고 가르친 예수처럼 모든 사람을 두루 사랑할 것을 역설했다. 이른바 겸애(兼愛)이다. 나아가 그는 강대국 군주들에게 약소국 공격을 자제해 열국이 공히 평화를 누리는 길을 택하라고 권했다. 이른바 비공(非攻)이다. '겸애'와 '비공'을 현대어로 바꾸면 '사랑과 평화'가 된다.

묵자는 이렇게 말했다.

"옛날의 궁핍한 백성이 먹고 마시는 것을 탐내고 일을 하는 것에는 게으름을 피워 그로 인하여 음식과 옷이 부족하고 굶주리고 추운날씨에 대한 근심이 있었다. 이들은 '자신이 나태하고 어리석어 일을 하는데 부지런하지 못하다는 것'을 알지 못하고 반드시 이르기를 '나의 운명이 진실로 가난하다'라고 한다."

묵자는 운명이 있다 없다에 대해 이렇게 말했다.

"지금 천하에서 벼슬하는 사람들은 어떤 이는 운명이라는 것이 있다고 하고 어떤 이는 운명이 없다고 한다. 옛날 걸왕이 나라를 어지럽힌 것을 탕왕이 다스렸고 주왕이 나라를 어지럽힌 것을 무왕이 다스렸다. 이것은 세상이 변하지 않고 백성이 변하지 않고도 위의 정치가 변하고 백성들의 교화가 바뀐 것이다.

탕왕과 무왕이 있으면 다스려지고 걸왕과 주왕이 있을 때는 어지러워졌다.

편안함과 위태로워짐이나, 다스려짐과 어지러워짐이 위에서 정령(政令)을 말하기에 달려 있는 것이다. 어찌 운명이 있다고 말할 수 있겠는가. 대저 운명이 있다고 말하는 자도 또한 그렇다고는 하지 않을 것이다.

상나라와 하나라의 시서(詩書)에는 '운명이라는 것은 사나운 왕이 지어내는 것이다'라고 하였다.

지금 천하의 선비가 시비와 이해의 까닭을 분별하려고 한다면 운명이 있다고 하는 자는 참으로 그르다고 할 것이다. 운명이 있다고 주장하는 자는 천하의 커다란 해를 끼치는 것이다."

운명은 스스로 개척해 나아가는 것이다. 자기 자신을 믿고 홀로 설 수 있도록 스스로를 단련해 강해져야 한다.

:: 나갈 때는 흰 옷, 돌아올 때는 검은 옷

난세의 군주가 갖춰야 할 통치의 모든 것. 춘추전국시대의 혼란기에 제왕들에게 난세를 평정하고 나라를 세워 오랫동안 통치할 수 있는 해법을 제시하는 《한비자》.

한비자는 자신의 고향인 한나라의 왕이 나라를 다스리고 부강하게 하는 데 힘쓰지 않고, 실속 없는 인사들을 등용해 실제로 공이 있는 사람보다도 높은 대우를 하고, 유가의 경전에 입각해 왕에게 유세하는 사람들을 총애하다가, 정작 위급할 때는 실제로 싸울 수 있는 무사를 허겁지겁 등용하는 태도에 실망했다. 그래서 법으로써 나라를 다스리는 방법을 왕에게 제안했으나 받아들여지지 않자, 《한비자》라는 책을 지었다.

《한비자》가 세상에 나온 뒤 진시황이 우연히 이 책을 읽고 감동하여 한비자를 직접 만나기를 원했다. 그러나 아이러니하게도 진시황이 직접 한비자를 만난 뒤, 한비자의 친구였던 이사(李斯)의 모함으로 한비자는 진나라에서 죽음을 당하게 된다. 진시황은 뒤늦게 후회하여 한비자의 사상을 근간으로 진나라의 통치를 정비했다.

한비자가 제시하는 통치 원리는 '법 · 술 · 세'라는 세 가지에 입각해 있다. 군주가 나라를 통치해야 할 때 가장 의존해야 할 근거로 '법'을 들었고, 신하들을 잘 부려 군주의 자리를 굳게 다지는 인사 정책을 '술'로 들었으며, 군주만이 가지는 유일하고 배타적인 권위를 '세'로 들어 설명하고 있다.

인간을 섣불리 믿지 않고 시스템과 정치술을 통해 군주의 자리를 확고히 해야 한다는 입장은 현대의 관점에서 보면 법에 철저히 기반하는 법치주의 정치학의 진면목을 볼 수 있다. 무엇보다도 현실적인 경쟁 체제의 비정함을 체감하고 실제로 군주가 제대로 통치할 수 있는 아주 구체적이고 실용적인 방법을 모색한 한비자의 목소리는 시사하는 바가 매우 크다.

사람들은 흔히 자기 기준으로 상대를 바라보고 자기 관점으로 상대를 판단한다. 자기가 정한 기준이 마치 정답인 양 생각한다. 인간관계에서 갈등의 원인이 대부분 자신의 기준으로 상대를 바라보기 때문이다. 상대의 기준도 존중해야 하지만 자기 기준에 얽매이지는 말아야 한다.

한비자는 이렇게 말했다.

"큰 산은 흙과 돌의 좋고 나쁨을 가리지 않고 받아들이기 때문에 그토록 높이 솟아올라 있는 것이고 바다는 작은 시냇물도 얼마든지 받아들이기 때문에 그토록 넉넉한 것이다."

전국시대 유명한 사상가인 양주(楊朱)에게 양포(楊布)라는 아우가 있었다.

양포가 어느 날 친구를 만나러 집을 나갔다가 도중에 큰비를 만났다. 옷이 흠뻑 젖었을 뿐만 아니라 흰옷에 흙탕물이 튀어 엉망이 되었다. 이런 초라한 모습으로 친구 집에 도착한 양포는 이렇게 초라한 모습으로 방에 들어갈 수 없다고 친구에게 옷을 좀 빌려달라고 했다.

친구는 하인에게 옷 한 벌을 가져오게 했다. 하인은 검은 옷을 가져왔다. 양포는 할 수 없이 검은 옷을 입었다.

저녁 무렵 친구와 헤어진 양포는 집으로 돌아왔는데 대문 앞에서 망을 보던 자기집 개가 양포를 알아보지 못하고 짖어댔다. 화가 난 양포는 발로 개를 차려고 했다. 마침 그 광경을 본 형이 웃으며 이렇게 말했다.

"내가 보기에는 네가 화날 일이 아닌 것 같구나."

"화낼 일이 아니라니요. 아니, 자기 집주인도 몰라보는 개가 있단 말이오?"

"그 개하고 입장을 바꾸어 생각해 보라. 너라면 주인이 나갈 때는 흰 옷을 입었는데 돌아올 때는 검은 옷이라면 이상하게 여기지 않을 수가 있겠느냐?"

:: 닥친 문제 해결에만 급급하면 후회와 넋두리만 가득

한비자는 매우 냉철한 정치 사상가였다. 법가(法家)는 유가(儒家)와 달리 배움이나 학문을 강조하지 않는다. 배움 가운데 쓸모 있는 것도 있지만, 세상에는 쓸모없는 지식도 적지 않다는 게 법가들의 차가운 시각이었기 때문이다.

한비자는 다른 사람의 지혜를 성실하게 배워야 함을 강조했다. 세상에 나온 모든 이야기를 다 모으려고 한 것처럼 보일 만큼 지식의 수집과 정리에 열정적이었다. 늙은 말에게 길을 찾도록 하고 개미의 힘을 빌려 물을 찾아낸 관중(管仲)과 습붕(隰朋)의 이야기를 통해 한비자는, 이렇게 뛰어난 인물들조차 늙은 말이나 개미의 지혜를 빌리려 하는데, 어리석은 사람들이 다른 사람의 지혜를 빌리고 배우길 게을리한다면 더 말할 것도 없다고 꼬집는다.

2,300년간 제왕학의 고전으로 군림하고 있는 《한비자》에는 리더와 지도자에 대한 충고와 교훈이 가득하다. 한비자가 수많은 일화들을 모았던 것도 군주 앞에서 자신의 주장을 펼 때 쓰기 위한 것이었으니, 《한비자》에 지도자를 위한 가르침이 넘쳐

나는 건 당연히다.

하지만 한비자가 말하는 지도자는 다른 제자백가가 말하는 지도자와는 크게 다르다. 한비자는 군주에게 더 너그러워지라 거나 더 존경받는 지도자가 되라고 말하지 않는다. 한비자는 군주와 신하의 관계는 결코 이상적인 것이 아니라고 말한다.

"군주와 신하는 이해관계가 다르기 때문에 신하에게 충성심이란 없다. 그러므로 신하의 이익이 이뤄지면 군주의 이익은 사라지는 것이다."

자신의 삶을 한번 살펴본다. 이대로 살아가도 희망찬 미래가 기다리고 있는가? 아니면 생각도 하기 싫은 끔찍한 결과가 기다리고 있지는 않는지?

그에 대한 답은 누구보다도 자기 자신이 나아갈 길의 미래에 대해 미리 분석하고 예측해 보아야 한다. 그것이 성공적인 삶을 만들어가는 첫걸음이다.

한비자는 말했다.

"사물의 작은 싹을 보고 아는 것을 '밝다'라고 한다."

노나라의 어떤 사람이 비단 신을 잘 만들고 그의 아내는 비단 모자를 잘 만들었다. 그런데 그들이 월나라로 이사 가려고 하자 어떤 이가 말했다.

"그대는 반드시 궁핍하게 될 것이오."

노나라 사람이 물었다.

"무엇 때문이오?"

그러자 그 사람은 이렇게 말했다.

"신은 발에 신는 것인데 월나라 사람들은 맨발로 다니고, 비단 모자는 머리에 쓰는 것인데 월나라 사람들은 머리카락을 짧게 자르고 생활하오. 당신의 기술이 아무리 뛰어나도 그것이 쓰이지 않는 나라로 간다면 가난해지지 않으려고 해도 그렇게 할 수 있겠소?"

이사를 가려는 사람은 자신이 가려는 곳이 어떤 곳인지 살피지 않았다. 자신들이 원하는 직업과 관련해 아무런 정보도 없었다. 월나라 사람들의 삶의 특징에 대해서 아는 것도 전혀 없었다. 무작정 이사 갈 생각만 하고 집을 떠나려 한 것이다. 그들이 월나라로 가서 정착했더라면 어떻게 되었을까?

자신이 하려는 일의 미래에 대해 반드시 미리 분석하고 예측해 보아야 한다. 항상 눈앞에 닥친 문제 해결에만 급급하다 보면 결국 자포자기하게 되고 삶은 후회와 넋두리만 가득하게 될 뿐이다.

:: 한 마음으로는 백 사람도 얻을 수 있어

　수많은 제후국이 패권을 다투던 춘추전국시대, 제나라를 춘추시대의 첫 번째 패권 국가로 만든 관중은 중국 역사상 가장 위대한 재상이자 출중한 정치가로 기억된다. 입신양명을 꿈꾸던 당시의 지식인들은 관중의 성공을 선망했고 관중을 롤 모델로 삼았다. 관중은 단순한 정치가가 아니라, 급변하는 당시 정국에 대한 예리한 통찰력과 국가와 민생에 대한 냉철한 현실주의 철학을 보여준 정치철학자로 볼 수도 있다.

　상인과 군인의 경험을 바탕으로 정치의 비밀을 꿰뚫고, 피지배계급인 민중의 중요성을 절감하고 국가의 역량으로 조직해 나갔다는 점에서 관중 정치철학의 힘이 평가된다. 패업을 꿈꾸던 제자백가 지식인들에게 관중의 정치철학은 숙고하고 넘어서야 할 필수 과목이었다.

　따라서 춘추시대만이 아니라 그 이후 전국시대 지식인들 대부분에게 관중은 하나의 이상향일 수밖에 없었다. 그들은 관중의 성공을 몹시 부러워했고, 그 성공의 비밀을 파헤쳐 자신도 제2의 관중이 되기를 열망했다.

21세기에 들어 중국을 이끌 새로운 아이콘은 관중이다. 20세기 중국에서는 중국사 2,000년 동안 가장 큰 비극은 공자를 중시하고 관중을 경시한 것이라는 주장이 나와 화제를 모았다.

송, 명, 청의 역사를 돌이켜보면 공자의 유교사상으로 나라를 다스린 결과가 성공적이지 못했다는 것이다. 다시 말해, 이미 실패로 확인된 공자의 유교사상을 다시 끌어들여 정치를 할 것이 아니라, 관중의 사상으로 나라를 다스려야 중국이 부강하고 발전한다는 논리가 강하게 대두하고 있다.

고도 경제성장을 구가하면서 이념보다 실용적 가치를 중시하는 중국의 사회 분위기는 관자에 대한 높은 관심을 낳고 있다. 관자에 대해 정기적으로 학술대회를 개최하고 논문집[管子學刊] 출간은 물론이고, 2004년에는 관중기념관(管仲紀念館)을 개관하였다.

관중에 대한 다양한 방면의 논문과 연구서가 쏟아져 나오고, 관자에 대한 수많은 종류의 번역서가 앞을 다투어 나오고 있다. 특히 관자에서 전통 중국의 경영이론이나 경제이론을 찾으려는 경영학자와 경제학자들의 관심이 매우 높다.

관중은 다음과 같이 말했다.

"사람과 교류할 때 거짓이 많고 진심이 없으며 모든 것을 사사로이 취하려는 것은 까마귀 떼의 사귐이다."

까마귀는 떼를 지어 우르르 몰려다니기에 얼핏 보기에는 단결력이 뛰어난 것 같아도 막상 먹잇감을 눈앞에 두면 서로 많이 차지하려고 물어뜯으며 다툰다. 관중은 까마귀 떼를 들어 이익만 추구하며 이합집산(離合集散)하는 사람들의 교류를 풍자하였다.

북송 시기 시인 안수(晏殊)는 아주 성실한 사람으로 명성이 자자했다. 그는 14세의 어린 나이에 황제에게 신동으로 천거되었다.

황제 진종은 그에게 진사 1,000여 명과 함께 시험을 치르게 했다. 그런데 안수는 시험장에서 붓을 내려놓고 황제에게 시험 문제를 바꿔줄 것을 요청했다. 자신이 열흘 전에 공부했던 내용이 시험 문제에 그대로 나왔다는 것이었다. 진종은 안수의 솔직하고 성실한 품성을 크게 칭찬하며 그에게 진사와 대등한 관직을 하사하였다.

안수가 관직에 있을 때는 천하가 태평한 시절이었다. 그래서 도성의 대다수 관리들은 걸핏하면 교외로 유람을 다니거나 술집에서 각종 연회를 베풀며 흥청망청하기 일쑤였다. 그러나 집이 가난해 이들처럼 놀러 다니고 술 마실 돈이 없었던 안수는 그저 집에 틀어박혀 형제들과 함께 글공부에만 열중했다.

어느 날, 진종은 태자를 보좌하며 글공부를 가르치는 동궁관(東宮官)에 안수를 임명했다. 태자를 보좌하는 자리는 매우 중요한 직책이었기에 대신들은 불만을 제기했다. 그러자 진종이 말했다.

"근래에 조정 대신들이 유람을 다니거나 연회를 베풀며 흥청망청 시간을 보내는 동안 유독 안수만은 집안에서 두문불출하며 열심히 글공부에 매진했소. 과인은 이처럼 성실하고 근면한 사람이야말로 동궁관의 적임자라 생각하오."

이때 안수가 사의를 표명하며 말했다.

"폐하, 소신 역시 유람을 다니며 술 마시는 것을 즐기는 사람입니다. 단지 집이 가난하여 돈이 없기에 집안에만 틀어박혀 지냈을 뿐입니다. 소신에게도 돈이 있었더라면 저들과 함께 즐겼을 겁니다."

안수의 이런 솔직함은 여러 대신들에게 신망을 얻게 되었고 진종에게도 크나큰 신임을 받게 되었다.

진심은 삶의 기본 원칙일 뿐만 아니라 가장 지혜로운 교제술이다. 그래서 옛 성인들은 "두 마음으로 한 사람도 얻을 수 없지만 한 마음으로는 백 사람도 얻을 수 있다."라고 말했다.

:: 예형이 옷을 전부 벗어버리자

　겸손은 일종의 미덕이고 수양의 척도이다. 예부터 "하늘은 스스로 높다고 생각하지 않고 땅은 스스로 넓다고 생각하지 않는다."라는 말이 있다.

　순자는 "날카로운 무기를 가지고 있는 것이 예의바르고 겸손한 태도로 사람을 대하는 것보다 효과적이지 않다."라고 했다.

　조조는 가후(賈詡)의 건의를 받아들여 유표를 투항시킬 장수를 찾아보기로 했다. 이때 공융(孔融)이 예형(禰衡)을 추천했다. 그러나 예형은 자신의 재능만 믿고 오만방자하게 행동하며 조조 수하의 인재들을 비난했다. 이에 분노한 장료(張遼)가 칼을 빼들고 예형을 죽이려 하자 조조가 말했다.

　"마침 북 치는 사람이 없으니 조정 회의가 있을 때 그리고 연회가 있을 때 자네가 북을 울려주게나."

　예형은 조조의 명을 받아들인 후, 그 자리를 떠났다. 예형이 나가자 장료가 조조에게 물었다.

　"저자는 하는 말마다 오만불손하기 짝이 없습니다. 왜 죽이지 않으십니까?"

"저자의 이름이 허명이라는 것은 온 세상이 다 알고 있다. 하지만 내가 그를 죽인다면 세상 사람들은 이 조조가 도량이 넓지 못하다며 비웃을 것이다. 저자는 스스로 인내심이 강하다고 생각하고 있으니 북 치는 임무를 맡겨 그에게 모욕을 주는 것이 낫다."

다음 날, 조조는 큰 연회를 열었고 예형에게 북을 치라고 명했다. 잠시 후, 예형이 다 낡은 옷을 입고 들어와 '어양삼과(漁陽三撾)'를 연주하기 시작했다. 리듬감이 절묘한 깊은 울림이 마치 금석을 연주하는 것처럼 들렸다. 연회에 모인 사람들은 모두 알 수 없는 감정에 사로잡혀 저도 모르게 눈물을 흘렸다. 이때 누군가가 예형에게 물었다.

"왜 새 옷으로 갈아입지 않았소?"

그러자 예형은 사람들 앞에서 옷을 벗기 시작하였다. 예형이 실오리 하나 걸치지 않고 옷을 전부 벗어버리자 사람들은 차마 그를 보지 못하고 얼굴을 가렸다.

잠시 후, 예형은 아무렇지도 않다는 듯 바지를 입었다. 이 모습을 보고 있던 조조가 예형을 꾸짖었다.

"궁 안에서 어찌 이렇게 무례하게 구느냐?"

"군왕을 속이고 기만하는 것이 무례한 것이지요. 저는 단지 부모가 물려주신 몸의 청렴함을 보여주려는 것뿐입니다."

"네가 청렴하다면 누가 더럽다는 것이냐?"

"군주께서 현명함과 어리석음을 구분하지 못하니 눈이 더럽고, 책을 읽지 않고 시를 읊지 않으니 입이 더럽고, 충언을 받아들이지 않으니 귀가 더럽고, 고금의 진리를 알지 못하니 몸이 더럽고, 주변 제후국을 포용하지 못하니 뱃속이 더럽고, 항상 왕위 찬탈만 꿈꾸고 있으니 마음이 더럽습니다. 천하의 명사인 나에게 북 치는 일을 시켰으니 이것은 양화가 공자를 멸시하는 것과 같습니다."

예형의 말을 들은 조조는 이렇게 명령했다.

"지금 당장 그대를 형주에 사신으로 보내겠다. 만약 유표를 투항시키면 그대를 공경에 봉하겠다."

예형은 가지 않겠다고 했지만 조조는 사람을 시켜 그를 억지로 형주로 보냈다. 예형은 형주에서 유표를 만나 일단 유표의 공덕을 칭찬하는 말을 늘어놓았다. 그러나 이것은 표면적인 것일 뿐 사실은 유표를 조롱하는 것이었다. 유표는 예형에게 황조를 찾아가라고 했다. 이때 누군가가 유표에게 물었다.

"예형이 주공을 조롱했는데 왜 그를 죽이지 않으십니까?"

"예형은 지금까지 수차례 조조에게 모욕을 주었다. 하지만 조조는 민심을 잃을 것을 두려워하여 그를 죽이지 않았다. 그래서 예형을 나에게 보내 내 손을 빌려 그를 죽이려 한 것이다. 천하의 인재를 죽였다는 오명을 내게 덮어씌우려는 것이지. 내가 예형에게 황조를 만나보라고 한 것은 조조에게 나 유표의 식견을 보여주기 위함이네."

유표의 수하들은 모두 고개를 끄덕이며 감탄했다.

황조를 찾아간 예형은 그와 함께 술을 마셨다. 두 사람 모두 거나하게 취했다. 이때 황조가 예형에게 물었다.

"허도에 어떤 사람들이 있소?"

"공융을 가장 첫 번째로 꼽을 만하고 양수 정도를 꼽을 수 있습니다. 이 두 사람 외에는 인재라 할 사람이 없습니다."

황조가 다시 물었다.

"나는 어떤 사람 같소?"

"종묘사직에 모셔 놓은 조상신 같은 사람이요. 꼬박꼬박 제사는 받아먹으면서 전혀 신통력을 발휘하지 못하는 조상신 말이요!"

이 말을 듣고 난 황조는 화가 나서

"감히 네놈이 나를 허수아비 인형 취급을 한단 말이냐!"

라고 말하며 당장 예형을 죽여버렸다.

예형은 죽는 순간까지 황조를 비난했다. 조조는 예형이 죽었다는 소식을 듣고 코웃음을 치며 이렇게 말했다.

"혀밖에 없는 쓸모없는 서생이 결국 죽음을 자초했군!"

예형(禰衡, 173~198)

어리석은 선비가 제 혓바닥으로 제 몸을 찔러 죽은 셈

중국 후한 말의 인물로, 조조와 유표 · 황조를 능멸하다 황조에게 처형되었다. 예형은 《삼국지》에서 가장 대표적인 독설가로 묘사된다. 그는 북해 태수인 공융과 절친한 사이였는데, 사람들은 예형을 싫어하였으나 공융만은 그를 높게 평가하였다.

예형은 당대의 천재로 꼽혔던 공융(孔融)이 조조에게 천거한 사람이다. 조조는 원소와 싸움을 앞두고 양 진영 모두에 거리를 두고 중립을 지키는 형주의 유표를 설득하기 위해 사자로 보낼 사람을 물색하였는데, 이때 공융이 나서 '황제를 보필할 만한 인물'이라며 예형을 천거했다.

"예형은 자질이 맑고 곧으며, 타고난 재주 또한 남달라서 어려 처음 글을 익히자마자 곧 그 깊은 뜻을 깨우쳤고, 눈앞에 한번 스친 것을 입으로 외우고, 귀로 한번 들은 것을 마음에 잊지 않으며, 성품과 도(道)가 합치되고 생각은 신에 가깝고, 성실하고 정직하며, 지조가 곧아 착한 일을 들으면 기뻐하고 악을 보면 미워하고, 절개가 남다른 절세의 위인이라. 재주로 말하자면 사리에 밝고, 변설에 능하며, 지모가 심원하고, 일을 과감히 결단하니 가히 국난을 진정시키기에 족할 인물입니다."

조조는 사람을 보내 예형을 불러온다. 그런데 조조는 그를 한 번 보더니 자리에 앉으라는 말도 하지 않고 세워둔다. 이에 예형이 말한다.

"천지가 광활하나 사람은 없도다."

조조가 말한다.

"내 수하엔 당대의 영웅이라 할 인물만 수십 명이다. 어찌 사람이 없는가?"

이에 예형은 조조 밑에 있는 수하들을 다음과 같이 평한다.

"순욱은 남의 집 문상이나 다니면 제격이고, 순유는 무덤이나 지키고, 정욱은 관문이나 여닫고, 곽가는 글이나 읊조리면 딱 맞을 위인입니다. 또한 장요는 북이나 치고, 허저는 마소나 먹이고, 악진은 조칙이나 읽고, 이전은 격문이나 띄우고, 여건은 칼이나 갈고 쇠나 두드려 창검을 만들라 하고, 만총은 술이나 거르며 지게미나 마시면 딱 알맞을 것이오. 우금은 등짐으로 흙을 날라 담이나 쌓고, 서황은 개돼지나 잡는 백정 노릇을 시키면 제격일 것이오. 하후돈은 덩치만 크고, 조인은 돈을 긁어모으는 데 이골이 났고, 나머지들이야 모두 허우대만 멀쩡한 옷걸이 아니면 밥통일 뿐, 들어 말할 게 있겠소이까?"

그러면서 자신에 대해서는 이렇게 설명한다.

"나는 천문지리를 환하게 꿰고, 삼교구류(三教九流: 유·불·선 3교와 유가·도가·음양가·법가·명가·묵가·종횡가·잡가·농가의 아홉 갈래 사상)에 대해 모르는 게 없소이다. 위로는 임금을 요·순 임금처럼 만들고 아랫사람들은 공자와 안연 같은 덕을 갖추게 할 수 있으니, 어찌 세간의 속된 무리와 더불어 논할 수 있겠소이까?"

조조는 그의 독설에 마음이 언짢았지만 그는 어쨌든 장안에 이름난 기재다. 이에 조조는 그를 망신주기 위해 조회나 잔치에 북을 치는 자리를 내준다. 예형은 이에 앙심을 품고, 다음날 조회 때 옷을 갈아입지 않고 북을 치다가 이를 지적하자 그 자리에서 옷을 훌렁 벗어버린다. 좌중은 모두 놀라고 조조도 당황하여 꾸짖는다. 그러자 그는 이렇게 말한다.

"이 탁한 장소에서 나는 부모님께서 물려주신 청백한 몸을 드러내 깨끗함이 무엇인지를 보였을 뿐이오이다."

조조가 화를 내며 무엇이 탁하냐고 묻자 이렇게 말한다.

"탁함의 근원은 바로 너다. 네가 어진 이와 우둔한 자를 분간하지 못하니 눈이 탁하고, 시서를 읽지 않았으니 입이 탁하고, 옳은 말을 받아들이지 못하니 귀가 탁하고, 고금 역사에 정통하지 못하니 네 몸이 탁하고, 제후를 용납하지 못하니 이는 네 배가 탁하고, 불철주야 찬역의 염에 불타니 마음이 탁한 탓이라. 나로 말하면 천하의 명사이고, 시류에 능하며, 동서고금의 이치를 깨고 있는 재사 중의 재사이거늘 네가 나를 북이나 치게 하니, 이것이 무례하지 않으냐. 사람을 이렇게 우습게 아니 네가 어찌 천하를 얻으려는 배포를 가진 자라 할 수 있느냐."

이는 '자뻑 대마왕' 정도가 아니라 병적인 정도의 자아도취다. 또 다른 설에 의하면, 예형이 조조에게 출사하기 싫어서 그렇게 막말을 했다고도 한다.

결국 조조는 그를 유표에게 보낸다. 유표도 재사로 유명한 그를 만나 얘기를 나눈다. 그런데 유표의 덕을 칭찬한다는 것이 모두 은근히 비꼬며 욕을 하는 것이니 참을 수가 없다. 유표는 그를 강하에 있는 황조에게 보낸다. 황조는 그를 만나 이야기를 하는데, 하는 말마다 상대를 깔아뭉개고 욕하는 것이니 분개해 죽여 버린다. 그는 머리가 떨어져 숨이 끊어지는 순간까지 욕을 했다고 한다.

정사에서 예형에 관해 기록한 것과 《삼국지》에서 이야기하는 예형은 크게 다르지는 않다. 다만 《삼국지》에서는 예형이 조조에게 대항하다 결과적으로 죽음을 당한 것으로 묘사되어 아까운 재사가 젊은 나이에 불행히도 목숨을 잃은 것처럼 느껴지나, 그의 삶을 다시 음미하면 그의 오만과 무례함 그리고 경솔함도 느껴진다.

∷ 함부로 드러내지 않는다

명나라 만력제 연간의 문인 홍응명(洪應明)은 안휘성 휘주 흡현의 부유한 상인 가문 출신이며, 그 고장의 저명한 문인 관료인 왕도곤(汪道昆: 1525~1593)의 제자로 추정한다.

대략 1550년을 전후한 시기에 출생하여 청장년 때에는 험난한 역경을 두루 겪고 늦은 나이에는 저술에 종사했다. 1602년에는 도사와 고승의 행적 및 명언을 인물 판화와 곁들여 편집한 《선불기종(仙佛奇蹤)》 4권을 간행했고, 1610년 무렵에는 《채근담(菜根譚)》을 출간했다.

동양의 '탈무드'로도 일컬어지는 채근담은 함축적이고 짧은 말로 고결한 취향, 처세의 교훈, 속세를 넘어서는 인생관을 표현하는 문학 장르인 청언(淸言)으로 분류된다.

홍자성이라는 인물에 관한 상세한 정보는 거의 남아 있지 않지만, 그의 또 다른 저작인 《선불기종》에 저자를 유추할 수 있는 간단한 문구가 나온다. 내용은 "작자인 홍응명은 자가 자성(自誠)이고, 호는 환초도인(還初道人)이다. 지역은 알 수 없고, 책은 1602년에 작성됐다."라는 짧은 해설이 전부다.

명나라 후기 청언은 대체로 부귀영화의 허망함을 드러내고, 물욕과 쾌락을 부정하며, 자연과 더불어 한가롭게 사는 삶을 추구하는데《채근담》도 당시 청언집과 크게 다르지는 않지만, 세상 밖으로 도망가는 선택과 세속적 욕망을 끊고 사는 선택을 옳지 않다고 한 점이 차별화된다.

《채근담》중에서도 앞부분인 전집(前集)은 험난한 세상을 헤쳐 나아가는 처세의 지혜를 다방면으로 제시했다. 중국 상업계에서 주도권을 쥐고 있던 휘주 상인의 윤리와 흥망성쇠 경험이 《채근담》의 처세술에 스며들었다고 볼 수 있다.

홍응명은《채근담》전집 제3에서 이렇게 말했다.

"군자의 마음은 하늘처럼 푸르고 태양같이 빛나서 사람으로 하여금 모름이 없게 할 것이며, 군자의 뛰어난 재주는 옥이 바위 속에 박혀 있고 구슬이 바다 깊이 감추어져 있듯이 남들로 하여금 쉽게 알지 못하게 해야 한다."

君子之心事 天靑日白 不可使人不知

君子之才華 玉瑥珠藏 不可使人易知

전국시대에 양자(楊朱, 楊子)라는 사상가는 스승을 못마땅해하여 뛰쳐나가 자신의 사상을 세웠다고 한다. 여러 책에 양자의 사상에 대한 기록이 남아 있다. 그의 철학은 권력자를 위한 대의 · 명분에 반대하고 자연으로부터 받은 자신의 생명(또는 개인의 자유)을 소중히 여기는 것이라 할 수 있다. 양자의 철학은 생명주의로 해석되기도 하고 개인주의로 해석되기도 한다. 일 반적으로는 노자와 장자를 잇는 도가의 역사적 교량 정도로 간 주된다.

양자는 기개와 도량이 비범하고 남들과 다른 풍운아적인 기 질을 갖고 있었다. 그러나 그는 많은 사람들과 진정으로 어울 리지 못했기 때문에 늘 깊이 고민했다. 그리하여 노자를 찾아 가 가르침을 받기로 결심했다. 마침 노자가 진나라로 가는 길이 라는 소식을 듣자 양자는 진나라로 가기 위해서 반드시 거쳐야 되는 대량(大梁)이라는 곳에서 노자를 기다렸다.

대량에 이른 노자는 멀리 있는 양자를 발견했다. 양자가 입을 열기도 전에 노자는 하늘을 쳐다보고 한숨을 쉬었다.

"전에는 그대를 특별히 좋게 보아 전도가 양양하고 반드시 크게 쓰일 데가 있을 거라고 생각했었지만 지금 보니 내가 잘 못 생각했었네."

양자는 노자의 그 말뜻을 이해하지 못하고 잠시 멍하니 서 있 다가 노자에게 간곡히 가르침을 청했다.

"저에게 가르침을 주신 것에 깊이 감사하지만 저는 아직 무 엇이 부족한지 알지 못하겠습니다. 청컨대 저의 미진한 점을 가 르쳐 주십시오."

"군자의 재능과 덕은 항상 밖으로 드러내야 하는 것이 아니며 진정한 군자는 보기에 약간 우둔해야 되네. 그대는 자신도 모르는 사이에 이미 교만한 분위기를 드러내고 있지 않은가? 단지 자네가 그것을 느끼지 못할 뿐이네. 사람이 자신의 재능을 내놓고 드러내면 그 순간 어리석은 사람이 되고 자신도 모르게 욕심이 생기게 되네. 최대한 그것을 버리도록 하게. 스스로 좀 어리석고 더 평범해지면 반드시 달라지는 점이 있을 것이네. 이것이 곧 내가 자네에게 하고 싶은 말이네."

양자는 노자의 말을 곰곰이 생각해 보니 확실히 자신이 가졌던 고민의 답이 되었기에 기뻐하며 대답했다.

"가르침에 감사드립니다. 반드시 가슴속에 깊이 새겨 항상 명심하도록 하겠습니다."

깨끗하고 밝은 마음은 청천백일처럼 드러내어 남들이 알게 해야 하고, 재능은 보석처럼 깊이 간직해 두어 함부로 드러내서는 안 된다.

:: 최상의 덕은 덕이 아니다

　사람은 반드시 덕으로 우뚝 서야 한다. 노자는 입덕(立德), 입공(立功), 입언(立言)이 군자가 세워야 할 세 가지 덕목이라고 했다. 사람은 도덕적으로 구속하지 않으면 개인의 탁월한 재능도 제대로 펴지 못한다. 그러므로 '이덕입신(以德立身)'은 사람들이 인생이라는 집을 짓는 데 필요한 지침이 된다.

　진나라 왕 영정(嬴政)은 《한비자》를 읽고 감탄하여 그를 진나라로 오도록 하였는데, 객경(客卿)의 자리에 있던 이사(李斯)가 존재의 위협을 느끼고 모함하여 한비는 죽음을 당하였다. 영정은 한비를 죽였으나 후일 진시황이 되어 한비의 법술 이론에 큰 영향을 받고, 법치를 천하 통치의 이론적인 버팀목으로 활용하였다. 그뿐만이 아니다.

　촉한에서는 제갈량이 죽으면서 유비의 아들인 유선에게 《한비자》를 숙지하도록 유언하였다. 제갈량이 그 많은 경전과 고전 중에서도 유독 《한비자》를 권한 이유는 책 속에 법치와 술책을 통해 세력 있는 신하들을 통제하는 강력한 통치술이 들어있기 때문이었다.

《한비자》 '해로' 편에는 이런 말이 있다.

"덕이란 대내적인 것이지만, 득이란 외면적인 것이다. 노자에 '최상의 덕은 덕이 아니다'라는 말이 있는데, 그것은 정신이 물질에 유혹되고 흔들리지 않음을 말한다."

德者 內也 得者 外也上 上德不德 言其神不淫於外也

시장에서 한 상인이 값비싼 보석을 팔고 있었다. 특히 그중 산(珊)이라는 보석이 사람들의 눈길을 사로잡았다. 새빨간 산(珊)은 마치 앵두같이 아름다웠다. 보석을 구경하는 사람들은 누구나 다 혀를 내두르며 감탄을 금치 못했다.

이때 용문자가 제자들을 데리고 인파를 헤치며 들어가 보석을 자세히 보고 상인에게 물었다.

"그 보석을 먹을 수 있소?"

"못 먹습니다."

"그렇다면 병은 고칠 수 있소?"

"못 고치지요."

"그렇다면 귀신을 몰아내고 재앙을 막아줍니까?"

"그것도 못하지요."

"그렇다면 부모에게 효도할 수 있습니까?"

"그것도 못합니다."

"정말로 이상하군요. 이 보석은 아무 쓸모없는데 수십만 냥에 달하니 그것은 무슨 까닭입니까?"

"이 보석을 캐려면 사람의 발자국이 닿지 않는 깊은 골짜기와 험한 절벽을 모두 뒤져야 합니다. 많은 사람들의 힘과 재물이 필요하고 많은 위험한 고비를 넘기면서 큰 고생을 하여 겨우 얻을 수 있습니다. 그러니 매우 진귀한 보배지요."

제자 정연이 상인의 말을 잘 이해하지 못하겠노라고 가르침을 구했다. 그러자 용문자가 말했다.

"옛사람들은 황금을 소중히 여겼다. 그러나 사람이 이를 삼키면 생명이 위험하며 눈에 가루가 들어가면 눈이 멀게 된다. 나는 오래전부터 이런 보배를 추구하지 않았다. 그러나 내 몸에도 귀중한 보배가 있다. 그 가치는 수십만 냥보다 훨씬 높을 뿐 아니라 물에 잠기지도 않고 불로도 그를 태울 수가 없다. 바람이 불어도, 햇빛이 강하게 내리쬐도 상처 하나 입지 않는다. 이것으로 천하를 안정시킬 수도 있으며 만약 이것이 없으면 몹시 불편하다. 그런데 사람들은 이러한 보배를 아침저녁으로 추구할 생각은 하지 않고 산(珊)과 같은 보석 따위를 유일한 보배로 알고 있으니 가까운 보배를 마다하고 멀리서 찾는 격이 아니겠느냐? 보아하니 이 사람의 마음은 이미 오래전에 죽고 말았구나!"

용문자가 말하는 이 진귀한 보물은 바로 그가 지닌 덕이었다.

제2편

끊어야 할 때
끊지 않으면 오히려
어지러워진다

> 상대방의 말을 듣고 싶으면 반대로 침묵하고,
>
> 펼치고 싶으면 반대로 움츠리고,
>
> 높아지고 싶으면 반대로 낮추며,
>
> 얻고 싶으면 반대로 줘라.
>
> 지혜로운 사람과 이야기할 때는 박식함으로 하고,
>
> 어리석은 사람과 이야기할 때는 명확하게 판단하고,
>
> 판단을 잘하는 사람과 이야기할 때는 요점을 집어서 하고,
>
> 지위가 높은 사람과 이야기할 때는 권세를 의지해야 한다.

∷ 발상의 전환과 창의력

　사람들의 무궁한 지략을 거침없이 굴러가는 둥근 원에다 비유하여 말한다. 무슨 일이든지 문제에 부딪히면 지나치게 틀에 얽매여서는 안 되고, 원칙을 견지하면서도 상황에 따라 임시변통할 수 있어야 한다. 문제를 해결할 때는 반드시 의식적으로 발상을 전환해야 하며 창의적인 사고를 해야 한다.

　《귀곡자》는 이렇게 말했다.

　"굴러가는 원처럼 운용한다는 것은 바로 계략이 무궁한 것을 말한다."

　손빈(孫臏)의 이름은 '앉은뱅이 빈(臏)'을 사용한다. 손빈이 앉은뱅이형을 받은 이후에 스스로 붙인 이름이라는 설도 있고, 하산하기 직전 스승인 귀곡자가 뒤꿈치를 잘리는 형을 받아 앉은뱅이가 될 것이라며 본명인 '손님 빈(賓)'에서 '종지뼈 빈(臏)'으로 이름을 바꿔 주었다는 설도 있다.

　귀곡산장에서 은거한 귀곡자(鬼谷子) 밑에서 손빈과 방연(龐涓)은 같이 수학하였다. 손빈은 단연 뛰어난 자질로 제자들 중 유일하게 선대의 《손자병법》을 전수한다.

이후 하산하여 방연은 출세하여 위나라의 대장군이 되었고, 손빈이 위나라로부터 등용되자, 방연은 손빈을 제나라의 간첩으로 무고를 하여, 손빈을 무릎 연골을 손상시키고, 다리를 못 쓰게 하는 빈형(臏刑)을 받게 하여 손빈에게 해를 가하였다.

큰 역할을 할 것이라는 본인의 기대와 달리 방연의 시기와 지인들의 참소로 죽을 위기에 내몰린다. 이런 상황에서 방연은 손빈에게 "원래 같으면 사형이겠지만, 내가 옛정을 생각해 전하께 자비를 베풀어 달라 간청하여 앉은뱅이가 되는 걸로 끝난 줄 알아라."라고 했고 손빈은 그저 고마워했다.

방연이 이런 짓을 한 이유는 출신 성분에 대한 열등감이 작용했다는 설이 있기도 하고, 귀곡 선생이 방연의 인품을 못미더워해서 《손자병법》을 성실하고 심성이 착한 손빈에게만 전수해 주었다는 것을 뒤늦게 알고 손빈을 죽이기로 마음먹었다는 설도 있다.

마릉전투(馬陵戰鬪)는 전국시대의 대표적인 전투로 꼽힌다. 손빈과 방연의 대결로도 유명한 이 전투는 당시 중국 전체에 엄청난 영향력을 미치게 되었다. 위 문후와 무후의 치세 아래 번영을 누리며, 7국의 패자를 자임하던 위의 위상은 흔들렸으며, 다시는 천하쟁패를 노리지 못하게 되었다. 반면, 승전국인 제는 새로운 패자로 부상하게 된다. 또한 이 전투가 벌어진 후,

함곡관 안에 웅크리고 있던 진의 5만 군사가 상앙의 계략으로 하서 땅을 점령하면서 진이 급부상하게 되었다.

손빈은 마릉전투 이후 전선에 나서지 않고 물러나 병법을 집필하니 그것이 바로 《손빈병법》이다. 당나라 이후에는 실존 여부도 분명하지 않아 의심을 하였지만, 1970년대 산동성 은작산의 한나라 고분에서 손빈이 집필한 죽간이 발굴되어 손무가 쓴 《손자병법》과 서로 다른 것이라는 것이 명백해졌다. 다만 세간에서 흔히 읽히는 것은 여전히 《손자병법》이다. 마릉전투를 승리로 이끈 병법가로서 그 위세와 이름을 떨쳤으나 손빈이 말년에 어떻게 죽었는지는 역사적인 기록이 남아 있지 않다.

손빈이 처음 위나라에 도착했을 때 위왕은 그가 정말 쓸모 있는 사람인지를 시험해 보았다.

하루는 위왕이 손빈을 궁전으로 불러들여 이렇게 말했다.

"그대는 나를 이 옥좌에서 내려오게 할 수 있겠는가?"

그러자 손빈이 난처한 듯 대답했다.

"그 자리에 불을 내면 어떻겠습니까?"

"그건 안 될 소리지."

잠시 생각에 잠겼던 손빈이 다시 입을 열었다.

"왕께서 자리에서 내려오시게 할 순 없지만 다시 그 자리에 앉으시도록 할 수는 있습니다."

"좋다. 그대가 나를 어떻게 저 자리에 앉힐 것인지 한번 지켜보도록 하지."

말을 마친 위왕은 옥좌에서 일어나 아래로 내려왔다. 신하들은 속으로 손빈을 비웃으며 그의 다음 행동을 주시했다. 그때 손빈은 크게 웃으며 말했다.

"사실 신은 왕께서 다시 옥좌에 앉으시도록 할 수는 없습니다. 하지만 왕께서는 이미 옥좌에서 내려오셨군요."

그제야 손빈의 뜻을 알아차린 신하들은 침이 마르도록 손빈의 지혜를 칭찬했다. 그리고 이 일로 손빈을 다시 보게 된 위왕은 손빈을 중용했다. 손빈의 이 이야기를 들은 사람들은 손빈의 지혜에 감탄을 멈추지 않았다. 위왕을 자리에서 내려오게 할 만한 그의 총명한 방법을 융통성과 깊은 관계가 있다.

발상의 전환과 창의력은 직접적으로 관련된다. 그러므로 창의적이고 융통성 있는 사고를 하며 다양한 각도에서 인식하고 문제를 해결하는 습관을 키워야 한다.

만약 여러 가지 문제들을 해결할 때 융통성이 있다면 막다른 골목에서도 길은 열려 굴러가는 원처럼 행동이 순조로울 것이다.

귀곡자(鬼谷子)

**귀신이 살 법한 험한 계곡에
사는 선생님**

귀곡 선생이라고 부르기도 한다.

이름은 왕리(王利) 또는 왕후(王詡)라고도 한다. 전국시대에 활동한 귀곡자는 신비에 싸인 인물이다.

진(晉)나라 사람으로 청계산에 살면서 귀곡산장에 은거해 귀곡 선생이란 이름이 붙었다. 천문, 지리, 병법, 처세술에 능통했으며 소진, 장의, 손빈, 방연 등 전국시대 중후반기에 활약한 네 제자를 두었다.

소진, 장의, 손빈, 방연이 서로 다른 귀곡자의 제자라는 주장은 시기상 맞지 않는다는 주장이 있다. 밝혀진 바로는 장의는 소진보다 한 시대 위의 인물이고 손빈과 방연은 장의보다 한 시대 위의 인물이다. 손빈과 방연은 진 효공 때의 인물이며 장의는 효공의 아들인 진 혜문왕 때의 인물이고 소진은 혜문왕의 아들인 진 소양왕 때의 인물이다. 즉 이들의 스승인 귀곡자가 동일인일 가능성은 희박하며 다른 사람일 가능성이 크다는 주장이 있다.

귀곡자의 전략은 상대방의 성향을 파악하고 그 흐름 속에서 이득을 취하는 방법이다. 역설적으로 귀곡자의 전략은 도덕주의자인 맹자의 그것과 일맥상통한다. 맹자는 도덕이야말로 상대방으로부터 저항을 불러일으키지 않으므로 가장 자연스럽고 가장 효율적이라고 보았기 때문이다. 인위적으로 일을 처리하지 않는 것은 공자, 노자, 맹자, 손자, 귀곡자 등에서 공통적으로 발견되는 동양 사상의 일반적 경향이다.

　귀곡자의 사상을 담은 책 또한 《귀곡자》라고 부른다. 이 책의 지은이에 대해서는 의견이 분분하다. 귀곡자라는 설, 귀곡자의 제자인 소진(蘇秦)이라는 설, 그리고 육조시대의 일을 꾸미기 좋아하는 아무개라는 설 등이 있다. 다만 현존하는 형태로서의 책은 육조시대 사람이 귀곡자의 이름을 빌어서 엮은 것이다. 이 책에는 선진시대(先秦時代) 종횡가들의 이론이 드러나 있어, 주요 사상과 내용은 귀곡자의 기록과 언급이 틀림없이 포함되어 있다고 볼 수 있다.

　《귀곡자》에는 상대의 심리에 맞추어 그의 신임을 얻고 친밀한 관계를 유지해야 한다는 내용도 있고, 기회를 틈타 상대의 약점을 장악해서 그가 빠져나가지 못하도록 붙잡아 둬야 한다는 내용도 있으며, 상대를 잘 위무해 그의 진심을 끌어내 확인함으로써 상황을 추측하고 파악해서 책략을 세워야 한다는 내용도 있다. 요컨대 《귀곡자》는 유세할 때 유의해야 할 사항을 종합적이고 체계적으로 이론화한 책이라고 할 수 있다.

:: 부탁하기보다 차라리 도발

《귀곡자》는 이렇게 말했다.

"유도하고 견제하는 말로써 제어가 잘 안 되는 자는 먼저 정벌하고 후에 계속 피곤하게 만든다."

상대방의 비위를 맞추고 독려하는 방법으로 설득할 것이냐 아니면 일부러 힘들게 하거나 비방하고 거짓을 이용해서 자신이 쳐 둔 함정에 걸려들게 할 것이냐를 결정하는 것이다.

종횡가(縱橫家)는 중국 전국시대 제자백가 중 하나로, 대표적인 유세객(遊說客) 소진(蘇秦)과 장의(張儀)의 외교정책 '합종연횡(合縱連橫)'에서 유래했다. 진나라의 성장과 관련 있는 제자백가로 진 혜문왕 때 연횡책을 주장한 장의와 동시대에 합종책을 주장한 공손연, 그리고 진 소양왕 초기에 합종책으로 진나라와 맞섰던 소진이 대표적인 인물이다.

합종연횡에서 연횡(連橫)은 연횡(連衡)으로 표기하기도 하는데, 저울대 형(衡)은 가로 횡(橫)이라는 뜻과 소리도 가지고 있다. 저울추를 거는 막대기인 저울대는 '가로로 균형을 맞추는 역할'을 하므로, 이러한 가로대의 의미와 개념에서 유추해서 저울대 형(衡)을 '가로 횡'의 뜻과 소리로 사용한 것으로 추측할 수 있다.

유세(遊說)는 춘추전국시대에 사상가, 책사, 학자 등이 자신의 정견, 학설을 설파하며 각지를 돌아다니던 행위를 가리키던 말로, 오늘날 정치인들이 자신의 정치적 견해 또는 자기 소속 정당의 주장을 선전하며 돌아다니는 것을 가리키는 '유세'도 여기에서 비롯된 표현이다.

소진 등이 주장한 합종책(合縱策)이란 진(秦)나라에 대항하기 위해 조, 연, 제, 위, 한, 초 6국이 힘을 합쳐야 한다는 의미이며, 이들 나라가 남북(세로)으로 합하는 형세에 빗대어 '합할 합(合)'+'세로 종(縱)'을 써서 합종이라 일컬었다.

장의 등이 주장한 연횡책(連橫策)이란 진나라와 이들 6국이 개별적으로 동맹을 맺어 화친해야 한다는 것으로, 6국의 단합을 통해 생존을 도모하고자 하는 합종책에 맞서는 주장이다. 진나라와 다른 나라가 동서(가로)로 이어지기에 '이을 연(連)'+'가로 횡(橫)'을 써서 연횡이라고 일컬었다.

진나라는 위나라를 손에 넣고 이어서 조나라를 공격하려고 준비하던 때였다. 소진은 종횡을 성공적으로 완성하고자 자신의 동문 형제인 장의를 진나라로 보내 진왕이 조나라 공격을 포기하도록 설득하게 하려 했다. 그래서 소진은 장의에게 친필

서신을 보냈다. 장의가 조나라에 오면 반드시 그가 중용되도록 해주겠다는 미끼를 던진 것이다.

얼마 후, 조나라에 도착한 장의는 기쁜 마음으로 한달음에 부귀와 명예를 모두 거머쥔 자신의 동문 소진을 찾아갔다. 하지만 어찌 된 일인지 그는 계속 문전박대를 당해야만 했다. 소진은 자신이 먼저 장의를 불러들이고도 오만하고 무정하게 그를 모른 체했던 것이다. 심한 모욕감을 느낀 장의가 참지 못하고 소진에게 욕을 퍼붓자 소진은 오히려 태연한 표정으로 장의의 화를 더욱 돋우었다.

"자네의 재능은 나보다 뛰어나니 나는 당연히 자네가 나보다 먼저 뜻을 이루었으리라 생각했지. 자네가 오늘날처럼 곤궁해졌을 줄은 정말 몰랐네. 내 본래는 조후에게 자네를 추천해서 부귀영화를 누리게 하려고 했네만, 누가 아는가! 혹시 그동안 자네의 재능이 다해 쓸모가 없어졌다면 나에게까지 화가 미칠지도 모르지 않겠는가!"

장의도 소진에 지지 않고 맞섰다.

"대장부라면 자기 자신의 힘으로 스스로 부귀를 얻어야지 꼭 누구의 천거를 받아야 하는가!"

장의의 말에 소진은 냉소로 대응했다.

"그렇다면 알아서 살길을 찾아보게나."

소진은 말을 마치고는 금 10냥을 장의에게 내주었다. 하지만 장의는 그것을 바닥에 집어던지고 자리를 박차고 일어나 떠나버렸고 소진 역시 그를 붙잡지 않았다. 이제 갈 곳이 없어진 장의는 소진의 바람대로 원래 가기로 했던 진나라로 떠났다.

여기에서 장의가 보고 들은 것과 소진이 행한 것은 모두 거짓이다. 배후에 보이지 않는 손이 장의로 하여금 진나라로 이끌었던 것이다. 이것이 바로 격려하거나 칭찬하기보다는 오히려 상대방을 공격하고 핍박해서 자신의 목적을 이루는 지략이다. 즉 간곡히 부탁하기보다는 차라리 도발하는 것이 더 낫다는 말이다. 소진처럼 이런 기교를 쓸 수만 있다면 자신의 목적을 쉽게 달성할 수 있다.

:: 상황이 불리하면 몸을 숨기고 '지구전'

　자신에게 불리한 상황에서는 성급하게 행동하지 말고 냉정함을 유지하면서 굳은 신념으로 그 고비를 넘기고, 상황이 바뀌어 황금기가 다가올 때는 적극적으로 뛰어들어 자신의 뜻을 펼치는 것이다.

　《귀곡자》는 이렇게 말했다.

　"세상의 틈새를 막을 수 없으면 은밀한 곳을 찾아서 시기를 기다리고 틈새를 막을 수 있는 때가 되면 책략을 내놓는다."

　사마 씨가 맡고 있던 대부분의 관직이 조 씨에게 넘어가자 사마의(司馬懿)는 병을 핑계로 은퇴하였다. 그러나 조상(曹爽)도 만만치 않은 사람이었다. 그는 사마의가 정말 병이 들어서 은퇴한 것인지를 알아보려고, 심복인 이승(李勝)을 형주자사로 임명하여 부임길에 인사차 들렀다는 핑계로 사마의의 상태를 파악하게 하였다.

　이승은 조상의 명을 받아 사마의를 찾아갔다. 사마의는 이승이 온 목적을 이미 눈치 채고 있었다. 집 앞을 지키는 문지기가 이승을 밖에 세워두고 안으로 들어가서 이승의 방문 소식을 알렸다. 잠시 후, 출입을 허가한다는 명이 전달되어 이승은 사마의의 집안으로 발걸음을 옮겼다.

이승이 본 사마의의 몰골은 말이 아니었다. 사마의는 이승이 방금 들어온 줄도 모르고 흰 머리가 길게 늘어져 헝클어진 채로 침상에 누워 천장만 바라보고 있다. 이승은 사마의의 침상으로 다가가 절하며 말한다.

"제가 태부 어르신을 오래 못 뵙는 동안 이토록 병환이 깊어지신 줄은 전혀 몰랐습니다. 제가 이번에 어명을 받고 형주자사로 부임하게 되어 어른께 인사차 들렀습니다."

"어? 자네 왔는가? 병주(幷州)로 간다고? 병주는 국경과 인접해 있으니 방비를 단단히 해야 할 게야."

사마의는 엉뚱한 대답을 내놓는다.

"어르신, 병주가 아니고 형주이옵니다."

이승은 사마의의 말을 고쳐준다.

하지만 사마의는 또 아주 큰 목소리로 엉뚱한 소리를 한다.

"뭐? 지금 병주에서 오는 길이라고?"

"병주가 아니고 한수(漢水) 유역의 형주로 자사의 소임을 받고 갑니다."

덩달아 이승의 목소리도 커진다. 사마의는 이제야 알겠다는 듯 고개를 열심히 끄덕이더니,

"오호라! 병주가 아니고 형주에서 왔다고?"

하고, 거의 외치다시피 크게 말한다.

이승은 자신이 아무리 말을 고쳐주어도 사마의와 도저히 대화가 될 것 같지 않았다. 한숨을 쉬며 혼잣말을 한다.

"어쩌다 태부의 병환이 저 지경이 되었을까."

이승의 혼잣말을 듣고 옆서 시중을 들던 자가

"태부 대감께서는 귀가 잘 안 들리십니다."

하고, 참견을 한다.

"흐음… 알겠네. 필담은 가능하시겠지?"

이승은 지필묵을 청해 자신이 찾아온 용건을 적어서 사마의 앞에 내밀었다.

사마의는 이승이 건넨 종이를 물끄러미 들여다보더니,

"아! 형주자사로 간다는 말이군. 나이를 먹어서 그런지 귀가 통 들리지를 않아. 새로 부임한다니 몸 조심히 잘 지내시게."

하고, 큰 소리로 말하고는 껄껄 웃는다.

그리고 나서 계집종을 쳐다보며 손가락으로 자신의 입을 가리킨다. 그러자 계집종은 알았다는 듯 사마의에게 탕약을 대령한다. 탕약 사발을 받아든 사마의의 손이 심하게 떨린다. 그리고 사발을 들고 탕약을 들이켜는데 입으로 들어가는 것은 얼마 되지 않는 듯하고 대부분이 소맷부리를 타고 줄줄 흐른다. 탕약을 간신히 마시고 사마의는 앓는 소리로 이승에게 말한다.

"나에게 날이 얼마 남지 않은 듯하네. 대장군을 뵙거든 내 불초한 두 아들을 잘 돌봐 주십사 대신 부탁을 전해 주게. 그대도 내 잘 가르쳐 주시게."

말을 마친 사마의는 다시 침상에 누워 힘겹게 숨을 내쉬었다. 사마의의 집을 빠져나와 곧바로 조상을 만나러 간 이승은 사마의의 현재 상황을 자기가 본 그대로 빠짐없이 전해 주었다. 그러자 조상은 기쁨을 감추지 못하고 말했다.

"그 늙은이가 죽으면 나 역시 마음을 놓을 수 있을 테지."

"하하하! 천하의 사마의도 세월 앞에는 별수 없군. 그 늙은이만 죽으면 난 두 다리 뻗고 자겠다!"

조상은 사마의가 운신이 힘들어 보였다는 이승의 보고를 듣고 기분이 좋아져서 호탕하게 웃었다. 그러고 혼자서, '이제 이 나라는 완벽히 내 발 아래에 있구나.'

그때부터 조상은 실제로 사마의를 안중에도 두지 않았다. 한편, 이승이 돌아가자 사마의는 바로 두 아들을 불러 이렇게 말했다.

"이제부터 조상은 나를 경계하지 않을 것이다. 이제 그가 성 밖으로 사냥을 나가기를 기다려 쓴맛을 보여줄 것이니라."

얼마 후, 조상은 명제를 모시고 선왕의 능에 참배하러 성을 떠났다. 그러자 사마의는 즉각 부하들을 소집해 성의 무기고를 습격했고 태후를 위협해 조상의 날개를 미리 꺾어 놓았다. 그런 다음에 그는 병권만 온전히 넘겨주면 아무런 해를 입히지 않겠다고 조상을 달랬다. 결국 조상이 합의를 하고 상황이 안정되자 사마의는 거침없이 조상과 그의 무리들을 모두 참수형에 처했고 순조롭게 위나라의 대권을 거머쥘 수 있었다.

현실에서 득세를 할 때는 모든 일이 순조롭지만 세력을 잃고 나면 아무리 노력해도 상황은 계속 악화일로로 치닫기 마련이다. 그래서 상황이 불리하게 돌아가면 몸을 숨기고 '지구전'을 펼치며 적당한 때를 기다리는 것이다.

:: 끊어야 할 때 끊지 않으면 오히려 어지러워진다

《귀곡자》는 이렇게 말했다.

"결단을 내리고 만사를 해결하는 것이 만사의 핵심이다."

사람됨이 우유부단하거나 쓸데없이 자기 고집만 내세우면 일을 그르치기 십상이다. 우리는 살아가면서 수많은 기회와 마주치게 되는데 그때마다 그 기회를 용감하고 과감하게 움켜쥐어야 한다.

진나라는 크나큰 고민에 빠졌다. 여섯 나라가 맹약을 맺으면 백성과 재물, 병력을 모두 합하면 진나라의 몇 배도 더 넘기 때문이었다. 이 여섯 나라가 손을 잡고 진나라를 공격하기라도 한다면 진은 꼼짝없이 당할 수밖에 없었다. 이에 당황해진 진왕은 서둘러 재상 공손연과 객경 장의를 불러 이 일을 의논했다. 공손연이 진왕에게 말했다.

"가장 먼저 합종을 주장한 것은 조나라입니다. 적을 물리치려면 먼저 우두머리를 잡으라는 말이 있지요. 그러니 대왕께서는 먼저 조나라를 공격하시고 그들을 도우러 오는 나라가 있으면 바로바로 그들을 치십시오. 그렇게 하면 주변국들은 겁을 먹어 섣불리 우리에게 맞서 조나라를 도우려 들지 않을 겁니다. 그러면 맹약도 저절로 깨어지게 되지요."

그러자 장의가 그의 말을 반박하고 나섰다.

"그 여섯 나라는 바로 얼마 전에 맹약을 맺었기에 그리 쉽게 와해되지는 않을 겁니다. 우리가 병사를 일으켜 조나라를 공격하면 한나라, 초나라, 위나라, 제나라, 연나라가 손을 잡고 조나라를 구하려 들 것입니다. 그러면 우리로서도 당해 낼 방법이 없게 되지요. 신이 보기에는 조나라를 먼저 공격하는 것보다는 차라리 몇몇 나라를 끌어들여 서로 의심하게 만들고 그들끼리 서서히 맹약을 깨도록 하는 것이 나을 듯합니다."

두 사람의 의견을 주의 깊게 들은 진왕은 결국 장의의 말을 따르기로 했다. 그는 서둘러 사신을 뽑고 위나라와 연나라로 보내 장의의 계획을 실행하게 했다. 그렇게 해서 결국 여섯 나라의 맹약은 깨고 성공적으로 고립 상태를 벗어난 진나라는 천하 통일의 열쇠를 손에 넣게 되었다.

《사기》에 "끊어야 할 때 끊지 않으면 오히려 어지러워진다."라는 말이 있다. 인간의 본성이란 이로움을 좇고 해로움을 피한다. 귀곡자는 "해로움을 없앨 수 있다면 과감하게 결정하라."고 말했다. 어떠한 결정이든 장점과 단점이 있을 수 있다. 다만 어떤 결정은 단점보다 장점이 많을 뿐이다.

:: 도안고에게 보복한 정영의 기분은 어땠을까

　춘추시대 진나라 사람 도안고(屠岸賈)는 조순(趙盾)이 싫었다. 그 증오의 근원이 무엇인지는 알 수 없다. 다만, 무관 도안고는 문관 조순이 자신과 같이 영공(靈公)의 총애를 받는 게 몹시 싫었다.

　조순과 그의 일족을 모조리 척살하고 싶었던 그는 암살 계획마저 실패하자 새로운 묘책을 찾는다. 도안고는 끈기를 갖고 준비한 함정을 통해 조순을 모함하는 데 성공하고, 영공은 역적으로 몰린 조순과 그의 일가 구족을 멸한다.

　조순의 아들 조삭(趙朔)은 왕의 부마였다. 조삭 역시 이 피바람을 피하지 못했다. 다만 공주는 목숨을 부지하게 됐다. 조삭은 공주의 뱃속에 있는 아이에게 조씨고아(趙氏孤兒)라는 이름을 남긴다. 그리고 조 씨 일가의 복수를 당부하며 운명을 받아들인다. 공주는 임신한 채로 궁에 유폐되었다.

　조삭의 문객 중에 공손저구(公孫杵臼)가 친구 정영(程嬰)에게 물었다.

　"자네는 왜 조 씨네 일가와 같이 죽지 않았나?"

"조삭의 처가 임신하였는데 사내아이를 낳게 되면 내가 길러서 갖게 해야 할 것이고 계집아이를 낳게 되면 나는 조 씨네를 따라서 땅에 묻힐 것이네."

얼마 지나지 않아 조삭의 처는 사내아이를 낳았다.

후환이 두려웠던 도안고는 조 씨 가문의 마지막 후손인 조씨 고아마저 없애려 한다. 공주 역시 그 사실을 안다. 공주는 조 씨 가문과 오랫동안 연을 맺어온 정영에게 막 태어난 아이를 부탁한다. 망설이는 정영 앞에서 공주는 아기를 맡기고 스스로 목숨을 끊는다.

도안고는 조 씨네 후대가 생겼다는 소식을 듣고 즉시 사람을 파견하여 성공의 궁을 샅샅이 수색했다. 조삭의 처는 갓난아기를 바짓가랑이 안에 숨기고 속으로 기도를 드렸다.

"조 씨가 꼭 멸족을 당해야 한다면 너는 울고, 살아남아 기어이 복수하겠다면 너는 울면 안 된다."

도안고의 졸개들이 궁을 모두 수색할 때까지 갓난아기는 이상하게도 울음소리 한 번 내지 않았다. 그 일이 있은 다음 정영은 공손저구에게 물었다.

"그 늙은 놈이 가만히 있지 않을 거네. 꼭 다시 와서 또 수색할 건데 이 일을 어떻게 하면 좋겠나?"

"고아를 맡아 기르는 일과 지금 죽는 일 중 어느 편이 쉽다고 생각하시오?"

"죽는 것은 쉬운 일이고, 고아를 맡아 기르는 것은 어려운 일이오."

"그대는 조 씨들의 선대로부터 두터운 은혜를 입었으니, 있는 힘을 다해 어려운 일을 맡아주고 나는 쉬운 일을 맡아 먼저 죽겠소."

이렇게 해서 공손저구는 화려하게 수놓은 강보에 싸인 다른 사람의 아이를 업고 산속에 들어가 숨어 있기로 하고, 정영은 군사들에게 말했다.

"이 정영이 불초하여 조 씨의 일점혈육을 기를 능력이 없습니다. 내가 만일 조 씨의 고아가 있는 곳을 알려준다면 누가 능히 나에게 천금을 주겠소?"

그렇게, 정영이 군사들을 대동하고 공손저구가 숨은 곳으로 왔다. 그 모습을 본 공손저구는 정영에게 화내는 척을 하면서 군사들에게 애원한다.

"정영 소인배 놈아! 옛날 조 씨들의 하궁(下宮)에서 변을 당할 때 같이 죽지 않고 나와 함께 모의하여 조씨고아를 몰래 숨겨 기르기로 해 놓고 오늘 다시 돈에 욕심이 나서 나를 팔았구나! 아무리 네가 조씨고아를 부양할 능력이 없어서라고 하지만 어찌 네가 돈에 눈이 멀어 나를 팔아먹을 수 있단 말이냐?"

"하늘이여, 하늘이여! 조씨고아가 무슨 죄가 있습니까? 여러 장군들께 부탁하건대, 제발 어린아이만은 살려 주시고 이 저구의 목숨만 가져가시면 안 되겠습니까?"

군사들은 공손저구와 갓난아기를 모두 처참하게 죽였다. 그러고는 조 씨네 뿌리까지 다 뽑아버렸다고 기뻐하면서 돌아갔다. 이후, 진짜 조 씨네 후대는 정영의 품에서 잘 자랐다. 정영은 그 아기를 산속에서 15년 동안이나 정성 들여 키웠다. 이름은 조무(趙武)라 했다.

그러던 어느 날, 진경 공이 병이 나서 점을 쳤다. 복자는 진경공이 대업을 이루었으나 아직 어떤 원혼이 원통함을 풀어 줄 것을 하소연하고 있기 때문이라고 했다. 경공이 이 일을 한걸에게 말해 한걸은 아마도 조 씨네 원혼을 말하는지도 모르겠다고 대답했다. 한걸은 조무가 살아 있다는 것을 알고 있었다.

"그럼, 조삭의 후대가 아직 살아 있단 말인가?"

경공이 묻자 한걸은 도안고가 조 씨네 일가를 모두 죽인 후, 정영과 공손저구가 그 갓난아기를 살리기 위해 어떻게 했는지를 소상하게 이야기했다. 경공은 조무를 책립할 일과 조 씨네 봉지(封地)와 가업을 되돌려줄 것을 한걸과 상의한 다음 조무를 찾아서는 비밀리에 불러 궁에 숨겨 놓았다.

당시 조 씨네를 멸족시킨 장령들이 병문안을 오자 경공은 조 씨네를 주멸한 일을 캐묻고는 조 씨네 혈육을 불러내 보여주었다. 장령들은 한결같이 그 죄를 도안고에게 뒤집어 씌웠다. 조무와 정영은 장령들을 데리고 가서 도안고를 포위한 다음 그 일가족을 모두 찾아서 죽였다. 경공은 조 씨네가 갖고 있던 봉지들을 모두 조무에게 돌려주었다.

조무가 성년이 된 다음, 정영은 조무에게 "이제는 내 할일을 다 했으니 친구인 공손저구를 만나러 가야겠네."라고 말하고는 스스로 목숨을 끊었다.

조삭은 사람을 볼 줄 알았기에 자기를 위해 목숨까지 바치는 충직한 수하들을 둘 수 있었다. 그러기에 조 씨네는 떼죽음을 당하면서도 부흥하여 그 후대가 제후까지 되었다.

:: 물을 떠난 물고기는 살 수 없어

한두 마디 던졌을 뿐인데 상대가 의중을 알아채버리면 낭패다. 주변에 널린 각종 실마리만 엮어 세상사의 큰 흐름을 파악하는 게 상수(上手)의 경지다. 그런 면에서 《귀곡자》가 실마리를 읽는 기술을 두 편에 걸쳐 서술한 까닭이다.

그중 한 구절을 보자.

"일단 상대를 칭찬하는 말로 띄워서 환영하고 따르다가, 기회를 봐서 꼼짝 못 하게 장악하고 뜻으로서 친하게 된다. 남에게 쓸 때는 내가 칭찬하는 빈말을 던지면 상대는 본심을 드러내 자신의 행동을 스스로 제약하는 말을 한다. 이를 놓치지 않고 상대의 말을 자세히 탐구하면 자기 마음대로 사람을 이끌 수 있다."

《귀곡자》 중에 '췌(揣)' 편과 '마(摩)' 편이 있다. 췌란 '잰다'는 뜻이고 마는 '만진다'는 의미다. 둘을 합쳐 '췌마'라고 하는데 곧 '미루어 헤아린다'는 뜻이 된다. 췌편은 이렇게 시작한다.

"자고로 천하를 잘 쓰는 사람은 반드시 천하의 저울을 잘 달아 제후들의 진심을 알아냈다. 저울질을 잘못하면 강약과 경중을 알지 못하고, 진심을 꿰뚫어보지 못하면 숨어 있는 변화의 양상을 파악하지 못한다."

마편의 시작은 또 이렇다.

"마는 췌의 기술이다. (…) 자고로 마를 잘 쓰는 사람은 깊은 연못에 낚싯대를 드리운 것처럼 미끼를 던지면 반드시 큰 고기를 낚았다."

귀곡자는 이렇게 말했다.

"마(摩)를 쓰는 사람은 평화롭게 하거나 정직하게 하거나 기쁨으로 하거나 분노로 한다."

귀곡자의 '마(摩)'는 궁리하고 접촉하는 방법으로 자세히 탐구한다는 뜻이 있다. '마'는 추측하는 기초 위에서 진일보하여 상대를 헤아리고 접촉을 하는 것이다.

'마'의 '평(平), 정(正), 희(喜), 노(怒)'는 다양한 기교 중에서 단 한 가지에만 얽매이지 않고 이를 골고루 운용할 수 있는 창의력을 발휘하는 것이다.

제나라 재상 전영은 전국시대 사군자 중 한 명인 맹상군(孟嘗君)의 아버지이며, 제 위왕(威王)의 막내아들이다. 그런 만큼 누구보다 큰 권세를 누렸지만, 아버지 위왕을 이은 이복형 선왕(宣王) 즉위 후 상황이 급변했다. 권력 싸움에서 패해 권력의 중심부에서 밀려났기 때문이었다.

그런데도 정곽군(靖郭君)은 자신의 힘을 과시하기 위하여 부

단히 애썼다. 그는 봉읍(封邑)으로 받는 설(薛) 땅에 성을 쌓고
자 했다. 자신을 따르던 식객 대부분이 반대했지만, 그는 고집
을 꺾지 않았다. 오히려 화를 내며 더는 그 일을 거론하지 말라
며 엄포를 놓았다.

그러던 어느 날, 한 사람이 그를 급히 만나기를 청했다.

"저는 딱 세 글자만 말할 것입니다. 만일 한 글자라도 넘으면
저를 삶아 죽여도 좋습니다."

호기심이 인 정곽근은 그를 즉시 불러오게 했다.

잠시 후 정곽군 앞에 불려온 그 사내는 "해대어(海大魚)!"라
고 외친 후 돌아서서 나가려고 했다. 그러자 정곽근이 그를 급
히 불러 세운 후 이렇게 물었다.

"그게 무슨 뜻이오?"

"목숨을 버리면서까지 말할 수는 없습니다."

"벌하지 않을 테니 과인을 위해 말해주길 바라오."

거듭 청하자, 그제야 사내가 비로소 입을 열었다.

"대군께서는 바다에 사는 큰 물고기에 대해 들어보셨을 겁니
다. 그물로 가둘 수 없고 작살로도 잡을 수 없지만, 튀어 올라
물을 벗어나면 땅강아지와 개미조차도 마음대로 다룰 수 있습
니다. 지금 제나라는 대군에게는 바다와 같습니다. 대군께서 제
나라에 오랫동안 살고자 하신다면, 설 땅으로 도대체 무엇을 하

려고 하십니까? 만약 제나라를 잃는다면 설 땅의 성을 하늘에 닿도록 쌓았다 한들 무슨 이로움이 있겠습니까?"

정곽군은 그제야 고개를 끄덕이며 말했다.

"그대의 말이 옳소."

정곽군은 설 땅에 성을 지으려던 계획을 바로 포기했다. 그 사내는 다른 유세객들이 많이 쓰는 방법 대신에 딱 세 마디만 해서 정곽군의 호기심을 자극하는 방법을 썼다. 그것은 창의적인 간언 방법이었다.

'마(摩)'의 행위 방식에는 규율이 있다. '마'에 통달한 식견이 높고 사물에 밝은 누군가는 독립적인 사고를 잘하여 외재적인 정보로 상대방의 심리적인 욕구를 분별 있게 알아낸다. 또한 상대방의 속마음을 파악하여 그를 움직여 그로 하여금 자기의 말을 듣고 자신의 계략에 따르게 한다.

'마'의 계략은 자신의 추측이 상대방과 일치되게 해 마음대로 부릴 수 있어 모든 일을 마음속에 명백하게 한다.

우리는 살면서 수많은 '해대어'를 본다. 해대어는 조직 안에서는 좋은 대우를 받고 큰소리치지만, 조직을 벗어나면 힘을 잃은 나머지 초라해지기 일쑤다. 그런 해대어가 명심할 말이 있다.

"물러서야 할 때 물러서고 나아가야 할 때 나아가면 흥하지만, 물러설 때 나아가고 나아가야 할 때 물러서면 망한다."

:: 무거운 것은 가벼운 것의 뿌리

사람이 경솔하면 근본을 잃게 되므로 무시를 당한다. 모든 일을 조급하게 처리하면 소신을 잃게 되어 일을 제대로 완성하지 못하므로 큰일을 앞에 둘수록 신중해야 한다.

노자는 《도덕경》 제26장에서 다음과 같이 말했다.

"무거운 것은 가벼운 것들의 뿌리가 되고

고요한 것은 성급한 것들의 주인이 된다

이 때문에 성인은 종일토록 행군을 하여도

수레를 떠나지 않았다

비록 화려한 구경거리가 있더라도

덤덤히 대하고 초연하였다

어찌 한 나라의 임금 된 자가

천하 앞에 몸을 가벼이 굴릴 수가 있단 말인가

가벼워지면 근본을 잃고

성급하면 임금 자리를 잃게 된다."

重爲輕根 靜爲躁君

是以聖人終日行 不離輜重

雖有榮觀 燕處超然

奈何萬乘之主而以身輕天下

輕則失本 躁則失君

하루는 한무제가 휴식하고 있는데 누군가가 칼을 들고 달려오다가 갑자기 사라진 것을 알아차렸다. 놀란 한무제는 온몸에 식은땀이 흘렀다.

그날 이후, 한무제는 자신을 해치려 한 자를 알아내려고 온갖 수단을 다 동원하기에 이르렀다. 그리하여 대신 강충(江充)을 수장으로 하여 '수의사자'라는 특별기관을 조직해 전국 각지의 관리와 백성들의 동태를 파악하게 했다. 그러나 수의사자(繡衣使者)들은 막강한 권력을 등에 업고 죄 없는 백성을 해치거나 재물을 빼앗기에 온 나라가 그들에 대한 불만과 원성이 자자했다.

그럼에도 한무제는 누구의 말도 듣지 않고 오직 간신인 강충의 말만 믿고 따랐다. 이렇게 되자 강했던 한나라는 순식간에 피폐해졌지만 강충의 만행은 여기에서 그치지 않았다.

강충에게 가무에 뛰어난 미모의 누이동생이 있었다. 그녀는 조왕의 세자 유단에게 총애를 받았다. 조왕은 한무제의 이복형인 유팽조였다. 강충은 여동생으로부터 들은 세자에 관한 얘기를 부지런히 조왕에게 고자질했다. 화가 난 세자 유단이 강충을 잡으려 하자 그는 장안으로 도주했다. 대로한 유단은 강충의 가족을 잡아죽였다. 앙심을 품은 강충은 유단을 조정에 고발했다. 한무제의 명에 의해 유단은 이내 체포돼 사형을 선고받았으나, 유팽조의 읍소로 간신히 살아남을 수 있었다.

문제는 그 다음이다. 한무제는 강충의 용기를 높이 사 자신의 곁에 두었다. 자신이 왜 기용되었는지 잘 알고 있는 강충은 가차 없이 단속했다. 태자도 예외가 아니었다. 천자만이 지나는 치도(馳道)를 태자 심부름꾼이 거마로 달린 사실이 적발됐다. 태자가 급히 사람을 보내 사과하고 사건화하지 않도록 신신당부했으나 아무 소용이 없었다.

강충은 황후궁에서 황제를 저주하는 물건들이 발견되었다고 날조하여 결국 황후를 자결하게 했다. 그 여세를 몰아 태자 유거까지 제거하려 했지만 낌새를 알아차린 태자 유거가 태자궁에 매복시킨 군사를 동원해 강충을 제거했다.

그러자 한무제는 이 사건을 태자가 자신의 자리를 빼앗고자 모반한 것으로 간주하고 유거를 체포할 것을 명했다. 궁지에 몰린 태자는 목숨을 지키기 위해 직접 호위병을 이끌고 무제의 군사들과 도성에서 결전을 벌였지만 패하고 말았다.

태자 유거는 어린 아들을 데리고 밤새 도망쳐 도성 밖 민가로 숨어 들어갔다. 이에 한무제는 온 나라를 샅샅이 뒤져 태자를 찾게 하는 한편 대대적인 숙청 작업을 벌여 태자와 연관된 사람은 모두 처형했다.

이제 온 나라가 공포의 도가니에 빠졌다. 설상가상으로 흉년까지 들어 백성들은 먹을 것도 없는 데다 오갈 데가 없어 각처를 떠돌며 심한 고통에 시달렸다.

10여 년이 흘러 한무제도 만년의 나이가 되었다. 그러나 수의사자의 횡포로 이미 나라의 기강이 무너지고 변방 국가와의 몇 차례의 전쟁으로 한나라는 쇠약할 대로 쇠약해 있었다.

외로움과 자기모순에 시달리던 한무제는 궁궐 밖 세상을 돌아보며 울적한 기분을 풀어보고 싶었다. 그는 궁궐 밖의 황폐해진 논밭과 마을들을 보고 큰 충격에 휩싸였다.

궁궐로 돌아온 한무제는 즉시 윤태궁에서 '죄기조(罪己詔: 임금이 스스로를 꾸짖는 뜻으로 하던 말)'를 써 공개적으로 자신이 간신을 등용하여 백성들이 고통받게 되었음을 인정하고 태자 유거의 명예도 회복시켰다. 이후, 다시 민생에 힘을 기울여 백성이 안정된 삶을 누릴 수 있도록 하고 국력을 신장시켜 한나라는 다시 강성해질 수 있었다.

경솔함과 조급함을 경계하라는 노자의 주장은 오늘날에도 반드시 되새겨야 한다. 노자의 주장은 우리에게 경솔함을 삼가고 모든 일에 심사숙고하며 조급함을 삼가고 인내로 적절한 때를 기다려야 한다는 사실을 생각하게 한다.

노자(老子, BC 6세기경~미상)

삶과 만물의 진리를 풀어내다

춘추시대의 사상가이자 제자백가의 시초 격이자 당대 최초로 사람이 지향해야 하는바, 사람이 걸어가야 할 길[道]에 대한 통찰을 제시한 인물이다. 대표 저서로 《도덕경》이 있다.

노자의 생존을 공자보다 100년 후로 보는 설도 있고, 존재 자체를 부정하는 설도 있다. 60여 년 만에 태어났고, 태어나자마자 말을 해 비범한 출생으로 유명하다. 그뿐 아니라 160세에서 260세가 넘도록 산 것으로 알려져 있다.

스스로의 재능을 숨겨 이름이 드러나지 않도록 애쓴 것으로 전하는데, 그 때문인지 위대한 사상가들은 많은 제자를 키웠지만 노자는 제자가 없다. 그 영향으로 그의 사상은 훗날 왜곡되어 알려졌다.

노자는 소를 타고 함곡관 밖으로 가 종적이 묘연해졌다 하는데, 출관하기 전에 문지기인 윤희(尹喜)에게 5,000자로 된 책을 전수하니, 이것이 '도덕경'이라고도 부르는 《노자》이다. 이대로면 노자는 춘추시대 말엽의 사람이 되나, 문제는 함곡관이 지어진 것은 전국 시대인 진(秦)나라 효공 시대의 일이라는 것이다. 따라서 위의 설화는 후세에 창작된 것으로 추정되기도 한다.

노자의 사상은 '백성들을 시켜 억지로 뭘 하려고 하지 말라'는 '무위자연(無爲自然)'과, '권력과 재산을 더 가지려고 무리하게 애를 쓰지 말라'는 '공수신퇴(功遂身退)'로 요약되는데, 이는 《도덕경》이 백성의 입장에서 쓴 글이 아니라, 권력자의 입장에서 쓴 처세술임을 알 수 있다.

처세술을 요약하면, '남을 가득 채우려고 하지 말고, 나를 가득 채우려고 하지 말라'는 뜻이며, 오늘날 언어로 바꾸어 말하자면 자신의 힘을 '매번 100%' 쓰지는 말라는 것이 된다. 인생의 꼭대기를 만들어 놓으면 내려갈 일밖에 없으므로, 70~80%의 힘으로 오래가는 것이 인생을 사는 참 지혜라는 것이다. 그러니 권력을 잡고 부와 명예를 얻었다 싶으면 자리에서 내려올 줄도 알고, 가진 게 많으면 주변에 적당히 나눌 줄도 알아야 한다고 노자는 조언한다.

:: 작은 생선을 굽듯이

노자는 《도덕경》 제60장에서 다음과 같이 말했다.

"큰 나라 다스리기는 작은 생선을 삶는 것과 같아서

도(道)로서 천하에 임하면 귀신도 신통력을 부리지 못한다.

귀신이 신통력을 부리지 못하는 것이 아니라,

그 신통력이 사람을 상하게 하지 못하는 것이다.

귀신만이 사람을 상하게 하지 않는 것이 아니라,

성인 역시 사람을 상하게 하지 않는다.

그 둘(성인과 귀신)이 서로 사람을 상하게 하지 않기 때문에

백성들에게 그 덕이 함께 돌아가는 것이다."

治大國 若烹小鮮 以道莅天下 其鬼不神

非其鬼不神 其神不傷人

非其神不傷人 聖人亦不傷人 夫兩不相傷 故德交歸焉

노자가 살았던 BC 500년 전 중국 사람들은 철제와 같은 냄비
그릇 없이 작은 생선을 꼬치에 끼워 화덕 불에 돌려가며 구워
먹었을 것으로 추정된다.

팽(烹)은 고대 중국에서 불에 익혀 구워 먹는 그림이 되고 이

에 따라 한쪽 면이 너무 타지도 않게 적절하게 꼬챙이를 돌려가며 고루고루 익혀 먹기 좋게 다루어야 한다는 풀이로 바뀐다.

작은 생선을 구우려면 세심하게 신경 써야 한다. 자칫 한눈을 팔면 바짝 타고, 자주 뒤집으면 살점이 떨어져 나가기도 한다. 나라를 다스리는 일 역시 그와 다르지 않다는 게 노자의 설명이다.

큰 나라라고 해도 거추장스럽게 생각해서 큰일을 벌일 필요가 없다는 말이기도 하다. 단순하고 원칙에 충실하면서 백성들이 스스로 자기 일을 열심히 하도록 하고 기다릴 줄 알아야 한다는 말이다.

작은 생선을 굽는다는 것은 작은 일이라도 소중하게 해야 한다는 것과 극히 조심해서 규제를 최소화하고 자율을 최대로 보장하면서 기다릴 줄 알아야 한다는 뜻이기도 하다.

그렇게 하려면 통치자가 마음을 비워야 한다. 내가 무엇을 잘해보겠다고 설쳐대는 것이야말로 귀신이 작용해서 일을 만들고 사람을 해치는 것과 같다는 말이 된다.

그러니 도를 가지고 천하에 임하면 귀신이 신령하지 못한 것처럼 되는데 그것은 귀신이 신령하지 않아서가 아니라 통치자나 성인이 사람을 해롭게 하지 않아서 천하가 순리대로 자연스러워지므로 귀신도 어떻게 작용할 수 없게 되어 평안하게 되니 그 두 가지 덕이 서로 백성에게 돌아온다는 말이다.

서한 한문제 통치 후기에 대지주나 관료, 상인들은 서로 결탁하여 농민 수탈을 일삼았다. 이에 견디다 못한 농민들은 생업을 포기하고 장사의 길로 나섰기에 농촌은 폐허가 되었고 변방을 지키는 병사들도 적어 한 왕조의 생존이 풍전등화 같았다.

이런 현실을 목격한 조착은 즉시 한문제에게 상소문을 올렸는데 이것이 바로 유명한 '논귀속소(論貴粟疏)'로 곡식을 귀하게 여겨야 한다는 내용이었다.

농민은 일 년 내내 고생스럽게 농사를 짓지만 각종 부역이나 세금, 관리들의 갖은 수탈과 억압 때문에 부득불 비싼 고리대를 써야 하고 심지어 빚을 갚지 못한 농민들은 집과 땅은 물론 자식까지 팔아야 하는 비참한 지경에 이르렀음을 개탄한 뒤, 농민들의 이런 억울한 현실을 타개하기 위해 노자의 "나라를 다스리는 것은 작은 생선을 요리하는 것과 같다."라는 도리로 각종 세금의 부담을 줄이고 생활을 안정시켜야 한다고 상소를 올린 것이다.

한문제는 조착의 상소문을 받아들여 적극적으로 농업을 장려하였고 관리들의 수탈을 근절시켰다. 한문제가 죽고 한경제가 즉위한 후, 한문제의 사업을 계승 발전시켜 오래지 않아 서한 왕조는 번영을 누릴 수 있었다.

:: 인간 상정에 어긋나는 일을 하는 사람

인간 상정에 어긋나는 일을 하는 사람은 그 마음을 가늠하기가 어렵다. 춘추시대 제나라 관중의 병세가 위중해지자 제환공이 찾아가 관중에게 물었다.

"중부께선 치국지도(治國之道)에 대하여 과인에게 교시할 말씀이 없으십니까?"

"대왕께서는 원역아, 수습, 상지무, 위공자 이 네 사람을 멀리하시기를 바랍니다."

관중이 이렇게 대답하니 제환공은 이상하여 물었다.

"그건 어떤 뜻으로 하시는 말씀입니까? 원역아는 과인한테 맛 좋은 음식을 대접하려고 자기 자식까지 삶아서 바친 사람인데 그를 의심하다니오?"

"인간의 상정을 보면 자기 자식을 사랑하지 않는 사람은 없습니다. 그런데 자기 아들을 죽이는 정도로 마음이 독한 사람이라면 임금한테야 그 마음이 독하지 않을 수 있겠습니까?"

"그러면 수습은 어찌 그러시오? 수습은 과인을 위하여 양물까지 거세한 사람인데 그를 멀리하다니오?"

"세상에 자기 몸을 아끼지 않는 사람이 어디 있습니까? 그런데 자기 몸을 제 손으로 불구를 만들 정도로 독한 사람이라면 임금한테야 무슨 독한 일을 못하겠습니까?"

"그건 그렇다 하고 상지무는 왜 그러시오? 상지무는 생사를 점칠 줄 알고 또 과인을 위하여 병도 고쳐 주었는데 그도 멀리하란 말씀이오?"

"사람이 죽고 사는 것은 하늘이 정해준 운명이고, 병을 앓는 것은 그 어떤 소홀함에서 기인될 뿐입니다. 임금님께서 하늘이 정해준 운명과 자신의 본분을 믿지 않으시고 상지무만 믿으신다면 그는 그 기회에 자의대로 어떤 짓도 할 수 있을 겁니다."

"그래. 위공자 계방도 믿지 말아야 한단 말씀이시오? 위공자 계방은 과인을 15년이나 충성으로 섬겼고, 아버지 장례에도 가지 않은 사람인데 그런 사람도 믿지 말라는 말씀이시오?"

"세상에 자기 아버지를 존중하지 않는 사람이 어디 있습니까? 자기 아버지 장례도 아니 갈 정도로 모진 사람이라면 임금님한테야 무슨 모진 마음인들 가질 수 없겠습니까."

"중부님 말씀을 듣고 보니 일리가 있습니다. 중부님 말씀을 따르겠습니다."

관중이 세상을 떠난 후 제환공은 그 네 사람을 모두 궁에서 쫓아냈다. 그런데 그 후부터 제환공은 밥맛이 없어지고 궁실은 혼잡해졌다. 그런데다가 제환공의 병이 또 발작하여 조회에 나가서도 마땅히 차려야 할 위엄을 차릴 수가 없었다.

이렇게 3년이 지나니 제환공은 관중의 말이 틀린 것이 아닌가 하는 의심이 들었다. 제환공은 드디어 그 네 사람을 도로 불러들였다.

그런데 그 이듬해 제환공은 중병이 들었다. 그러자 상지무는 궁 밖에 나가서 제환공은 어느 날, 어느 시에 죽는다는 요언을 퍼뜨렸고 이어서 원역아, 수습, 상무지가 반란을 일으켜 궁문을 닫아걸고 성벽을 높이면서 사람들의 궁문 출입을 엄금했다.

제환공은 밥 한 술, 물 한 모금도 제대로 얻어먹을 수가 없었다. 그런가 하면 위공자 계방은 또 천호 작위를 얻고 위나라로 넘어갔다.

그제야 제환공은 후회막급한 눈물을 흘렸다.

"중부님은 얼마나 멀리 볼 줄 아는 분인가! 중부님의 말씀을 들었으면 이런 봉변을 안 당했을 텐데!"

그러니 인간 상정에 어긋나는 일을 하는 사람의 마음을 가늠할 수 있어야 한다.

:: 매국정을 얕잡아보지 못한 이유

명나라 제13대 황제인 만력제(萬曆帝: 재위 1573~1620)는 즉위 초만 해도 '만력중흥(萬曆中興)'이라는 칭호를 얻었던 매우 건실한 황제였다. 10세에 즉위한 만력제는 즉위 초부터 10년 간, 20대 성인이 될 때까지는 황태후와 스승인 대학사 장거정(張居正)의 도움을 받으며 명군의 자질을 드러냈다. 임진왜란 당시 의병장으로 활약했던 조헌 선생도 만력제 즉위 초 조선의 사신으로 자금성에 가 만력제를 보고 훌륭한 군주의 자질이 보인다고 칭찬했다.

그러나 즉위한 지 10년이 지나 장거정이 죽으면서 만력제는 돌변했다. 대단히 엄격했던 스승이자 존경하던 학자였던 장거정이 알고 보니 대단히 많은 부정축재를 한 탐관오리였음이 밝혀지면서 정치에 뜻을 잃게 됐다고 한다. 이후 그는 무려 30년 동안 어떤 상소문에도, 보고문에도 결재를 하지 않았다고 전해진다.

인간 불신에 빠진 황제가 일을 전혀 안하고 장기 파업을 하면서 명나라 조정은 대혼란에 빠진다. 황제의 사형 승인을 받지 못해 20년 이상 복역하다가 그대로 풀려난 죄인들도 있었으며 굵직한 사회 현안 등은 누구도 손을 못 대게 됐다.

명나라는 30년간 글자 그대로 겨우겨우 국정이 굴러가는 수준이었다. 만력제 스스로도 "짐은 무위의 도로 나라를 다스리고 있다."고 말할 정도였다. 그러나 그렇다고 딱히 심각한 사고를 치거나 기괴한 일을 벌이지도 않아서 반란이 일어날 명분도 없었다.

만력제가 유일하게 챙긴 국정은 국방뿐이었다. 만력제 때 임진왜란을 포함해 크게 3개의 전쟁이 한꺼번에 벌어져 이를 만력삼대정(萬曆三大征)이라 부른다. 영하의 난, 임진왜란, 양응룡의 난 등 세 가지 전쟁이 1592~1600년 사이에 한꺼번에 일어나면서 명나라는 지속적인 군비 지출로 재정 압박을 받게 됐다.

'만력삼대정'으로 발생한 재정 위기를 극복하기 위해 만력제는 환관을 전국에 파견하여 광산을 열고 상세를 징수하도록 했다. 그러나 이를 위해 파견된 환관의 가렴주구가 극에 달해 이른바 '광세의 화(禍)', '직용의 변(變)' 같은 민란이 전국적으로 발생했다. 또한 태자 책봉 문제를 둘러싸고 동림당과 비동림당의 당쟁이 격화되어 정치적 혼란도 더욱 심해졌다.

이러한 현상은 만주족의 침입에 호조건으로 작용하여 마침내 만주족은 청(淸: 1644~1911)을 건국하고 중국으로 쳐들어와 중국 전역을 지배하게 되었다. 한편 만력제 시기에는 서양 선교사들의 중국 진출이 눈에 띈다. 서양 선교사들은 그 이전부터 여러 차례 중국 진출을 시도했으나 실패했고, 1601년에 이탈리아 출신의 예수회 선교사 마테오 리치가 만력제로부터 거주와 포교의 허가를 받음으로써 비로소 중국 진출에 성공했다.

만력제 시기의 소사마 매국정(梅國禎)이 삼진을 총관하고 있을 때 북방 유목 민족의 추장이 수십 냥이나 되는 철을 갖다 바치면서 이런 말을 했다.

"이것은 사막에서 나는 새로운 산품이올시다."

사막에서 무쇠가 나올 리 있는가? 당시 조정에서는 그들이 쇠를 만드는 것을 금지하고 그들에게 필요한 철기들은 내지에서 공급하도록 했다. 그러니 이것은 그 금지령을 폐기하도록 하려는 수작이 분명했다.

이렇게 생각한 매국정은 우선 그들을 위로하여 돌려보내고 그 쇠로 검 한 자루를 만들어 '어느 해, 어느 달, 어느 날, 어느 추장이 바친 검'이라는 글자를 새기게 했다. 그런 다음 그 민족이 사는 군읍에서는 이미 쇠가 나오니 그들한테는 솥을 팔지 말라는 공문을 온 변경에다가 돌렸다.

얼마 후, 그 유목 민족이 사는 곳에서는 솥이 모자라 밥을 지어먹기가 어려워졌다. 그래서 그들은 자네들에게 솥을 가져다 팔아달라는 서한을 사자를 시켜서 보내왔다.

"당신네 그곳에 쇠가 난다면서? 그러면 솥 같은 거야 스스로 만들면 되지 않소?"

매국정이 이렇게 말하니 사자는 자기네 고장은 사막뿐인데 어디서 쇠가 나오겠느냐고 반문했다. 그러자 매국정은 그때 만들어 놓았던 검을 가져다 보였다.

그제야 사자는 말문이 막혀 잘못했노라고 고두사죄(叩頭謝罪: 머리를 조아리며 잘못을 빎)를 했다. 이 표현은 공손하게 사죄하는 것을 넘어, 최대한 겸손하고 진심으로 사과하는 태도를 상징한다.

그때부터 북방 유목 민족은 매국정을 얕잡아보지 못했다.

:: 지나친 반응보다 균형 잡힌 대응

왕경(王瓊: 1459~1532)은 26살에 진사 시험에 합격하여 공부 주사(工部 主事)가 되었다. 낭중(郞中)으로 진급하여 운하와 황하를 3년간 담당하였고 담당한 일을 기록하여 《조하도지(漕河圖志)》를 편찬하였다. 후임자가 이것을 참고하였는데 조금도 어긋나지 않았다. 그래서 행정 능력이 빠르고 숙련되었다고 칭찬받았다.

왕경은 사람됨이 잔꾀가 있고 뒷조사를 잘하였다. 호부 시랑이었을 때는 기록의 조례를 모두 기록하여 출납과 적자 흑자의 상태를 파악하였다. 호부 상서가 되자 국가 재정을 더욱 익숙하게 파악하였다. 변방 지역 장군들이 군수 물자를 요청하면 어느 창고, 어느 장(場)에 재고 군수 물자가 얼마큼 있는지, 지방의 세수와 변방 군졸의 납부액이 얼마인지를 손가락으로 꼽아서 파악하여 "충분하다. 더 이상 요청하는 것은 잘못이다."라고 말하였다. 그래서 사람들은 왕경이 재무에 밝고 행정 능력이 있다고 여겼다.

왕경이 병부 상서로 있을 때, 절강성 호주부 효풍현의 탕마구가 난을 일으켰는데 그 위해가 보통이 아니었다. 순안 어사가 이 일을 조정에 알리니 조정에서는 병부에 명하여 그 난을 평정하도록 했다.

그런데 왕경은 부하들이 보는 앞에서 순안 어사를 욕했다.

"탕마구는 병사들 열 명만 풀어도 없앨 수 있는 좀도적에 불과한데 우리 병부한테 군대를 출동시키라니 순안 어사라는 게 조정의 체면을 뭘로 보았기에 이런 허위 보고를 한단 말인가? 폐하께 상주해 이 순안 어사를 당장 폐직시키게 해야지 이런 멍청이 같은 순안 어사를 놔두어서 무엇에 쓰겠느냐?"

왕경의 이 말이 퍼지자 조정의 대신들은 병부가 도적을 너무 경솔히 보고 있으니 큰일이 아니냐고 심히 우려했고, 도적들은 병부의 대군이 출동하지 않게 되었다고 안심하고 노략질을 계속했다. 관군에 대한 방비도 나날이 해이해졌다.

그런데 그에 앞서 각 주의 전량을 조사하기 위해 내려 보낸 감량도어사(勘糧都禦史) 허정광(許廷光)이 그때 절강성에 있었다. 이 사실을 알고 왕경은 조정에 알려 허정광으로 하여금 도적을 토벌하게 하고 또 그에 필요한 계책을 비밀리에 지시했다.

밀령을 받은 허정광은 부장에게 명하여 민병 수천을 거느리고 도적의 영채를 기습했다. 금방 노략질을 끝내고 돌아와서 축하연을 벌이며 먹고 마시던 도적들은 모두 고주망태가 되어 있었다. 민병들은 아주 쉽게 도적들을 소탕했다. 이렇게 되어서야 그 난이 평정되었다.

만약 병부에서 조정의 명을 받고 대군을 출동시켰다면 도적들은 유리한 지형을 이용하여 한사코 저항했을 것이다. 그러면 사태가 더욱 커지고 관군의 손실도 적지 않았을 것이다. 그러나 왕경의 계교대로 했기에 큰 손실 없이 도적을 전멸시킬 수 있었다.

:: 경솔하게 믿는 것과 알면서도 믿지 못하는 것

　장준(張浚: 1097~1164)은 중국 남송 초기의 명장이자 방랍의 난과 정강의 변 때 금나라의 3~40만 대군에 맞서 공세를 막은 명장이다.

　하루는 장준이 후원을 거니는데 늙은 병사 하나가 낮잠을 자고 있는 것이 보였다. 장준은 그 늙은 병사를 발끝으로 툭툭 치면서 말했다.

　"왜 여기서 자고 있느냐?"

　"할 일이 없는데 자지 않고 뭘 하겠습니까?"

　"그래 너는 무슨 재주가 있는고?"

　"특출난 재주는 없지만 아무 일이나 하긴 다 해냅니다. 이를테면 회역(回易: 무역하고 돌아옴) 같은 일도 좀 할 줄 알지요."

　"회역도 안다? 그럼 내가 금 1만 냥을 줄 테니 해외로 한번 갔다 오겠느냐?"

　"금 1만 냥 말입니까? 그걸로는 부족합니다."

　"그럼 5만이면 되겠느냐?"

　"그것도 모자랍니다."

"그럼, 얼마면 되겠는고?"

"100만이면 매우 좋겠습니다. 하지만 100만이 없으면 50만이라도 됩니다."

장준은 그 늙은 병사의 용기가 마음에 들어 즉시 금 50만 냥을 주었다.

그 돈으로 늙은 병사는 아주 화려한 큰 배 하나를 만들고 사방에서 비단과 황금, 주옥과 진귀한 보물을 사들였다. 그러고는 기악과 가무에 능한 미녀와 악사 100여 명을 모집하여 매일 풍악을 울리고 술을 마시면서 한 달을 놀았다. 그러다가 불시에 돛을 올리고 바다를 건너갔다.

늙은 병사는 1년이 지난 다음에야 돌아왔는데 배에는 진주와 코뿔소뿔[犀角], 향료와 약재 같은 값비싼 보배들로 가득했으며 준마도 수십 마리나 되었다. 그러니 이득이 수십 배나 난 셈이다. 그때 장군들한테는 준마들이 부족했었다. 오로지 장준만이 이런 준마들이 많아서 군대의 위용을 뽐낼 수 있었다.

"그래, 너는 어떻게 해서 이렇게 개선하게 됐느냐?"

장준은 기뻐서 늙은 병사에게 물었다.

"바다 건너 오랑캐들 나라에 가서 소인은 대송의 사신이라고 자칭하고는 그 나라 왕들을 만나서 먼저 비단과 보물을 선사했지요. 그러고는 그 나라 임금과 대신들을 초청해 가장 좋은 술을 먹이고 미녀들의 가무를 선보였지요. 그들은 그 미녀들한테 반해서 준마와 미녀들을 바꾸자고 하지 않겠습니까?

좋다고 하고 바꾸었지요. 그리고 비단으로 서각이나 향료, 약재들과 바꾸는데 임금들이 보물을 우리한테 많이 주지 않겠습니까. 그렇게 해서 많은 보물과 준마들을 가지고 오게 되었습니다."

장준은 그 말을 듣고 늙은 병사를 연신 칭찬하면서 상으로 보물을 내주고는 또 한 번 더 가보지 않겠느냐고 물었다. 그러나 늙은 병사는 이렇게 말했다.

"이것도 전쟁을 하는 것과 같습니다. 같은 전법을 그냥 쓸 수는 없는 겁니다. 첫 번에 성공하였다고 하여 두 번 다시 그 전법을 썼다가는 낭패를 볼 수 있습니다. 그러니 후화원에 가 낮잠이나 자게 저를 돌려보내 주십시오."

늙은 병사의 말 한마디를 듣고 금 50만 냥을 선뜻 내주었으니 장준의 통이 여간 큰 것이 아니다. 그러하기에 늙은 병사는 마음을 놓고 자기 배포껏 일할 수 있었던 것이다.

춘추시대 월나라 임금 구천은 오나라로 갈 때 국사를 문종과 범려한테 맡기고 갔으며, 한고조는 황금 40만 냥을 진평에게 서슴없이 맡겼다.

이런 일과 비교하면 다른 사람을 잘 알지 못하면서도 경솔하게 믿는 것과 익숙하게 알면서도 믿지 못하는 것. 이 두 가지는

다 같이 큰일을 해내지 못하는 원인이 됨을 알 수 있다. 그리고 늙은 병사는 한 번 성공한 다음 두 번째는 거절하고 행하지 않았다. 이것을 보면 늙은 병사도 진퇴와 성패를 잘 알고 있는 기인이라고 해야 할 것이다.

:: 이웃집 술장사 부부

 명나라 사람 엄눌(嚴訥: 1511~1584)은 성안에다가 큰 집을 지으려고 했는데 설계도는 이미 그렸으나 이웃집의 대들보 하나가 집터 쪽으로 빠져나와 있어 집을 반듯하게 지을 수 없었다.

 그 이웃집은 탁주를 파는 부부였는데, 그 집은 조상이 물려준 집이었다. 엄눌이 집을 짓는 목수를 이웃집에 보내 후한 값에 그 집을 사겠다고 했으나 집주인은 당연히 거절하였다. 목수가 돌아와 그 일을 엄눌에게 말하니 엄눌은 덤덤히 이렇게 말했다.

 "그럼, 관계하지 말고 다른 세 벽을 먼저 쌓게."

 시공을 하자 엄눌은 매일 자기 부중(府中)에 필요한 탁주를 모두 그 이웃집에서 사오게 했다. 뿐만 아니라 돈은 언제나 미리 셈하여 주곤 했다.

 이웃집은 술장사로 겨우 호구나 하는 정도여서 살림이 곤궁했다. 엄눌은 그것을 알고 술을 사 가는 매주들을 널리 소개해 주기도 했다. 이렇게 되어 술이 잘 팔리니 일손이 모자라 술집에서는 일꾼을 고용하기까지 되었다. 술장사는 나날이 잘되었다. 집안에 쌓아 놓은 쌀이며 콩이며 양곡과 술독들이 몇 배로 늘어나서 집안이 점점 비좁아졌다.

이웃 부부는 엄눌의 은덕이 아주 고맙게 생각되었고 당초 자기네가 거절했던 일이 몹시 창피스럽고 부끄러워졌다. 그들 부부는 스스로 자기집을 엄눌한테 바치겠다는 계약서를 써왔다.

엄눌은 성안 다른 곳에 있는 집과 그 집을 바꾸어 주었다. 그 집이 본래 집보다 넓어서 그들 부부는 기뻐하며 이사를 갔다.

권세로 술집 주인을 굴복시키지 못한다면 은덕으로 감동시켜야 한다. 그러면 아무런 시끄러움 없이 목적을 달성할 수 있을 뿐만 아니라 또 상대방의 보은을 받을 수 있다. 엄눌의 이웃집 술장사 부부는 엄눌의 모략에 이끌려 가면서도 시종 자기가 그렇게 된 줄을 모른다. 평범하고 묘하다 하겠다.

:: 신은 천하를 돌아다닌 적이 없기에

　명 태조(明 太祖)라는 묘호로도 잘 알려진 홍무제(洪武帝)는 명나라의 초대 황제(재위 1368~1398)이다. 본명은 주원장(朱元璋)으로 원나라 말기 반원 운동의 핵심에 있었던 홍건적의 지도자였다.

　빈농 가문에서 태어나 힘든 성장기를 보내다 10대 후반에 탁발승이 되어 여러 곳을 전전하다 20대 초반에 홍건적(紅巾賊)에 들어가 곽자흥(郭子興) 휘하에서 활약하였고, 곽자흥의 양녀 마씨(馬氏)와 결혼하였다.

　곽자흥의 군대가 분열되자 독자적으로 군대를 모아 세력을 키워나갔으며 원나라 강남의 거점인 남경을 점령했다. 1366년 스스로 오왕(吳王)이라 칭하고 각지의 군웅들을 굴복시킨 뒤 1368년 자립해 황제에 올라 대명(大明)을 건국했다.

　1388년 몽골족을 만리장성 밖으로 축출하고 중원을 통일했다. 왕조 성립 뒤에는 지역 토호 및 공신 세력을 숙청하고 지방관 파견과 제후국 봉지 임명 등으로 중앙집권적 체제를 확립했다. 또한 한족의 문화를 부흥시키려 노력했다. 유교 사상에 따라 자급자족 농경 사회를 구축하기 위해 노력했고, 대외적으로는 신중한 입장을 취했다. 공신들을 대량 숙청하는 공포정치를 펼쳤다는 부정적인 시각도 있다.

주원장이 화공 주현소(周玄素)를 불러 전당에 걸어 놓을 벽화 〈천하강산도〉를 그리라고 명했다. 그러자 주현소는 이렇게 말했다.

"아뢰옵기 송구하오나 신은 천하를 돌아다닌 적이 없기에 칙명대로 거행할 수가 없사옵니다. 폐하께서 먼저 초고를 그려 주시면 제가 거기다가 윤색을 하겠습니다."

주원장은 붓을 들어 잠깐 사이에 초고를 그려 놓고는 주현소에게 윤색을 하게 했다.

"폐하께서 천하강산을 이미 평정하셨는데 신이 어찌 감히 움직일 수 있겠습니까?"

주원장은 웃으면서 고개를 끄덕였다.

주현소는 그림을 그렸다가 태조의 마음에 들지 않으면 어떤 후과가 생길 수 있음을 잘 알고 있었기에 그런 핑계를 댔던 것이다. 주현소는 주원장의 됨됨이를 잘 알고 있었기에 닥쳐올 재앙과 곤란을 슬기롭게 피한 것이다.

주원장(朱元璋, 1328~1398)

**미천한 탁발승에서 명(明)을
개창한 인생 역전의 대명사**

주원장은 원나라 호주 봉양현에서
태어났다. 아버지 주세진(朱世珍)은
가난한 소작농으로 유랑민에 가까운 생활을 했다. 6남매 중 막내였던
그는 어린 시절부터 소나 양을 치는 일을 했다. 1344년 주원장이 열일곱
살 무렵 회수 유역에 기근이 들고 역병이 돌아 많은 사람들이 죽었다.
이때 그는 아버지와 어머니, 형제들을 잃었다.

　그와 둘째 형 주중육(朱重六)만이 살아남았다. 묏자리를 구하지 못해
장사를 지내지 못했는데 지주 유계조(劉繼祖)가 땅을 제공하여 낡은 옷
에다가 시신을 감싸서 겨우 매장했다. 주원장은 의지할 곳이 없는 신세
가 됐다. 황각사에서 출가하여 승려가 되었고, 절의 살림살이마저 어려
워지자 탁발승이 되어 여기저기 떠돌아다니며 생계를 유지했다.

　탁발승으로 있던 그는 홍건적의 우두머리 중 하나인 곽자흥(郭子興)
의 휘하에 들어갔다. 곽자흥은 1352년 대규모 병력을 이끌고 호주를 공
격하여 함락시켰다. 이때 주원장은 반란군의 일개 병졸로 참가했으나 이
후 여러 전투에 계속 참여하여 숨은 재능을 발휘하였고 점차 공을 쌓았
다. 몇 년 안 되어 능력을 인정받아 곽자흥의 참모로 승격한다. 그 뒤 주
원장은 남경을 근거지로 하여 장강 유역을 통일하는 데 성공하면서 제

2인자가 되었다. 비적의 우두머리에 불과했던 곽자흥은 혁혁한 전공을 세운 주원장의 실력과 지략, 공적을 내심 인정하면서도 한편으로는 심하게 경계하였다. 그러나 곽자흥의 경계심은 주원장이 곽자흥의 양녀인 마씨(훗날 효자고황후)와 결혼한 이후 누그러졌다.

주원장은 중국 동부 지역의 여러 읍과 성을 함락한 뒤 사대부 계급 출신의 지식인들을 만났다. 이들 가운데 일부가 주원장의 봉기에 가세하자 그는 그들을 사부나 참모로 받아들이고 그들의 조언을 받아들였다. 어린 시절 배우지 못했던 주원장은 동부 지방의 학자들로부터 한어와 중국사와 유교 경전을 배웠다. 그들로부터 성리학적 대의명분과 통치의 원칙을 배웠는데, 문자에 대한 이해가 부족했던 그는 손에서 책을 놓지 않고 계속 반복하여 독서하여 그 내용을 흡수했다.

1356년 주원장은 남경으로 진격하여 함락했다. 남경은 장강 유역의 비옥한 땅과 군량미와 수송 물자를 쉽게 조달할 수 있는 전략적 군사 요충지였다. 스스로를 무공(武公)이라 선언한 그는 학자들의 도움을 받아 남경 일대에 효과적인 행정 업무를 수행했고, 쓸데없는 약탈을 위해 이리저리 떠돌아다니는 일을 삼갔다. 땅이 없는 농민들에게 개간하지 않은 토지를 하사하여 백성들에게 농업을 적극 권장, 장려했다.

1368년에 남경에서 칭제건원(稱帝建元)하여 황제라 칭한 뒤 명나라를 건국했고, 연호를 홍무(洪武)로 정하고 한 황제가 하나의 연호만을 사용하는 '일세일원(一世一元)'의 원칙을 세웠다. 홍무제라는 명칭은 일세일원의 원칙으로부터 비롯된 것이다.

:: 남의 말을 들을 줄 안다는 것

《한비자》는 이렇게 말했다.

"군자는 사실을 중시하며 외형은 경시한다. 사물의 본질을 중시하며 겉치장을 싫어한다."

인재를 알아보기란 큰 학문과 같다. 지도자의 재능은 몸소 모든 일을 하는 것이 아니라 부하의 지혜를 잘 운용하는 데서 발휘된다. 그러므로 지도자는 혜안을 가지고 인재를 알아보고 임용해야 한다.

춘추시대 제나라 재상 안자(晏子)가 중모라는 지방을 지나다가 남루한 차림의 남자가 길에서 쉬고 있는 것을 봤다. 차림은 남루했지만 군자의 풍모가 느껴졌다. 안자가 물었다.

"선생은 누구십니까?"

"나는 월석부(越石父)라 하는데 남에게 진 빚을 갚지 못해 3년째 남의 밑에서 허드렛일을 하고 있습니다."

월석부의 딱한 사정을 들은 안자는 자신의 수레를 끄는 말들 중 좋은 말 한 필을 골라 빚을 갚아주고 월석부를 자기 집으로 모셔갔다.

그런데 안자는 집에 도착하자마자 월석부에게 작별 인사도 하지 않고 바로 안으로 들어갔다. 월석부는 몹시 화가 나서 안자와 절교를 선언했다. 안자는 월석부에게 사람을 보내서 이렇게 말했다.

"나는 전에 선생과 친구로 사귄 적이 없소. 그리고 3년 동안 남의 노비로 있던 선생을 풀어준 사람은 바로 나요. 그런데 무엇을 잘못했다고 이렇게 서둘러 절교를 선언한단 말입니까?"

그러자 월석부가 이렇게 대답했다.

"선비가 자기를 알아주지 않는 자에게 부당한 대우를 받고 구차하게 지낼지라도 자기를 알아주는 사람 앞에서는 몸을 곧게 하고 지낸다고 들었습니다. 이 때문에 군자는 비록 자신이 어떤 사람에게 은덕을 베풀었다고 해도 그를 무시하지 않고 또 자신이 누구에게 은혜를 받았다고 해서 비굴하게 굽신거리지 않습니다.

내가 지난 3년간 남의 종살이를 한 것은 나를 알아주는 사람이 없었기 때문입니다. 그런데 선생께서 나의 빚을 탕감해 주는 것을 보고 진정으로 나를 알아준다고 여겼습니다. 그래서 마차에 동승했습니다. 선생이 겸손한 태도를 취하지 않았을 때도 잠시 잊은 거라고 여겼습니다.

그러나 이번에 작별 인사도 하지 않고 집으로 들어간 것을 보니 이는 필시 나를 하인으로 대하는 태도가 아닌가? 정녕 그렇게 생각하신다면 차라리 나를 다시 팔아버리십시오."

이 말을 전해들은 안자는 집에서 나와 월석부를 만났다.

"아까는 선생의 외모만을 보고 판단했는데 이제는 선생의 깊이까지 알게 되었습니다. 자신의 언행을 반성하는 자는 다른 사람의 잘못을 들추지 않으며 실질적인 면을 중시하는 사람은 다른 사람의 언사를 일일이 따지지 않는다고 합니다. 이제 나의 잘못을 정중하게 사과하겠소. 그러니 부디 나를 버리지 말고 내 잘못을 고칠 기회를 주시기 바랍니다."

이어서 안자는 집안을 깨끗이 청소하고 연회를 마련해 월석부를 융숭하게 대접했다. 그러나 월석부는 이를 받아들일 수 없다면서 말했다.

"공경할 만한 사람이라도 길 가던 중에 예의를 차릴 수 없다고 들었습니다. 또 예의를 갖추는 것이 위아래를 구분하지 않을 수 없습니다. 선생님이 나를 대접하는 예절이 이렇게 지나치니 감히 받아들일 수 없습니다."

이에 안자는 월석부를 아예 귀빈으로 삼아 대접했으며, 훗날 월석부는 매우 유명한 인물이 되었다.

안자가 조정에 나갈 때 안자를 태우고 가는 마부의 아내가 문틈으로 자기 남편을 엿보았다. 재상의 수레에 높이 앉은 남편은 의기양양하여 자못 거들먹거렸다. 저녁에 남편이 돌아오자 마부의 아내가 떠나겠다고 했다. 마부가 그 까닭을 물었다.

"안자는 키가 여섯 자도 되지 않는데도 재상으로 명성을 떨치고 있지만 오늘 조정으로 향하는 모습을 보니 뜻과 생각이 깊고, 자신을 낮추는 태도였습니다. 그런데 당신은 키가 여덟 자나 되면서 고작 남의 마부 노릇을 하는데도 마치 뜻을 이룬 듯이 거들먹거리니 제가 떠나려 합니다."

그 뒤로 마부의 거들먹거리는 태도가 180도로 바뀌었다. 스스로 자신을 누르고 낮추었다.

안자가 이상히 여겨 마부에게 어째서 태도가 돌변했는지 물었다. 마부로부터 자초지종 이야기를 들은 안자는 마부를 대부로 추천해 나라 일을 보게 했다. 아내의 말을 깊이 새겨듣고 행동거지를 바꾼 마부의 마음 씀씀이를 높이 평가했던 것이다.

정확하게 사람을 판단하려면 평소에 그 사람의 언어, 행동, 태도 등을 자세히 알고 관찰하는 것은 물론 일을 시켜봄으로써 그 사람이 특수한 조건에서 보여주는 성과를 통해서 진정한 능력을 평가할 수 있다.

안자가 월석부의 빚을 갚아주면서 벼슬길에 오르게 한 것은 사람을 볼 줄 아는 형안을 가졌기 때문이었다. 현자는 현자를 알아보고 군자는 군자를 가까이한다. 마부는 남의 말을 들을 줄 아는 사람이었다. "남의 말을 들을 줄 안다는 것은 자신을 돌아볼 줄 안다."는 이치를 안자는 높게 평가한 것이다.

❖❖ 잔도를 수리하는 척하고 진창을 건넌다

'밝을 때 잔도를 수리하는 척하고 어두울 때에 진창을 건넌 다.'는 계책은 정면 공격을 하는 척하거나 움직이는 척하는 양공 (陽攻) 또는 이른바 양동(陽動)으로 적을 현혹시켜 공격 노선과 돌파 지점을 위장하는 것이다. 따라서 기만 작전의 하나라 할 수 있다. 이 말은 《사기》, 《자치통감》의 기록에서 찾을 수 있다.

진(秦)나라가 막 무너지자 항우는 파·촉과 한중(漢中: 지금 의 산서성 서남 산지) 등의 세 곳의 군을 유방(劉邦)에게 주어 한 왕으로 봉하고 한중의 남정(南鄭)을 도읍으로 삼도록 했다. 항 우는 이처럼 유방을 한쪽으로 치우친 산간 지방에 가두어 놓고 관중을 세 부분으로 나누어 진에서 항복해온 장한·사마흔· 동예에게 나누어 줌으로써 유방이 동쪽으로 세력을 뻗쳐나갈 수 있는 출로를 차단했다. 항우는 스스로 초패왕이라 칭하고 아 홉 군을 차지하는 한편, 장강 중·하류와 해하 유역 일대의 넓 고 비옥한 땅을 점령하고 팽성(彭城: 지금의 강소성 서주)을 도성 으로 삼았다.

천하를 독차지하고 싶은 야심을 가진 유방으로서는 항우의 속셈이 마땅할 리 없었다. 또 다른 장수들도 자신들에게 나누어 준 좁은 땅덩어리가 불만이었다. 그러나 항우의 위세에 눌려 대 놓고 반항하지 못하고, 각자에게 주어진 지역으로 부임하는 수 밖에 없었다.

유방도 어쩔 수 없이 병사를 이끌고 서쪽을 거슬러 올라 남정 으로 갔다. 유방은 장량(張良)의 계책을 받아들여 지나온 수백 리 잔도(棧道)를 모조리 불태워 못 쓰게 만들어버렸다. 잔도는 험준한 절벽에 나무로 만들어놓은 길이다. 잔도를 불태워버린 목적은 방어에 유리하도록 하자는 데 있었지만, 그보다 더 중 요한 목적은 항우를 현혹하자는 데 있었다. 즉, 유방이 자신의 근거지에서 더 이상 밖으로 나올 의사가 없다는 것을 항우에게 보여줌으로써 자신에 대한 경계를 늦추자는 것이다.

남정에 도착한 유방은 부장들 중에 출중한 군사 이론가가 있 음을 발견했다. 그가 바로 유명한 한신(韓信)이었다. 유방은 한 신을 대장으로 삼아 그에게 동쪽으로 세력을 뻗쳐 천하를 손아 귀에 넣을 수 있는 근거지와 그에 따른 군사 작전을 마련할 것 을 부탁했다.

한신의 첫 단계 계획은 먼저 관중을 차지하여 동쪽으로 나아 갈 수 있는 길을 열어 초를 멸망시킬 근거지를 마련하자는 것 이었다. 그는 병사 수백 명을 보내 지난번 불태워버린 잔도를 복구하도록 했다. 이때 관중 서부 지구를 지키고 있던 장한은 이 소식을 듣자 그들을 크게 비웃었다.

"그러게 누가 너희들더러 잔도를 불태우라고 했더냐? 그게 얼마나 큰일인데 겨우 병사 몇 백이 달려들다니, 어느 세월에 다 복구하겠는가?"

라면서 장한은 유방과 한신의 행동에 대해 전혀 개의치 않았다.

그러나 얼마 후 장한은 급한 보고를 받게 된다. 유방의 대군이 이미 관중에 들어와 진창(陳倉: 지금의 보계현 동쪽)을 점령했으며, 그곳 장수가 피살되었다는 소식이었다. 장한은 이 보고를 믿지 않았다. 그러나 그것이 사실로 밝혀지자 허둥지둥 전열을 가다듬어 방어를 서둘렀지만 이미 때는 늦었다. 장한은 자살을 강요받고, 관중 동쪽을 지키던 사마흔과 북부의 동예도 잇달아 항복했다. 이른바 '삼진(三秦)'으로 불리던 관중 지구는 이렇듯 순식간에 유방의 손아귀에 들어갔다.

한신은 표면적으로 잔도를 복구하여 그곳을 통해 출격하려는 태세를 취했지만, 실제로는 유방이 이끄는 주력군으로 하여 몰래 작은 길을 따라 진창을 습격하게 하여 장한이 대비하지 않은 틈을 타 승리를 거머쥔 것이었다. 이것이 '겉으로는 잔도를 복구하는 척하면서, 몰래 진창을 건넌다'는 뜻의 '명수잔도, 암도진창'이라는 고사가 유래하게 된 배경이다.

제나라 환공이 이웃에 있는 대나라를 징벌하려고 관중(管仲)을 불러 그의 의견을 물었다.

"대(代)나라의 특산물이 무엇인가?"

관중이 대답했다.

"대나라는 여우의 겨드랑이 흰털가죽 생산으로 유명합니다. 군주께서는 그것을 비싼 값에 사들이십시오."

관중은 어리둥절해하는 제환공을 바라보며 말을 이었다.

"여우 겨드랑이의 흰털은 덥고 추워지는 온도 변화에 따라 6개월에 한 번씩 생겨납니다. 그러니 군주께서 그것을 비싼 값에 사들이십시오. 그러면 대나라 사람들은 분명히 여우 겨드랑이 흰털가죽을 구하기 힘들다는 사실을 잊은 채 오직 큰돈을 벌 수 있다는 생각에만 빠져 기뻐 날뛰며 우르르 몰려가 여우 사냥을 할 것입니다. 그러니까 우리가 돈을 지불하기도 전에 대나라 농민들 대다수가 농사를 내던지고 여우를 찾아 깊은 산속을 헤매고 다닐 것이란 말입니다.

그렇게 되면 대나라를 호시탐탐 노리던 이웃의 나라가 분명히 대나라의 북부를 침공할 것입니다. 그리고 이지나라가 북부를 침략해 오면 대나라는 자발적으로 우리 제나라에 귀속하려 할 것입니다. 그러니 군주께서는 사람을 시켜서 돈을 들고 대나라로 건너가 여우 겨드랑이 흰털가죽을 사 오게 하십시오."

그러자 제환공이 고개를 끄덕이며 말했다.

"알았소."

제환공은 곧바로 중대부 왕사북에게 돈을 주어 대나라에 가서 여우 겨드랑이 흰털가죽을 사 오게 했다.

대나라 왕은 이 소식을 듣자마자 바로 승상을 불러 말했다.

"우리 대나라가 이웃 이지나라보다 국력이 약한 이유는 바로 돈이 없기 때문이오. 헌데 지금 제나라에서 거금을 가지고 여우 겨드랑이 흰털가죽을 사러 왔으니 이는 우리의 복이오. 어서 빨리 백성에게 여우 가죽을 구해오도록 영을 내려 제나라의 돈을 몽땅 긁어모으도록 하시오. 나는 그렇게 벌어들인 돈으로 이지나라의 백성이 우리나라로 귀순하게 만들 생각이오."

과연 대나라 백성은 너도나도 농사를 내팽개치고 산속을 헤매며 여우 사냥에 몰두하기 시작했다. 여우 겨드랑이 흰털가죽은 1년이 지났지만 이상하게도 단 한 장도 구할 수 없었다. 이때 호시탐탐 대나라를 노리던 이지나라는 대나라의 북부를 침공하려고 준비했다. 그러자 이에 놀란 대나라 왕도 서둘러 전쟁 준비를 했지만 결국 이지나라에 북부 지역을 점령당하고 말았다. 이에 대나라 왕은 군사를 이끌고 제나라에 귀순했고 제나라는 그 덕분에 사신을 보낸 지 3년 만에 칼 한 번 휘두르지 않고 대나라의 항복을 받아냈다.

관중은 바로 '명수잔도, 암도진창'의 전략을 사용하여 대나라가 스스로 함정 속으로 걸어들어가게 만들었다. 이렇게 제나라는 전투 한 번 벌이지 않고 돈 한 푼 쓰지 않고 대나라를 귀순시키는 일거양득의 효과를 달성했다.

　예나 지금이나 눈속임은 부정적인 의미로 사용된다. 그러나 치열한 경쟁 사회에서 성공과 이들을 거머쥐려면 '명수잔도, 암도진창(明修棧道, 暗渡陳倉)'이란 전략을 사용할 가치가 있지 않겠는가.

유방(劉邦, BC 256~BC 195)

백수건달이 천하 통일

시골에서 태어나 바람둥이 백수건달
로 젊은 시절을 허송세월하던 사람
이 우연한 기회를 잡아 반란군의 수
장이 되고 최종적으로 중국의 황제가 되었다는 사실 하나만으로도 한고
조 유방의 일생은 음미해 볼 만한 가치가 있다.

유방은 어린 시절에는 큰형의 집에 얹혀살았고 젊은 시절에는 이른바
'유협(遊俠)'의 무리에 끼어 전국을 떠돌아다녔다. 유협은 무리를 지어
다니는 협객들을 의미하지만 한마디로 '건달'이다.

《사기》의 저자 사마천은 정확하게 사실을 기록하려고 했던 것으로 유
명하다. 때문인지 그는 한나라의 관료 출신이었지만, 나라의 창업자라
해도 이 시기의 유방에 대해서는 냉정한 평가를 내리고 있다. "매일같이
집안에 틀어박혀 하는 일 없이 먹고 놀기만을 즐기면서 입으로만 호언장
담을 하였으며 술과 여자를 매우 밝혔다."

유방이 급속도로 부상하게 된 계기는 진나라의 왕궁에서 발생한 반
역 사건이었다. 진나라의 실력자인 환관 조고는 승상의 자리까지 차지했
지만 이 정도로는 성이 차지 않았다. 그는 자신이 세운 황제 호해를 살해
하고 호해의 조카인 공자 영(嬰)을 진왕(秦王)으로 세웠다.

진나라에서 이러한 혼란이 계속되자 초 회왕은 최종 공격 명령을 내

렸다. 그리고 누구든 진나라의 수도 함양에 가장 먼저 입성하는 장수를 관중의 왕으로 봉하겠다고 선언했다. 유방이 일약 스타가 된 것은 바로 이 경쟁에서 승리하면서였다.

전쟁이 장기전의 양상으로 바뀌자 백성들의 사정이 대단히 심각해졌다. 항우와 유방은 화의를 모색하게 되었다. BC 203년 중원의 한가운데를 가로지르는 넓은 수로 홍구(鴻溝)를 경계로 해서 천하를 동서로 나누어 가지기로 합의했다.

유방이 항우에 대해 급작스럽게 우세를 점하게 된 계기는 바로 이 협상이었다. 유방과의 화의를 철석같이 믿고 철군을 하던 항우에게 날벼락이 떨어졌다. 유방이 갑자기 말머리를 돌려 항우의 배후를 친 것이다. 한신, 팽월(彭越)과 같은 한나라의 맹장들이 모두 동원된 전격적인 공세였다. 항우는 졸지에 수세에 몰리면서 해하(垓下)에서 포위되었다.

힘으로는 산을 뽑고 기개는 세상을 덮을 만한데(力拔山兮 氣蓋世)
때가 불리하니 추는 나가지 않는구나(時不利兮 騅不逝)
추가 나가지 않으니 내 이를 어찌할까(騅不逝兮 可奈何)
우야 우야 너는 또 어찌할까(虞兮虞兮 奈若何)

유명한 항우의 《해하가(垓下歌)》이다. 이 시에 나오는 추(騅)는 오추마로 알려진 항우의 애마이며 우(虞)는 항우가 사랑했던 여인 우희(虞姬)를 말한다. 우희도 답을 했는데 사자성어 '사면초가(四面楚歌)'는 우희의 이 마지막 시에서 유래되었다.

:: 전쟁을 말아먹는 아주 확실한 방법

손무는 《손자병법》 '모공' 편에서 다음과 같이 말했다.

"그러므로 승리를 예지할 수 있는 다섯 가지가 있다. 전쟁을 해야 하는지 전쟁을 해서는 안 되는지 아는 자는 승리한다. 식견을 가지고 대소 규모의 부대를 운용하는 자는 승리한다.

장군과 병사 상하 간에 동일한 욕망을 가진 자는 승리한다. 준비된 상태에서 미리 헤아리지 못한 적과 대적하면 승리한다. 장군의 능력이 뛰어나 군주가 통제하려 하지 않으면 승리한다. 이 다섯 가지가 승리를 예측하는 길이다."

故知勝有五 知可以與戰不可以戰者勝 識衆寡之用者勝

上下同欲者勝 以虞待不虞者勝 將能而君不御者勝

此五者知勝之道也

군주가 자신의 장수와 군대에 대해 모르고 간섭한다면 장수도 군사들도 전쟁의 흐름에 대해 의문을 품게 된다. 이것은 군대의 조직력 상실로 직결되며 전쟁을 말아먹는 아주 확실한 방법이다.

군주는 곧 자신의 장수와 군대가 기댈 최후의 보루이기도 하다. 그 군주가 경거망동을 일삼는다면 군대는 사기를 잃고 불신과 불안 속에 빠지며, 조직력을 상실해 싸우는 족족 패한다. 경거망동을 일삼는 못돼먹은 군주는 그렇게 패하는 군대를 오히려 더 혼란하게 만들어 더 많이 패하게 만들고 결국에는 자신의 목이 날아가는 참사를 부른다.

군대는 적과 조직력을 겨룬다. 그 조직력은 군대의 준비 상태와 사기에 기반하여 생성된다. 병사와 장군이 하나 된 목표를 가지고 행동한다면 어떤 극악한 참상이 다가와도 그것을 견뎌낼 수 있으나, 병사의 생각과 장군의 목적의식이 괴리된다면 병사들이 사기를 잃고 작은 상처가 나도 기겁을 하며 무너진다.

정보와 계획을 충분히 준비한 군대는 그렇지 못한 군대를 견뎌낼 수 있다. 설령 적이 상당히 강력하더라도 적의 조직력이 나의 조직력을 이겨내지 못하면 내가 이기지는 못할 수 있어도, 적이 이길 일은 없다. 이러한 문제는 대개 군주의 손을 벗어나, 군주가 부리는 장수들이 다뤄야 하는 문제다. 군주는 장수들이 불필요한 난관에 빠지지 않도록 전쟁 자체를 이끄는 것만으로도 바쁜 몸이며, 쓸데없이 장수들에게 신경이 갈 상황이면 그 전쟁은 망한 전쟁이다.

후당(後唐)의 건국 군주이자, 첫 번째 황제인 이존욱(李存勗)은 뛰어난 군사적 재능을 보이며 천하의 반을 평정하고 황제의 자리까지 올랐으나, 즉위 후 내치에서 무능한 모습을 보이며 부하와 백성들의 신망을 잃었다.

이존욱은 군사를 이끌고 양나라를 격파하자 양나라는 군대를 잠시 후퇴시켰다. 대장 주덕위(周德威)는 진왕이 승승장구하여 추격을 감행할 때 이렇게 말했다.

"지금 양나라 군대는 기세가 왕성할 때이므로 우리는 마땅히 군대를 움직이지 못하게 하고 양나라 군이 기세가 쇠약해지기를 기다렸다가 진공해야 합니다."

"군대를 거느리고 원정할 때는 반드시 속전속결해야 한다."라고 진왕이 말했다. 이에 주덕위는 이렇게 말했다.

"양나라 군대는 성을 잘 수비하지만 야전은 잘하지 못합니다. 우리 군은 기병이 다수이고 습격을 잘 하지만 지금 성문이 굳게 닫혀 있어 기병이 어쩔 수 없습니다."

진왕은 여전히 불만이 있어 장막에 돌아가 휴식하였다. 오래지 않아 투항해온 한 병사의 말에 의하면 지금 양나라 왕은 사람을 시켜 성문 앞에다 배다리를 건조하여 진나라 군대를 공격할 준비를 하고 있다고 했다. 진왕은 이때에야 주덕위가 한 말의 뜻을 알게 되었다. 그러나 때는 이미 늦었다.

손무(孫武, BC 545?~BC 470?)

전쟁의 패러다임을 바꾸다

당시는 강력한 힘을 가진 나라가 힘 없는 나라를 쳐부수던 혼란의 춘추 시대였다. 젊은 시절 그는 오(吳)나 라를 강대국으로 키운 오자서(伍子胥)의 추천으로 오나라의 장수가 되어 여러 전쟁에 참여한다. 오나라 왕 합려(闔閭)의 신임을 받은 것은 물론 오자서와 뜻이 맞아 함께 오나라를 대국으로 성장시키는 데 중요한 역할을 했다.

손자는 전쟁을 일종의 프로젝트로 바라보았다. 전쟁을 이끄는 장수는 프로젝트를 관리하는 전문 경영인이었던 셈이다. 손자는 합려를 만났을 때 이미 병법 13편을 완성해 가지고 있었다고 한다. 《손자병법》은 그가 7년간 겪은 다양한 전쟁의 경험이 집약돼 있다.

춘추시대의 낭만적인 전쟁 형태는 전국시대에 이르러 보병전, 성을 둘러싼 공방, 전면전으로 바뀌었으며, 군대의 주축인 사병을 평민 계층에서 동원하는 장기전 형태로 바뀐다. 전쟁의 승패는 하늘이 정하는 것이 아니라, 전쟁 주체인 인간의 의지와 준비 정도 그리고 인간을 둘러싼 사회 경제적 환경과 자연을 어떻게 활용하느냐에 따라 정해진다는 의식이 고개를 들기 시작했다. 이러한 춘추시대로부터 전국시대로의 대변동기에 《손자병법》이 나왔다.

손무가 강조한 것은 전쟁에 나서는 사람의 가치관이다. 특히 군대를 이끄는 장군의 가치관을 중요하게 생각했다. 전쟁은 개인의 영욕이나 명예, 권력에 목적이 있는 것이 아니라 보민(保民)과 보국(保國)에 있다고 했다. 손무는 백성과 나라를 지켜야 한다는 소명의식을 가장 중요하게 생각했다.

백성과 나라를 지키기 위해서는 전쟁에서 이겨야 한다. 두 번째로 강조한 것이 전략이다. 전쟁에서 승리하기 위해 무기나 병력, 군량미도 중요하지만 가장 중요한 것은 전략이라는 것이다. 그러면서 '지피지기(知彼知己: 적의 형편과 나의 형편을 다 자세히 앎)'란 말을 한다. 전쟁은 대충하면 안 되고 철저하게 분석해서 해야 한다고 했다. 언제, 어디로, 어떤 속도로 쳐들어갈지 전략을 짜서 해야 한다고 것이다. 세 번째로 전쟁의 승패는 결국 구성원이 꿈과 비전을 얼마나 공유하는가에 달려 있다고 강조한다.

∷ 72년이나 '때'를 기다린 강태공

　강태공의 본명은 강상(姜尙)으로, 선조가 여(呂) 땅을 받았다고 하여 여상(呂尙)이라고도 불린다. 주나라 문왕이 강태공을 초빙하며 선왕 태공이 바라던[望] 성인이라고 일컬었기 때문에, '태공망(太公望)'이라는 이름도 얻었다.

　강태공은 72세가 될 때까지 매우 빈곤하게 살았다. 극진(棘津)이라는 나루터에서 지내며 하는 일이라고는 독서와 낚시뿐이었다. 그렇다고 물고기를 잘 잡은 것은 아니다. 그가 드리운 낚시에는 바늘이 없었다. 바늘이 있었지만 곧게 펴져 있었다는 말도 있다. 어느 쪽이든 그의 목적은 물고기를 낚는 데 있지 않았던 것이다.

　강태공이 낚시터에서 기다린 것은 물고기가 아니라, '때'였다. 자신을 알아주는 사람을 만나고, 자신의 능력을 마음껏 펼칠 수 있는 그런 시간. 강태공은 그 '때'를 낚기 위해 무려 72년의 세월을 기다렸다.

　더욱이, 강태공이 평생을 숨어 살았다고 하여 무명의 은둔 선비였던 것 같지는 않다. 은나라 조정에 잠시 출사했었다는 설도 있고, 맹자는 그가 당시 '천하의 큰 어른[大老]'이었다고 설명한다. 강태공의 능력과 인망은 이미 알 사람은 다 알았던 상황이었을 수 있다. 마음만 먹으면 얼마든지 영달할 기회가 있었지만, 아직 때가 이르지 않았다고 판단했기에 곤궁함을 감내하며 세상과의 인연을 끊었다.

주 문왕과 강태공의 첫 만남도 이러한 맥락에서 이해할 수 있다. 어느 날 문왕이 사냥을 가기 전에 점쟁이가 이런 점괘를 주었다고 한다.

"이번 사냥에서 사로잡을 것은 용도 아니고 이무기도 아니며 호랑이도 아니고 곰도 아닙니다. 임금을 보좌할 신하를 얻게 될 것입니다."

그러고 나서 사냥길에 나선 문왕이 도중에 강태공을 만났다는 것이다.

강태공과의 조우를 초월적인 계시에 의한 것처럼 묘사하고 있지만, 실상 강태공의 소문을 들은 문왕이 그를 찾은 것이라고 보아야 한다. 두 사람은 깊은 이야기를 나눈 끝에 의기투합했다.

문왕은 기뻐하며 말했다.

"나의 선왕 태공께서는 '성인(聖人)이 주나라에 나타나게 되면, 주나라가 그로 인해 크게 흥성할 것'이라고 하셨습니다. 선생이 정녕 그 성인이 아니십니까? 선생을 기다린 지가 오래되었습니다."

아무튼 강태공은 그길로 문왕의 신하가 되었고, 뒤를 이어 보위에 오른 무왕까지 계속 섬기며 뛰어난 용병술과 기묘한 계책을 발휘했다. 여든을 넘긴 뒤에도 임금과 신하들을 독려하며, 은나라를 멸망시키는 데 결정적인 공헌을 한다.

강태공은 제(齊) 땅을 분봉 받은 지 다섯 달도 못 되어 그동안의 성적을 보고하러 돌아왔다.

"어떻게 이렇게 빠르시오?"

주공의 물음에 강태공은 이렇게 말했다.

"정부의 조직들은 간소화하고 예절은 모두 현지 풍속을 그대로 따르게 했습니다."

그런데 주공의 아들 백금은 노(魯) 땅을 분봉 받아 가서 3년이 지나서야 성적을 보고하러 경성으로 올라왔다.

"왜 이렇게 늦었느냐?"

"그들의 풍속을 변화시키고 예절을 혁신시키느라고 늦었습니다. 일례로 부모의 상을 입은 후 3년이 지나야 상복을 벗도록 했습니다. 그러다 보니 이렇게 늦었습니다."

이에 주공은 이렇게 말했다.

"그렇다면 앞으로 각국은 제나라에 복종하게 될 거다. 정사를 간단하게 처리하지 못하면 국민들은 그를 가까이하지 않는

법. 친근한 집정자만이 민심을 얻을 수 있는 법이다.”

주공은 또 태공에게 물었다.

“장차 제나라를 어떻게 다스리려고 하시오?”

“현명한 사람을 존경하게 하고 공업(功業)을 숭상하도록 하겠습니다.”

“하면, 제나라 후대에는 임금을 사살하고 왕위를 찬탈하는 자가 나타날 것이오.”

“그러면 주공께서는 노나라는 어떻게 다스리려고 하십니까?”

“현명한 사람들을 존경하고 친족들을 중히 여기도록 하리다.”

“이후, 노나라는 갈수록 쇠약해질 줄로 압니다.”

하고 태공이 말했다.

주공과 태공은 모두 수백 년 이후의 제나라와 노나라의 운명에 대하여 옳은 예견을 하고 있었지만 미리 그것을 방비하지는 못했다. 실은 방비하려고 해도 그럴 수 없는 일이다. 왜냐하면 제왕의 법통이란 영원히 이어나갈 수 없기 때문이다. 전성기가 지나면 쇠퇴하기 마련이고 쇠퇴해지면 나라가 바뀌기 마련이니 이것은 사람의 힘으로 막아낼 수 있는 것이 아니다.

:: 끝없는 탐욕을 경계했던 처세의 달인

한삼걸(漢三傑)은 중국 진말한초 시대, 전한을 건국할 수 있 게 고조 유방(劉邦)을 도운 세 명의 명신인 장량, 소하, 한신을 일컫는 말이다.

장량(張良)은 한(韓)의 귀족 출신으로, 유방의 참모로 활약하며 그의 천하통일에 공헌했다. 이 공으로 유후(留侯)에 봉해졌다.

다른 한삼걸 중 소하(蕭何)가 행정 업무에 주력하고, 한신(韓 信)이 전쟁에 주력할 때, 장량은 유방의 정치·사회 분야 기획 자로 활약했다. 즉 초한전쟁 중에 유방과 가장 오랜 시간 같이 있으면서 그의 결정 하나하나에 지대한 영향을 미친 인물이 장 량이라는 것이다.

한삼걸 중 유방에게 가장 신임 받았던 인물이 바로 장량이다. 한신은 그야말로 당해버렸고 소하는 여러 차례 의심도 받았지 만 장량은 그런 것도 없었다. 《사기》 '유후세가'의 여러 언급에 서 장량의 제안을 유방이 거절한 적은 단 한 번도 없다.

관료, 정치가와 군인이라는 비교적 현실감 있는 모양의 다른 두 명에 비해 장량은 신선을 만났다거나, 벽곡하며 생활했다는 등 탈속한 구석이 많다. 이런 일화에 대해 장량의 처신술이라고 평가하는 사람도 있는데, 실제 한신 같은 공신들이 숙청되고 소하조차 말년에 옥에 잠시 갇혔다 풀려나는 수난을 당하는 와중에도 장량은 탈 없이 천수를 누렸다.

장량은 유방이 천하를 통일하자 즉시 사직하고 은퇴하려고 했다. 그러자 유방과 대신들이 일제히 그의 사직을 만류했을 뿐만 아니라 그의 아들이나 부인은 이제야말로 부귀영화를 누릴 때인데 사직한다고 아쉬워했다. 그러나 장량은 웃으면서 말했다.

"꽃도 피고 질 때를 아는데 하물며 사람이 진퇴를 모르면 어찌 천기를 안다고 하겠느냐."

유방이 풍현에서 거병한 뒤에 항량(項梁)의 휘하에 들어가기 위해 옹치에게 풍현을 지키게 했다. 군사를 일으킨 뒤에 지방에 웅거(雄據: 일정한 지역을 차지하여 세력을 펌)하고 있으면 아무 소용없기 때문에 유방은 군사를 이끌고 천하를 구한다는 명분으로 관중으로 향했다.

그러나 유방이 군사를 이끌고 되돌아와 옹치를 공격하려 했으나 방어하는 옹치를 정복할 수가 없었다. 유방은 항량에게 군사 2,000명을 빌려 달라고 했으나 항량은 군사를 보내지 않았다. 이때 장량이 계책을 아뢰었다.

"우리는 군사가 9,000명밖에 되지 않으니 항량에게 군사 5,000명을 빌려 달라고 하십시오."

"항량은 군사 2,000명을 빌려달라고 해도 빌려주지 않았는데 5,000명을 빌려주겠는가?"

유방은 장량이 터무니없는 소리를 한다고 역정을 냈다.

"항량은 틀림없이 5,000명을 빌려줄 것입니다. 항량이 군사를 보내지 않으면 제 목을 바칠 테니 한번 청해 보십시오."

장량이 단호하게 말했다. 장량이 단호하게 말하니 유방은 헛일하는 셈치고 항량에게 사자를 보내 군사 5,000명을 빌려 달라고 청했다. 그러자 항량이 두말없이 군사 5,000명을 빌려주었다. 유방과 장수들은 모두 기이하게 생각했으나 항량에게 빌린 군사로 옹치를 공격하여 승리하였다.

"나는 항량이 우리에게 군사 5,000명을 빌려준 것이나 그대가 5,000명의 군사를 빌려 달라고 한 까닭을 모르겠소. 항량은 무슨 까닭으로 군사 2,000명을 빌려 달라고 할 때는 응하지 않다가 군사 5,000명을 빌려 달라고 했을 때는 선뜻 응한 것이오?"

유방이 승리를 자축하면서 장량에게 물었다.

"그것은 물과 같은 것입니다. 소금물이 아홉 되가 있는데 민물 두 되를 섞으면 소금물이 됩니다. 그러나 소금물이 아홉 되가 있는데 민물 다섯 되를 섞으면 민물이 됩니다. 장군께서

9,000명을 거느리고 있습니다. 항량은 9,000명을 거느리고 있는 장군에게 군사 2,000명을 보내면 흡수될 것이라고 생각하고 있었기에 군사 5,000명을 보내면 9,000명의 군사를 자기편으로 흡수할 수 있다고 생각한 것입니다.”

“과연 그대의 지혜는 심오하기가 이를 데 없소!”

유방이 무릎을 치면서 치하의 말을 아끼지 않았다. 유방은 관중으로 진격하다가 완성에 이르렀다. 그러나 완성이 격렬하게 저항하여 쉽사리 공격할 수 없었다. 유방은 완성을 우회하여 관중으로 공격하려 했다.

“완성을 우회하여 관중을 공격하면 배후를 공격당할 염려가 있습니다. 완성이 격렬하게 저항하는 것은 우리 군사가 3만 명밖에 안 된다고 생각하기 때문입니다. 이제 군사들의 깃발을 바꾸어 완성을 포위하고 공격하면 완성에서는 새로운 군사들이 몰려올 것으로 생각하고 항복할 것입니다.”

장량이 또 한 번 절묘한 계책을 아뢰자 유방은 즉시 군사들의 깃발을 모두 바꾸게 한 뒤에 완성을 포위하고 맹렬하게 공격하였다.

완성을 수비하던 역이기(酈食其)는 새로운 군사들이 몰려온 줄 알고 공포에 걸려 자살하려다가 투항하였다. 장량의 계책으로 유방은 손쉽게 완성을 점령한 뒤에 관중으로 진격했다.

당시 한신 장군은 연전연승을 거두고 천하는 항우와 유방이 양대 세력을 형성하고 있었다. 이때 한신 장군은 제나라 땅을 공격하여 점령했다.

유방은 항우의 군사와 격전을 치르고 패전의 위기에 몰려 있는데 한신이 사자를 보내 제나라 땅을 빼앗았으니 가왕에 봉해 달라고 청했다.

"나는 여기서 항우와 싸우느라 고통을 겪고 있는데 한신은 왕이 될 생각만 하고 있단 말이냐?"

유방이 크게 화를 내며 소리를 질렀다.

"한신은 수많은 군사를 거느리고 있고 우리는 불리한 처지에 있습니다. 그럴 바에야 한신을 제왕으로 봉하여 후대하고 그의 군사를 이용해 항우를 치게 하십시오."

장량이 이런 계책을 유방에게 꺼내 놓았다.

"대장부가 제나라 땅을 평정한 공을 세웠는데 어찌 가짜 왕 노릇을 할 수 있다는 말이냐? 한신을 제왕에 봉한다!"

유방은 장량의 말을 알아듣고 다시 호통을 쳤다. 장량은 제나라 땅 임지에 가서 한신을 제왕에 봉하고 그의 군사로 하여금 초나라의 항우를 치게 했다.

한신은 책사 괴통(蒯通)의 천하삼분지계를 받아들이지 않고 항우를 공격하여 전멸시켰다.

이렇게 되어 유방이 천하를 통일하자 장량은 즉시 사직하고 은퇴했다. 유방과 대신들은 장량의 사직을 만류했으나 장량은 병을 핑계로 사직하였고 한고조 유방은 그에게 많은 땅을 하사했다.

장량(張良, BC 251?~BC 189)

성공한 자리에 오래 머물지 않는다

명참모를 일컫는 '장자방(張子房)'이라
는 말은 바로 장량을 가리키는 말이다.
장량은 천리 밖의 승패도 한눈에 들여
다본다는 지략가로 알려져 있다.

장량에게 한나라를 멸망시킨 진나라는 고국을 멸망시키고 자신의 인
생을 망가뜨린 원수였다. 장량은 진나라에 복수하기 위해 시황제가 하
남성 원양현 동남방의 박랑사(博浪沙)를 지날 때 창해역사(倉海力士)
를 시켜 시황제를 제거하려고 했다. 그러나 그 뜻을 이루지 못하고, 장량
은 이름을 바꾸고 하비(下邳)로 숨어들었다. 이곳에서 그는 황석공(黃
石公)이라는 노인에게 전국시대에 편찬된 무장 선발 시험의 기본 교재인
《태공병법》을 배웠다.

장량은 《태공병법》을 토대로 유방에게 유세를 했고, 항우와 4년간의
치열한 결전을 승리로 이끌었다. 그리고 BC 206년 유방이 요관(嶢關)과
남전(藍田)에서 진나라 군대에게 승리하여 진왕 자영의 투항을 받았다.
이로써 시황제가 세운 최초의 통일 국가 진이 멸망했다.

유방이 항우를 제거하고 완전하게 한 왕조를 세운 후 장량은 정치에
관여하지 않았다. 유방은 황제에 등극하자 공신들을 제후왕에 봉해 그
공을 치하했다. 유방은 장량에게 제나라 지역의 3만 호를 다스리도록

하려 했지만, 이를 사양하고 전쟁의 피해가 가장 심해 3천 호에 불과했던 하남성 중부의 유현(留縣)을 선택했다.

또한 장량은 BC 201년 자신의 건의로 유방이 낙양에서 관중 지역으로 천도한 후부터는 항상 신병을 이유로 조정에 출석하지 않고 두문불출하여 권력의 중심에서 비켜서 있었다. 실제로 BC 196년 개국공신 한신은 유방의 정부인인 여태후의 농간에 죽음을 당했고, 후에 소하는 투옥되었으며, 함께 해하 전투를 치렀던 양나라 왕 팽월도 살해되었다. 이들 모두 개국공신으로 한나라가 개국된 후 권력과 부의 중심에 있던 인물들이었다. 장량은 이 모든 것을 꿰뚫어보고 있었다.

사마천은 천하통일에서의 장량의 공을 《사기》 '유후세가'에서 "장막 안에서 계책을 내어 눈에 보이지 않는 가운데 승리한 것은 유후 장량인 자방, 즉 장자방의 계략이었기 때문이다. 그에 더해 인품이 빼어나고 학식이 뛰어나며 기상도 높았으므로 한(韓)나라 출신임에도 중용되었던 것이다. 유후는 하비의 다리 위에서 황석공으로부터 태공병법을 배워 유방을 도와 소하와 한신과 더불어 한(漢)나라를 세웠다. 그가 세운 계책들은 한결같이 천하쟁패에 승부수를 던질 만한 것이었다."고 정리했다.

제3편

장사꾼이 한 필의
천을 다루듯

'인생은 공평하지 않으니, 그것에 익숙해져야 한다.'
라는 구절을 쉽사리 수긍하지 못한 이유는
인생이 공평하지 않다는 사실을 받아들이기 힘들었거나
공평하지 않다는 것은 알지만
익숙해지지 않아서였는지도 모른다.
인생은 정말 공평하지 않은 것일까.
어떤 이는 태어날 때부터 돈과 권력의 심장부에 누워 있거나
세상을 매혹시킬 이기적인 유전자를 지니고 있다.
별다른 노력 없이도 부귀와 명예를 유지하는 사람이 있는가 하면
죽도록 일해도 가난과 멸시에서 벗어날 수 없는 사람도 있다.

❖❖ 경중과 완급을 냉정하게 판단해야

《묵자》는 이렇게 말했다.

"무릇 나라에 들어가면 반드시 힘쓸 일을 선택하여 일에 종사해야 한다."

사람은 살아가면서 수많은 문제와 어려움과 부딪치게 된다. 이럴 때에는 그 일의 경중과 완급을 정확히 구분하고 계획적이고 효율적으로 처리해 나아갈 수 있는 삶의 지혜가 필요하다. 옛말에 "일은 경중과 완급을 구분하고 중요한 것부터 우선적으로 처리해야 한다."라고 했다.

동군 태수 조조에게 의탁하여 조조를 따라간 우금(于禁)은 장수 토벌에 나섰지만 첫 전투에서 크게 패하고 말았다. 다급해진 조조는 패잔병들을 이끌고 청주로 즉각 후퇴했으며 장수는 군대를 이끌고 조조 뒤를 바짝 추격했다.

때마침 청주에는 우금과 하후돈(夏侯惇)이 군대를 주둔시키고 있었다. 그러나 하후돈의 군대들은 원소군의 이름을 빌려 무고한 백성들을 약탈하는 만행을 일삼고 있었다. 이를 참다못한 우금은 곧 군사를 이끌고 백성을 약탈하는 병사를 모조리 죽여 백성을 위로했다.

이에 겨우 살아남은 청주 병사들은 이미 전투에서 패하여 청주에 돌아온 조조를 찾아갔다. 그들은 우금이 모반을 꾀하여 청주 병사들을 죽였다고 모함했다. 이에 놀란 조조는 하후돈, 이전, 허저 등에게 군사를 정돈하여 우금을 막는 준비를 하라고 명령했다.

우금이 청주에 도착했을 무렵 조조와 여러 장수들이 병사를 정돈하여 성을 방비하는 모습이 마치 적을 기다리고 있는 듯 보였다. 이때 한 신하가 우금에게 말했다.

"청주 병사들이 조 승상께 장군이 모반을 꾀했다고 모함했을 것이 분명합니다. 지금 승상의 군대가 성을 방비하는 모습을 보니 그들의 거짓 보고를 믿으신 것이 분명합니다. 장군은 어째서 승상에게 사실을 밝히려 하시지 않으십니까?"

우금이 태연하게 말했다.

"장수가 이끄는 적병이 추격해 오고 있으니 곧 이곳에 다다를 것이다. 그들은 대항할 준비를 먼저 해두지 않는다면 어떻게 적을 막을 수 있겠는가? 승상께서 나를 오해하고 계실지라도 그것을 바로잡는 것은 작은 일이지만 적을 물리치는 것은 큰일이다. 장군으로서 마땅히 사적인 일보다 공적인 일을 우선해야

한다. 그러니 작은 일은 먼저 큰일을 마친 뒤에 해도 늦지 않을
것이다.”

우금이 영채를 다시 정리하여 군사 배치를 마쳤을 무렵 장수
의 군대가 두 갈래로 나뉘어 공격해 왔다. 우금은 병사들을 이
끌고 줄곧 그들을 추격하느라 지친 적들에게 정면으로 맞서 거
센 공격을 가했다. 그러자 장수의 군대는 패배하여 도망치기 시
작했다. 우금은 군사를 재정비하여 한 성 밖에 머무르게 한 뒤
조조를 알현하고 청주 병사들의 만행을 상세히 보고했다.

“청주 병사들이 부녀자들을 희롱하고 재물을 약탈하여 승상
의 위신이 크게 손상되었으며 유랑민들은 산에 머물며 도적질
을 하고 원소의 패잔병과 합세하여 위나라 군의 기강을 무너뜨
리는 지경에까지 이르렀습니다.”

“그렇다면 어째서 나에게 먼저 그 일을 알리지 않고 적부터
막았단 말인가?”

우금은 사실대로 설명했다. 조조는 그제야 자리에서 일어나
우금의 손을 맞잡고 여러 장수들에게 말했다.

“우 장군은 쫓기는 긴박한 상황에서도 냉정히 군사를 정돈
시키고 적을 막아냈을 뿐만 아니라 노고를 마다하지 않고 남의
말에 흔들리지 않았다. 이로써 그는 패배할 싸움을 승리로 이끌
었다. 옛적의 명장인들 어찌 이보다 더 훌륭할 수 있겠는가!”

조조는 우금을 익수정후에 봉했다. 조조는 나라를 먼저 살피는 우금의 태도를 긍정적으로 높이 평가했다.

모든 일에서 항상 냉정하게 상황의 경중과 완급을 판단한 후 그 안에서 핵심적인 것을 선택할 수 있어야 한다. 이것은 계획을 세울 때 가장 기본적으로 고려해야 할 요소이며 성공하는 사람들이 전체적인 것을 먼저 생각하는 관점은 전략을 세우는 기본이다.

∷ 정말 쉽지 않았겠군

《귀곡자》에는 상대의 심리에 맞추어 그의 신임을 얻고 친밀한 관계를 유지하는 방법, 기회를 틈타 상대의 약점을 파고들어 옴짝달싹 못 하게 하는 기법, 상대를 어르고 달래 진심을 확인하고 상황을 파악해서 책략을 세우는 내용이 있다.

《귀곡자》는 일을 맡아 시작했으면 일을 주도적으로 장악하라고 한다. 무엇보다도 실패의 여지를 없애야 한다. 폭넓게 정보를 구하고 빈틈없이 준비해야 한다. 일할 때는 주도면밀하게 해야 하고, 가만히 있을 때는 기밀을 유지해야 한다. 일이 끝났으면 책임도 져야 한다. 말을 앞세우면 작게는 기회를 잃고, 크게는 신의를 잃는다. 과정에 어려움이 있다고 좌절하거나 포기할 필요도 없고, 일이 마음먹은 대로 이루어졌다고 교만할 필요도 없다.

《손자병법》이 전쟁에서 이기는 병법을 중시했다면,《귀곡자》는 사람 관계를 잘 유지하는 심리학적 방법을 제시한다.

치고받는 싸움보다는 되도록 말로 해결하거나 남과 남을 이간질하여 자기는 싸우지 않는 방법을 알려준다는 점에서 가히 처세의 방원술(方圓術)이라 할 만하다.

《귀곡자》는 "원(圓)이란 융통성 있게 말함으로써 원하는 것에 들어맞게 하는 것을 말한다. 방(方)이란 모든 일을 법칙에 맞게 처리하는 것을 말한다."라고 했다. 원만을 아는 사람은 원칙과 주견 없이 그저 부화뇌동하는 것이고, 방(方)만을 아는 사람은 임기응변에 서툴러서 성공하기 힘들다.

《귀곡자》는 "원이 통하지 않을 때는 방을 멈추지 않고 쓰면서 공을 이룰 수 있다."라고 했다. 이처럼 원과 방은 서로 함께 써야 하며 어느 것 하나도 빠져서는 안 된다. 이를 지킬 수만 있으면 처세에서 큰 성공을 거둘 수 있다.

청나라 초기, 시부(詩賦)의 대가 주완운(周宛雲)의 집 앞에는 자신이 지은 시를 들고 가르침을 청하러 오는 사람의 발길이 끊이지 않았다.

주완운은 처음에 이들을 보고 남다른 사명감을 느꼈고 작은 결점 하나라도 놓치지 않고 세심하게 지적해 주었다. 그래야만 자신을 찾아온 사람들이 많은 것을 배워 가리라 생각했기 때문이다. 하지만 의욕에 가득 차 주완운을 찾아왔던 사람들은 그의 평을 듣고 나서 잔뜩 풀이 죽은 채 돌아갔다.

얼마 지나지 않아 문인들 사이에 이상한 소문이 돌았다. 주완운이 너무 오만해 다른 이들을 업신여긴다거나 사리 분별을 제대로 하지 못한다는 내용이었다. 그제야 자신의 행동을 후회한 주완운은 괴로운 심정으로 친구를 찾아가 말했다.

"나는 나를 찾아온 사람들의 기분을 상하게 하고 싶지는 않네. 하지만 그렇다고 해서 듣기 좋은 말만 해주면 그들은 아무런 발전 없이 지금 상태에 머무르며 그저 그런 시만 짓게 되지 않겠는가. 난 그런 것은 더욱 싫다네. 도대체 이 일을 어찌하면 좋단 말인가?"

주완운의 말을 듣던 친구가 웃으며 말했다.

"좋다고도 나쁘다고도 하지 말고 '정말 쉽지 않았겠군!'이라고 말하면 되지 않는가?"

주완운은 그제야 고개를 끄덕였다. 때마침 그날 한 노인이 100권이나 되는 시를 지은 시첩을 나귀 등에 싣고 주완운을 찾아왔다. 주완운은 예전과 달리 먼저 부드러운 목소리로 노인에게 물었다.

"노인장, 시를 지으신 지는 얼마나 되었습니까?"

"한 40년은 되오."

"40년 동안 시첩을 100권이나 쓰셨다니 정말 쉽지 않은 일입니다!"

"허허, 과찬이십니다."

노인은 연신 고마움을 표했고 만족해하며 집으로 돌아갔다. 그때부터 주완운에게 가르침을 얻고자 하는 사람들은 모두 기쁜 마음으로 그를 찾아와 만족해하며 돌아갔다. 그리고 그들은 주변 사람들에게 말했다.

"주완운 선생이 내 시가 '쉽지 않다'라고 하셨어! 얼마나 안목이 높으신지!"

:: 굽혀야 할 때는 굽히고 나서야 할 때는 나서야

훌륭한 것일수록 겉으로는 부족해 보이고 진정한 용기가 오히려 나약해 보일 때가 있다. 일을 하다 보면 상황이 좋지 않을 때는 지나치게 능력을 과시하면 화를 자초할 수 있다. 그러므로 상황에 따라 지혜와 능력을 감추면 외부로부터 자신을 보호할 수 있다.

《논어》 '공야장 21'에서 공자는 이렇게 말했다.

"영무자(甯武子)는 나라에 도가 행해지면 지혜롭게 행동하고 나라에 도가 행해지지 않으면 어리석은 듯이 행동했으니 그 지혜롭게 행동함은 누구나 따를 수 있으나 그 어리석은 듯이 행동함은 누구나 따라 할 수 없느니라."

子曰 甯武子 邦有道則知 邦無道則愚 其知可及也

其愚不可及也

영무자는 위(衛)나라 문공과 성공 임금 때 대부를 지낸 훌륭한 사람이다. 그는 어째서 훌륭한가. 위나라 문공 때처럼 나라에 도가 행해지면 공을 스스로 드러내지 않는 지혜로움을 지녔기 때문이다. 그래서 나라를 다스리는 데 문공과 호흡을 잘 맞추었다. 위나라 성공 때처럼 나라에 도가 행해지지 않으면 우직하게 행동했기 때문이다. 성공이 무도한 탓에 결국 나라를 잃었는데 이때 영무자는 몸과 마음을 다해 일하면서 위나라 난국을 수습하려고 애썼다.

영무자의 이런 행동은 보통 사람에겐 어리석은 것처럼 보인다. 나라가 망하면 군주를 배신하더라도 일신의 보존을 위해 피해야 하는 게 마땅하다. 이에 공자는 공을 스스로 드러내지 않는 행동은 누구나 할 수 있어도 우직하게 행동하는 건 하기 힘들다고 말한다.

중국 당송 8대가 시인 중 하나인 유종원(柳宗元)은 말했다.

"영무자는 나라에 도가 행해지지 않으면 어리석게 보였는데 이는 지혜로우면서 어리석은 것이고, 안회(顔回)는 배운 바를 종일 어기지 않는 게 어리석게 보였는데 이는 슬기로우면서 어리석은 것이다."

순자는 말했다.

"군자는 상황에 맞게 굽히거나 나설 줄 알아야 한다. 마치 갈대처럼 유연하게 행동하지만 절대 소심하거나 겁쟁이가 아니다."

순자는 제자들에게 어리석은 체하며 보이지 않게 나라와 백성을 위한 정책을 펼친 영무자의 지혜를 여러 차례 강조했다.

사람은 시기와 상황에 따라 굽혀야 할 때는 굽히고 나서야 할 때는 나서야 한다. 굽힌다는 것은 힘을 아끼고 모으는 것이며 나선다는 것은 자신의 모든 것을 드러내는 것이다.

세상에는 지혜로운 사람과 어리석은 사람이라는 두 가지 종류의 사람이 있다. 지혜로운 사람은 세상에 자신을 잘 맞추는 사람이며 어리석은 사람은 참으로 어리석게도 세상을 자신에게 맞추려고 하는 사람이다. 그러나 역설적이게도 어리석은 사람들의 우직함이 세상을 조금씩 나은 것으로 바꾸어간다는 사실이다.

세상에 지혜롭게 영합하는 사람들만 있다면 세상이 바뀔 수 있는 가능성은 없는 법이다. 그나마 조금씩 바뀌어 나아가는 것은 세상을 우리에게 맞추려는 우직한 노력 덕분이다.

:: 드러냄과 감춤

《귀곡자》는 다음과 같이 말했다.

"연다는 것은 혹은 열어서 상대에게 나아가거나 혹은 그를 받아들이는 것이고 닫는다는 것은 혹은 닫아서 아예 그것을 취하거나 혹은 아예 닫아걸고 그에게서 떠야 하는 것이다."

열어서 '드러내고' 닫아서 '감추는' 실생활 법칙을 융통성 있게 이용하면 세상에서 이루지 못할 것이 없다고 귀곡자는 주장했다.

황제를 끼고 제후들을 호령했던 조조는 그 위세가 하늘을 찌를 듯했다. 그러나 뒤늦게 기병(起兵)을 하여 제대로 세력을 갖추지 못한 유비는 조조의 경계를 피하고자 자신을 숨기고 채마밭을 가꾸며 기회를 엿보았다.

하루는 조조가 술이나 한잔하자며 유비를 청했다. 조조는 술자리에서 유비의 속내를 알아보려고 계속해서 유비를 떠보았다. 하지만 신중한 유비는 좀처럼 조조의 꾀에 걸려들지 않았다. 그러나 만만치 않은 상대인 조조도 천하의 영웅이 누구인지를 끈질기게 물었다. 한껏 난처해진 유비는 아무것도 모른다는 표정으로 원술, 원소, 유표의 이름을 댔다. 하지만 고개를 젓던 조조는 손가락으로 유비와 자신을 가리키며 말했다.

"천하의 영웅은 그대와 나 둘뿐이오!"

그의 말에 깜짝 놀란 유비는 당황한 나머지 그만 쥐고 있던 젓가락을 떨어뜨리고 말았다. 그런데 공교롭게도 때마침 천둥번개가 쳤다. 유비는 태연하게 젓가락을 주우며 말했다.

"천둥소리에 놀란 나머지 젓가락을 다 떨어뜨렸지 뭡니까, 하하하!"

유비는 이렇게 해서 자신이 놀랐던 진짜 이유를 속일 수 있었다. 훗날 유비는 조조, 손권과 함께 천하삼분(天下三分)의 주인공이 되었다.

사실 드러냄과 감춤은 인생에서 일종의 선택과 같다. 아주 작은 선택일지라도 인생에 서로 다른 영향을 미치게 된다. 특히 중대한 선택에서 드러냄과 감춤을 선택할 때는 더욱 신중하게 행동해야 한다. 사회 발전의 흐름과 세상 변화를 정확하게 파악하고 드러냄과 감춤을 적절히 선택해야 한다. 그렇지 않으면 제아무리 대책이 많아도 성공하기는 힘이 든다.

:: 장사꾼이 한 필의 천을 다루듯

사람들의 처신에는 신중함과 조심스러움이 중요하다. 실수는 한순간의 부주의와 소홀함에서 비롯된다. 항상 신중함을 기해 행동해야 한다.

묵자는 다음과 같이 말했다.

"지금 선비들이 처신하는 태도는 장사꾼들이 한 필의 천을 다루는 데 신중하게 하는 것만도 못하다."

제갈량이 마속(馬謖)을 잘못 기용하여 가정(街亭)을 이미 잃었을 때 정찰병이 쏜살같이 달려와 급히 알렸다.

"사마의의 15만 군대가 이곳 서성으로 구름떼처럼 몰려오고 있습니다."

제갈량은 곧 명령을 내렸다.

"깃발을 모두 내려 감추고 성의 네 문을 활짝 열어 두어라. 그리고 각 성문마다 일반 백성으로 변장시킨 군사 20명씩을 배치하여 그 길을 청소하게 하라. 위나라 군사가 들이닥쳐도 내게다 계획이 있으니 절대 당황해하거나 허둥대지 마라."

성 앞에 다다른 위나라의 선봉은 이 광경을 보고 서둘러 사마의에게 알렸다.

사마의는 즉시 군사를 멈추고 자기 눈으로 확인하기 위해 직접 말을 달려 서성에 도착했다. 과연 제갈량은 높은 성 위에서 세속을 초월한 얼굴로 잔잔한 미소를 띤 채 거문고를 연주하고 있었고 성문 안팎에서 백성 20여 명이 평화롭게 길을 쓸고 있었다. 믿을 수 없는 장면을 목격한 사마의는 분명 함정이 있을 것이라는 불안과 의심을 떨치지 못하고 곧장 전군에 퇴각을 명령했다. 아들 사마소가 그 이유를 물었다.

"군사가 적은 공명이 속임수를 쓰는 것일지도 모릅니다. 아버지께서는 어째서 군에 퇴각을 명령하십니까?"

사마의가 정색을 하고 말했다.

"제갈량은 일생 신중함을 지켜 온 사람이다. 결코 전쟁에서 모험을 무릅쓰고 일을 할 리 없다. 성문을 활짝 열어두고 있으니 분명 성안에 많은 군대를 매복시켜 두었을 것이다. 지금 공격해 들어간다면 분명 함정에 빠질 것이다."

마침 위나라 군대가 멀리 물러나자 모든 관원들이 영문을 알지 못하는 듯 제갈량에게 물었다.

"사마의는 명색이 위나라 명장인데 어째서 15만의 정예군을 이끌고 왔음에도 승상을 보자마자 서둘러 퇴각한 것입니까?"

제갈량은 대답했다.

"그는 내가 평생 신중하고 결코 모험을 하지 않는 성격임을 잘 알고 있었다. 이 때문에 분명 성안에 많은 군사를 매복시켜 놓았다고 의심하고 군대를 퇴각시킨 것이다. 나는 결코 모험을 한 것이 아니라 이미 막다른 길에 처한 이유로 다른 방법을 생각할 수 없었던 것뿐이다!"

성공은 쉽게 이루어지지 않는다. 반드시 합당한 노력과 대가를 투자했을 때만 가능하다. 그러므로 항상 인내심을 가지고 꾸준히 노력하며 매사에 신중을 기해 행동해야 한다.

제갈량(諸葛亮, 181~234)

**몸이 부서지도록 사력을 다하고
눈을 감아서야 멈춘다**

제갈량은 촉한 유비의 책사로 활약
해 유비가 촉의 황제가 되자 그 공
을 인정받아 승상에 올랐다. 유비가
천하통일의 대과업을 이룩하지 못했으므로 그 또한 통일 중국의 재상은
될 수 없었다. 하지만 유비와 촉에 대한 충의를 지키고 당당한 패자의 길
을 선택했기에 중국인들에게 존경받는 인물이 되었다.

221년 유비가 제위에 오르자 승상에 취임하였고, 유비 사후 유선을 보
좌하여 촉한의 정치를 책임졌다. 227년부터 지속적인 북벌을 일으켜 8년
동안 다섯 번에 걸쳐 위나라의 옹·양주 지역을 공략하였다. 234년 5차
북벌 중 오장원(五丈原) 진중에서 54세의 나이로 병사하였다. 중국 역사
상 지략과 충의의 전략가로 많은 이들의 추앙을 받았다. 그가 위나라 토
벌을 시작하면서 유선에게 올린 '출사표'는 현재까지 전해 내려온다.

진수는 정사《삼국지》에서
"제갈량은 백성들을 안정시키고, 가야 할 길을 제시하고, 시대에 맞는
정책을 내고, 마음을 열고, 공정한 정치를 행하였다. 이리하여 영토 안의
사람들은 모두 그를 존경하고 사랑했다. 형벌과 정치는 엄격했는데도

원망하는 자가 없었던 것은 그의 마음가짐이 공평하고 상벌이 명확했기 때문이다. 그러나 매년 군세를 동원하면서 성공을 거둘 수 없었던 것은, 생각하건대 임기응변의 군략은 그의 장기가 아니었기 때문이 아닐까." 라고 제갈량을 평했다.

214년 익주까지 취한 유비는 221년 촉한을 건국하고 제갈량을 승상으로 임명했다. 2년 후 유비는 오나라와의 전투에서 얻은 병이 깊어져 숨을 거두었다. 유비는 제갈량에게 아들 유선과 뒷일을 부탁하며, 만약 유선이 촉한을 다스리기에 부족하다면 그 자리를 취해도 좋다는 유언을 남겼다.

제갈량은 유비의 유언에도 유선에게 충성을 다할 것을 다짐하고, 당시 촉한의 불안정한 대내외적 상황을 수습하는 데 착수했다. 내적으로는 후주(後主) 유선을 보좌할 뜻을 확실히 표명하고 백성들이 생업에 집중할 수 있도록 했으며 군대를 정비하는 한편 인재를 등용했다. 또한 법을 집행함에 공정함을 잃지 않아 백성들의 원성을 사는 일이 없게 했다. 외적으로는 형주 소유권 문제로 깨진 오나라와의 동맹 관계를 회복시켜 위나라를 경계했으며, 남쪽 지역의 이민족을 평정하여 후방을 안정시켰다.

225년 제갈량은 후방의 불안 요소들을 제거하기로 결심하고 남정(南征)에 나섰다. 유비가 죽은 후 남쪽에서 옹개, 고정, 주포 등이 모반을 일으켰고, 이에 제갈량이 직접 군대를 이끌고 진격하여 반란을 평정했다. 이때 옹개를 대신하여 왕이 된 맹획(孟獲)을 일곱 번 생포했으나 일곱 번 풀어주고 화친을 맺었다는 일화가 전한다. 맹획은 이 '칠종칠금(七縱七擒)' 후 진심으로 제갈량에게 항복했다고 한다.

제갈량의 뛰어난 재능과 반복된 노력에도 그의 북벌이 성공하지 못한 데는 다양한 이유가 제시된다. 대표적으로 촉한과 위나라의 현격한 국력 차이, 촉한의 인재 부족에 더해 제갈량의 군 지휘 능력과 임기응변 부족, 조심스럽고 완벽을 기하는 성격 등이 꼽힌다. 하지만 지략과 정세 파악 능력이 뛰어났던 제갈량이 북벌에 불리했던 촉한의 객관적인 사실까지 간파하지 못했을 리 만무하다. 그럼에도 그가 다섯 차례나 북벌을 감행한 데는 표면적으로 내세운 이유인 위나라의 멸망보다는 유비의 죽음으로 세력이 약해진 촉한의 존재를 대외적으로 알리고, 국력을 신장시켜 촉한을 유지하고자 한 이유가 클 것이다.

:: 객관적인 실제에서 출발해야

모든 사물의 발전과 변화에는 각자의 규칙이 있다. 이를 파악하고 따르면 발전을 추진할 수 있다. 자연계의 법칙은 사람의 의지로 바꿀 수 없다. 객관적 규칙에 따르려면 어떻게 해야 하는가.

'실사구시'라는 말은 《한서》 '하간헌왕전'에서 처음 등장한다. 거기 학문을 즐겼던 한 왕에 관한 기록이 있다. 유덕(劉德)은 한나라의 경제(景帝)의 아들이었는데 하간(河間: 지금의 하북성 하간현)의 왕으로 봉해졌다.

그는 고서를 수집하여 정리하기를 좋아했다. 진시황의 분서 이후 찾아보기 어려운 고서적을 비싼 값을 치르고 사들였다고 한다. 그러다 보니 사람들 사이에 유덕이 학문을 좋아한다는 소문이 나기 시작했다. 그래서 어떤 이들은 자기 선조에게서 물려받은 진(秦)나라 이전의 옛 책들을 그에게 바치는가 하면 어떤 학자들은 직접 하간왕의 도서 정리 및 연구 작업에 참여하기도 했다.

한무제가 즉위한 후에도 유덕은 고대 학문을 깊이 있게 연구해 사람들로부터 칭송을 받았다. 바로 이 대목에 하간왕 유덕을 칭송하는 표현으로 "수학호고실사구시(修學好古實事求是)"라는 구절이 나온다.

원문에는 띄어쓰기 없이 이어져 있지만 후대에는 흔히 '수학 호고 실사구시'로 띄어 읽는 경향이 있었고, 청나라 시기에 나타난 고증학파는 그중 후반부만을 떼어내어 공론(空論)만 일삼는 양명학을 비판하는 표어로 삼았다.

'수학호고 실사구시'는 사실상 '수학'과 '호고'와 '실사'와 '구시'를 나란히 늘어놓은 말이다. 그중 '수학호고'는 '배움을 닦고 옛것을 좋아하다'는 뜻으로 해석되며 이런 해석에 이견이 별로 없다.

이견이 없는 이 해석으로부터 두 가지를 알 수 있다. '수학'과 '호고'가 대구로 쓰였다는 점과, '수학'과 '호고'는 인과관계로 반드시 연결되는 것이 아니라는 점이다. 다시 말해 '배움을 닦았으므로 옛것을 좋아했다'가 아니라는 말이다. 그냥 유덕의 행동을 차례로 열거한 것뿐이다.

그런데 '실사구시'에 대한 해석에서는 그런 간단한 사실이 자주 무시된다. '실사'와 '구시'가 대구를 이룬 표현이며 그 사이에는 반드시 인과관계가 있어야 할 필요는 없다. '실사'를 함으로써 '구시'를 했다고 새겨야 할 필요가 없다는 말이다.

전통적으로 '진리'나 '이치'를 뜻하는 한자로는 도(道), 리(理), 법(法)이라는 말이 흔히 쓰였다. 《한서》가 굳이 시(是) 자를 쓴 데에는 이유가 있다. 그것은 하간왕 유덕이 한 일을 보면 금방 알 수 있다.

유덕이 한 일은 옛 책을 모아서 읽고 연구한 것이다. 진시황의 분서 사건 이후로 많은 책이 없어지는 바람에 글자나 문장의 뜻이 흔들리기 시작했을 것이다. 한문은 글자와 문맥에 따라서도 뜻이 다양해진다. 심지어 같은 글자가 같은 문맥에 놓여 있더라도 대단히 다양한 해석을 낳을 수 있다.

이러한 의미 혼란 속에서 유덕은 옛 책을 수집해서 해석의 논란이 있는 내용들을 바로잡아 나아갔던 것 같다. 따라서 그의 학문 활동은 직접 진리나 이치를 탐구하는 활동이었다기보다는 문헌의 뜻을 바로잡는 일이었을 것이다.

'실사구시(實事求是)'를 실천해야 한다. '실사(實事)'는 모든 객관적인 사물이며 '구(求)'는 연구하는 행동이고 '시(是)'는 사물의 내부적 연결이다. 실사구시는 객관적인 실제에서 출발해 그중 고유한 규칙을 끌어내어 행동의 지침으로 삼는 것이다. 이렇게 해야만 객관적 규칙에 따라 일을 처리할 수 있다.

《한비자》는 이렇게 말했다.

"사물의 법칙에 따르면 힘들이지 않고 성공할 수 있다."

한 아이가 밭에서 번데기를 주어 집에 가지고 왔다. 아이는 번데기에서 부화하는 과정을 관찰하고 싶었다. 며칠이 지나자 번데기에서 갈라진 틈이 보였다. 그 안에서는 나비가 몇 시간을 발버둥 치고 있었다. 나비는 마치 무엇에 묶인 듯 선뜻 밖으로 나오지를 못하고 있다.

'내가 좀 도와줘야지' 아이는 칼을 가져다가, 나비가 쉽게 빨리 나올 수 있게, 번데기의 틈을 칼로 약간 갈랐다. 그러자 나비의 몸통은 퉁퉁 부었는데 날개는 가냘프게 붙어 있어서 전혀 날지 못했다. 아이는 몇 시간 지나면 나비의 날개가 자연히 펴지리라 생각하고 기다렸다. 그러나 아이의 희망은 산산조각이 났다. 나비는 몇 시간이 지나도 변화가 없었다. 이제 나비는 퉁퉁 부은 몸통에 가냘픈 날개를 질질 끌고 기어 다닐 뿐 영영 날 수 없는 신세가 되었다.

:: 말은 마차를 잘 끌어야

《한비자》는 말했다.

"너무 강직하여 남과 어울리지 않고 완고하여 남의 의견을 듣지 않고 이겨야 속이 시원하며 국가의 이익을 돌보지 않고 쉽게 자신감을 드러내면 나라는 망할 것이다."

사람이 살아가면서 남들과 잘 어울려야 하고 남의 의견을 듣지 않고 완고하게 주장만 해서는 안 된다. 지나친 승부욕과 지나친 자신감은 극단적인 행위를 초래할 수 있으므로 늘 평상심을 유지하고 순리대로 하는 것이다.

춘추시대 연문공이 마차를 타고 길을 가는 도중에 말이 갑자기 죽었다. 어떤 사람이 연문공에게 말했다.

"비이씨의 말이 좋다 하니 거기서 몇 필을 사시지요."

그런데 비이씨는 한마디로 거절했다.

"내 말들은 야생마라서 부리기가 어려워 임금의 마차를 끌기는 적당하지 않습니다."

이 말을 전해들은 연문공은 화가 나서 비이씨의 말을 빼앗아오게 했다. 그러자 비이씨는 말을 끌고 달아났다. 이번에는 소대라는 사람이 자기 말을 팔겠다고 했다. 연문공은 화가 난데다가 소대의 말이 형편없다고 생각하고 살 생각을 하지 않았다. 이때 무려대부가 다가오더니 말했다.

"주군의 말은 마차를 끄는 데 쓸 것이 아닙니까? 눈앞에 팔겠다는 말이 있는데 어찌 굳이 싫다는 말을 사려고 하십니까?"

"저 사람의 말은 형편없는데 자기만 좋다고 여기고 있다. 나는 자화자찬하는 사람이 제일 싫다."

무려대부는 고개를 끄덕이며 수긍하더니 말했다.

"저도 자화자찬하는 사람은 질색입니다. 그렇다면 그 이야기는 그만두지요. 듣자니 중항백이 제나라에 청혼을 넣었는데 고 씨 집안과 포 씨 집안에서 모두 딸을 보내겠다고 했답니다. 중항백은 어찌해야 좋을지 몰라 숙향에게 조언을 부탁했습니다. 숙향은 '자네가 며느리를 얻는 목적이 집안의 대를 잇고 제사를 지내기 위해서인데 아무나 들일 수는 없지. 겉만 보아서는 안 돼. 여자는 어질고 총명해야 한다네.'라고 말했습니다."

연문공이 들으면서 "흐음!" 하고 맞장구를 쳤다.

무려대부는 계속해서 말했다.

"왕께서는 마차를 끄는 말이 필요한 것이니 마차를 잘 끄는 말이면 되지 않습니까? 요제가 천하를 허유에게 물려주려고 했으나 허유는 거절했습니다. 그러나 요제도 더 이상 강요하지 않았습니다. 후에 순을 얻었습니다. 영척은 원래 소를 먹이던 목동이었습니다. 제환공에게 스스로 자기를 추천했는데 환공이 그를 기용했다가 훗날 관중을 얻었습니다. 요제가 허유를 놓아주지 않았다면 어찌 순제를 얻을 수 있었으며 제환공이 영척을 기용하지 않았으면 관중을 어떻게 얻었겠습니까? 왕께서는 소대의 말을 쓰지 않을 이유가 없습니다. 왜 고집을 부려 일을 망치려 하십니까?"

이 말을 들은 연문공은 더는 고집을 피우지 않았다.

한비자(韓非子, BC 280?~BC 223)

말더듬이었지만 논리 정연한 글솜씨

본명은 한비(韓非)이다. 전국시대 말기 한(韓)나라 왕족 출신이다. 법 치주의를 주장했으며 법가를 집대성한 철학자로 널리 알려져 있다.

똑부러질 것이라는 이미지와 달리, 한비자는 말을 심하게 더듬었다. 그래서 알아듣기 편하게 글을 더 잘 썼는지도 모른다. 한비자의 법가가 엄격한 처벌만을 강조했다고 알려졌지만, 사실 그는 백성들을 심하게 억 압하는 데 반대했던 인물이다. 반면 왕족이나 귀족 같은 특권층에게야 말로 법을 엄정하게 집행해야, 올바른 통치가 가능하다고 주장했다. 그 래서 많은 권세가들로부터 미움을 받았고, 끝내 모함과 시기 속에 비극 적 운명을 맞이하고 만다.

한비자는 정치제도란 반드시 역사적 상황과 함께 변화되어야 한다고 믿었다. 유가처럼 과거의 낡은 제도에 집착하는 것은 어리석은 것이라고 주장했다. 어떤 사회에 속하는 사람들의 풍습은 도덕적 감성이 아니라 그 사회의 경제적 여건에 의해 변화하며, 정치제도는 당연히 이것에 따라 조정되어야 한다. 흉년이 들면 사람들은 그 친척에게도 양식을 주지 않 지만, 반대로 풍년이 들면 낯선 사람에게도 음식을 대접한다. 이것은 사 람들이 인색하거나 관대하기 때문이 아니고 구할 수 있는 양식의 양이

다르기 때문이다.

한비자의 생각은 이와 달랐다. 통치자의 도덕적 품성이 어떻든 또 그가 어떻게 다스리든 상관없이 권력을 가졌다는 것은 이에 대한 절대 복종을 요구할 권리도 가지고 있는 것이다. 신하가 군주에게 복종하며, 아들이 아비에게 복종하고 아내가 남편에게 복종해야 하는 것은 이 세상 어디에서나 변함없는 대원칙 중의 하나이다.

군주가 비록 그 역할을 제대로 하지 못해도 신하는 군주의 자리를 감히 넘보아서는 안 되며, 정치적인 의무는 다른 모든 의무에 우선되어야 한다. 어떤 병졸이 그가 전사하면 부모를 봉양하지 못할까 두려워 싸움터에서 도망쳤다. 한비자는 이에 대해 "효자는 그 군주를 배반하는 신하가 될 수 있다."라고 평했다.

권력은 변덕스럽게 행사되는 것이 아니라 군주가 공포하면 모든 사람이 복종해야만 하는 법(法)을 통해 행사되어야 한다. 현명한 군주는 법에 따라 사람을 고를 뿐 절대 자신의 마음대로 고르지 않는다.

개인의 능력에 따라 직위를 준 후에 군주는 그가 주어진 임무를 제대로 수행하는가를 감시하여, 의무를 다하지 못하거나 권력을 남용하는 자에게는 벌을 주어야 한다. 군주는 어떤 신하의 제안을 승인하여 이를 실행에 옮기게 할 수도 있다. 이 경우 그 결과가 계획에 못 미치거나 또는 목표를 넘어설 때도 벌을 주어야 한다.

:: 도마 위에 놓인 물고기

《한비자》는 이렇게 말했다.

"문제를 결정하지 못하고 망설이며 본성이 유약하여 결단력이 없고 좋고 나쁨을 구별하지 못하며 자기의 입장을 고수하지 못하면 망할 징조다."

어떤 일을 앞에 두고 좀처럼 결정을 내리지 못하고 이리저리 재는 동안 기회는 저만큼 달아나 버린다. 그러므로 우유부단한 성격을 고치고 과감한 품성을 길러 내는 것이 생존의 필수 조건이다.

서초 패왕 항우는 당시 막강한 군사력을 가지고 있었다. 유방은 항우를 만나자마자 저자세로 변명부터 했다.

"나는 장군과 힘을 합쳐 진나라를 쳤소. 장군은 황하 북쪽에서, 나는 황하 남쪽에서 공략했소. 뜻하지도 않게 내가 먼저 함곡관을 공격해 진나라 군대를 격파하는 바람에 이곳에서 장군을 뵙게 되었소. 그런데 나쁜 마음을 품은 자가 유언비어를 퍼뜨려 장군과 나 사이에 오해가 생긴 것 같소."

유방의 말에 그만 마음이 약해진 항우는 어쩌지 못하고 유방에게 술을 권했다. 도중에 범증이 여러 차례 눈짓으로 유방을 죽이라는 신호를 보냈으나 항우는 결단을 내리지 못하고 잠자코 있기만 했다. 초조해진 범증은 자리에서 빠져나가 항장을 불렀다. 그에게 검무를 추게 한 다음 기회를 봐서 유방을 죽이라고 시켰다. 이때 장량의 친구 항백이 범증의 계략을 눈치 채고 암암리에 유방을 보호하는 바람에 항장은 손쓸 틈이 없게 되었다.

위급한 순간에 장량은 번쾌를 장막으로 불렀다. 번쾌가 칼을 들고 장막으로 뛰어들어 항우를 보고 머리끝까지 화를 냈다. 그러나 항우는 오히려 화를 내지 않고 그에게 술 한잔을 대접하고 양의 다리를 하사했다. 번쾌는 술과 고기를 단숨에 먹어치우더니 유방이 얼마나 공이 많으며 충성심이 깊은지를 말했다. 그리고 항우가 유언비어에 현혹되어 유방을 질책했다. 항우는 한동안 아무 대꾸도 하지 못했다.

이때 유방은 변소에 간다는 핑계로 장량, 번쾌와 장막을 나왔다. 유방이 나간 뒤 항우는 도위 진평에게 유방을 불러오게 했다. 유방이 아직 인사도 못했다며 우물쭈물하자 번쾌가 말했다.

"큰일을 할 때는 자질구레한 예절은 신경 쓰지 않는 법이오. 큰 예절을 행함에는 작은 허물을 사양하지 않는 것입니다. 그런데 저들이 바야흐로 칼과 도마가 되고 우리는 그 위에 놓인 물고기가 된 신세에 무슨 인사치레를 하겠다고 그러십니까?"

그러자 유방이 마침내 그곳을 떠나며 장량으로 하여금 남아서 사죄하도록 했다. 장량은 두 사람이 멀리 떠날 때까지 기다렸다가 장막으로 돌아가 항우에게 작별을 고했다.

"패공께서 술을 이기지 못하여 하직 인사를 드릴 수가 없었습니다. 그리하여 신 장량으로 하여금 옥구슬 백벽 한 쌍을 대왕께 바치고 옥두(옥으로 된 술그릇) 한 쌍을 장군께 바치게 했습니다."

"패공은 어디에 계신가?"

항우가 물으니 장량이 대답했다.

"대왕께서 심히 질책하려는 마음이 있음을 알고 마음속에 두려움이 있어 홀로 떠났는데 이미 군영에 당도했을 것입니다."

범증은 유방이 몰래 달아났다는 사실을 알고 화가 나서 옥두를 깨뜨리며 말했다.

"장차 항왕의 천하를 빼앗을 자는 반드시 유방일 것이다. 우리들은 이제 그의 포로가 될 것이다!"

:: 위기 앞에서 당황하지 않고 변화 앞에서 놀라지 않는

《순자》가 말했다.

"사물에 부딪히면 능히 응대하고 사건이 발생하면 능히 분별할 줄 안다."

뜻하지 않은 일이 발생했을 때 우리가 가장 먼저 취해야 할 행동은 자신의 감정 조절이다. 그래야 침착하고 냉정하게 해결 방법을 찾을 수 있다.

동진 시기, 전진의 부견(苻堅)은 "말채찍만 던져도 강물을 막을 수 있다."라고 호언장담했다.

부견이 이끄는 군대의 위세에 눌린 동진의 장수들은 연패를 거듭했고 갈수록 부견에 대한 두려움이 커져 갔다. 그러나 동진의 재사 사안(謝安)만이 놀라거나 두려워하지 않고 침착하게 조카 사현으로 하여금 8만 병사를 이끌고 나가 부견을 막게 했다. 조카 사현(謝玄)이 재상 사안에게 책략을 묻자 사안은 침착하게 대답했다.

"이미 모든 준비를 해 두었다."

사현은 더 이상 묻지 못하고 물러났으나 여전히 마음을 놓을 수가 없었다. 그래서 장현(張玄)에게 사람을 보내 다시 한번 사안에게 구체적인 책략을 물어보게 했다.

사안은 장현이 찾아오자 전쟁에 대한 이야기는 하지 않고 그와 바둑을 두었다. 두 사람은 평소에도 자주 바둑을 두곤 했는데 장현이 이길 때가 더 많았다. 그러나 이날 장현은 전쟁에 대한 걱정 때문에 마음이 불안하여 집중하지 못한 탓에 계속 사안에게 졌다.

바둑판을 접은 후 사안은 아무렇지도 않은 듯 밖으로 나가더니 한밤중이 되어서야 돌아왔다. 그리고 사안은 드디어 장수들을 불러 모아 각 장수들에게 임무를 부여했다.

사안이 침착하고 냉정하게 일을 처리한 덕분에 동진의 장수와 병사들은 심리적으로 안정을 되찾을 수 있었다. 그리고 사안의 정확하고 치밀한 책략에 따라 신속하게 움직였다. 얼마 뒤 동진 군대는 비수(淝水) 전투에서 작은 승리를 거두기 시작하였고 점차적으로 전진 군대를 대파하였다.

사현은 전진 군대를 대파한 후 서둘러 사안에게 승전 소식을 전했다. 당시 손님과 바둑을 두고 있던 사안은 전승 첩보가 들어오고 있음을 알고 있으나 전혀 기뻐하는 기색이 없이 바둑 두기에 몰두했다. 그러자 손님이 궁금함을 참지 못하고 무슨 일인지 물었다. 사안의 대답은 간단했다.

"우리의 군대가 적군을 물리쳤소."

위기 앞에서 당황하지 않고 변화 앞에서 놀라지 않는 것은 분명 뛰어난 능력이자 최고의 인품이라 할 수 있다. 어떤 다급한 일이 생기더라도 항상 안정적인 심리 상태를 유지해야 원만하게 문제를 해결할 수 있다. 그리고 위기나 변화가 없을 때에도 유비무환의 정신을 잃지 말아야 한다.

:: 싫어하지만 장점까지 미워하지는 않아

《상서》에서 다음과 같이 말했다.

"자신이 좋아하는 것에 따라 행동하지 말고 선왕의 도를 따를 것이며 자신이 증오하는 것에 따라 행동하지 말고 선왕의 길을 따르라."

자기가 좋아하는 것에 따라 행동하는 것이 결코 나쁜 일이 아니다. 그러나 자신이 좋아하는 활동을 할 때는 이성적으로 판단하고 행동해야 한다. 그리고 개인의 감정으로 타인을 미워하더라도 반드시 정도를 지켜야 하며 만약 도가 지나치면 상대방은 언젠가 원수를 되갚게 된다.

삼국시대 오나라 손권은 장소(張昭)와 우번(虞翻)을 아주 싫어했다. 손권은 이 두 사람을 싫어하기는 하였지만 그렇다고 두 사람의 장점까지 미워하지는 않았다. 그래서 손권은 두 사람의 능력이 필요한 곳이 있으면 주저하지 않고 그들을 중요한 자리에 기용했다.

장소는 성품이 강직할 뿐 아니라 손권보다 나이가 많음을 내세워 거만하게 굴었다. 조정 대신들 앞에서 손권에게 지지 않고 기싸움을 벌였다. 그러나 손권은 차마 장소를 파직하지 못하고 잠시 조정에 출입하지 못하게 했을 뿐이었다.

얼마 뒤 촉나라에서 온 사신이 손권 앞에서 촉나라의 공이 얼마나 큰지에 대해 오만하게 떠들어 댔다. 그러나 당시 오나라 조정 신하들 중 촉나라 사신에 견줄 말재주와 위엄을 지닌 자가 없었다. 이에 손권은 한숨을 내쉬며 이렇게 말했다.

"만약 장소가 이 자리에 있었더라면 저자가 우리에게 승복하지는 않더라도 최소한 콧대는 꺾어 놓을 수 있었을 것이다. 어디서 감히 자화자찬이란 말이냐?"

그리하여 손권은 다음 날 사람을 보내 장소를 위로하고 당장 조정에 들게 했다.

우번은 뛰어난 재능을 가졌으나 지나치게 오만방자하여 손권 앞에서도 여러 번 무례한 짓을 저질렀다. 우번의 무례함은 도저히 참을 수 없었던 손권은 결국 그를 교주로 귀양 보냈다. 얼마 뒤 손권은 요동 정벌을 떠났다가 태풍 때문에 엄청난 손실을 입었다. 손권은 요동 정벌을 후회하며 이렇게 말했다.

"예로부터 군왕의 말이라면 뭐든지 순종했던 조간자(趙簡子)보다 주사(周舍)의 직언이 중요하다 했다. 우번은 충성스럽고 정직하며 늘 할말을 하고야 말았으니 위 오나라의 주사로다. 만약 우번이 곁에 있었다면 분명 나를 설득해 요동 정벌을 취소하게 만들었을 것이다.”

그래서 손권은 교주로 사람을 보내 우번의 안부를 알아오게 했다. 우번이 살아 있으면 당장 왕궁으로 데려오고 이미 죽었으면 그의 장례를 성대하게 치러주라는 명령을 내렸다.

어려움에 처한 사람을 멸시하거나 모욕하지 않으면 능력을 가진 사람들이 모여든다. 남몰래 좋은 일을 하고도 원한을 되갚지 않으면 재능 있는 사람과 재능 없는 사람이 함께 모여들게 된다.

:: 술을 냈으면 취해야 하고 취하면 실례를 범함이 예사

홍응명은 말했다.

"살아생전의 마음은 활짝 열어 너그럽게 하여 사람들로 하여금 불평의 탄식이 없도록 하고 죽은 뒤의 은혜는 오래 남도록 해서 사람들로 하여금 만족한 생각을 갖도록 할 것이다."

춘추시대 초나라 장왕이 잔치를 베풀어 아침부터 밤까지 계속되었다. 밤이 되어 촛불을 켜 놓고 술을 마시는데 주흥을 돋우기 위하여 장왕은 애첩에게 여러 신하들의 좌석을 돌며 술을 따르라 하였다. 그래서 애첩이 술자리를 지나면서 술을 따르는데 마침 바람이 한바탕 불더니 모든 촛불이 꺼졌다. 그 찰나 애첩 앞에 있던 한 신하가 그녀를 껴안았다. 이에 놀란 그녀는 재빨리 그 남자의 얼굴을 더듬어 갓끈이 손에 잡히자 후다닥 잡아 뜯었다. 그러자 신하는 껴안은 여인을 놓았고 그녀는 손에 든 갓끈을 들고 더듬어 왕에게 왔다. 그녀는 왕의 귀에 대고 말했다.

"저의 몸에 손을 댄 그 무엄한 자를 빨리 불을 켜서 찾아 엄벌하여 주소서."

애첩의 소원을 들은 초장왕은 그의 부탁을 일축하고 이렇게 말했다.

"이왕 술을 냈으면 취해야 하고 취하면 실례를 범함이 예사인데 오늘은 과인과 함께 군신을 넘어 동료의 입장에서 술을 마시는 것이니 멋있게 마시세. 지금부터 그 갑갑하게 붙들어 맨 갓끈을 모두 뜯으시오!"

초장왕의 말이 떨어지자 여기저기서 갓끈을 뜯는 소리가 들렸다. 잠시 후 촛불을 켜고 마음껏 술을 마시다가 헤어졌다.

얼마 후 초나라는 진나라와 한 판을 겨루는 전쟁을 치르게 됐다. 그때 어떤 장수가 적진으로 달려가 적장과 오합을 싸워 번번이 이겼다. 초장왕이 이상하게 여겨 "이 사람은 누구냐?" 하고 물으니 예전에 연회가 있던 날 밤에 왕의 애첩을 껴안았던 자라고 했다.

마음속을 확 터놓고 적나라하게 속을 보여 털끝만큼의 의심이 없게 함으로써 믿어 용기를 낼 수 있고, 또 생명을 살려준 평생의 은인은 영구히 잊을 수 없는 것이다.

:: 기강이 무너지면 걷잡을 수 없어

홍응명이 이렇게 말했다.

"속이는 사람을 만나거든 정성스러운 마음으로 그를 감동시키고, 난폭하고 사나운 사람을 만나거든 온화한 기운으로 그를 감화시키고, 사악하고 사리사욕에 어두운 자를 만나거든 대의명분과 기개 절조로 격려하면 천하에 나의 교화에 들어오지 않는 이가 없다."

당나라 이석(李石)이 재상이었을 때였다. 어느 날 경조윤 설원상이 이석의 집을 방문하였다. 이석은 그가 왜 왔는지 이유를 몰랐다. 설원상은 이석이 접견실에서 다른 사람과 말다툼하는 것을 보고 물었다.

"이 승상과 다투는 자가 누구인가?"

"아마도 신책군의 장수인 듯합니다."

설원상은 접견실로 들어가 큰소리로 꾸짖었다.

"재상은 조정의 중신으로 천자께서 위임한 분인데 군대의 일개 장수가 재상에게 이처럼 무례하게 구는 법이 어디 있는가? 나라의 질서와 기강이 무너지면 재상이 다시 세워야 하는데 조정의 기강을 무너뜨리는 이런 무례한 행위가 어찌 재상 관저에서 일어날 수 있단 말인가?"

그가 말을 마치고 나오면서 수하에게 명했다.

"즉시 그 장령을 잡아오라."

당시 환관 구사량(仇士良)은 당나라 무종의 총애를 받아 권력을 마구 휘두른 신책군(神策軍)의 중위였다. 이석과 다투던 그 장수의 패거리 중 하나가 구사량에게 이 일을 보고했다. 환관들이 연달아 설원상을 찾아와서 구사량이 그를 모셔오라고 했다는 말을 전했다. 설원상은 그 이유를 짐작했지만 아무 소리도 하지 않고 구사량을 찾아갔다. 구사량이 물었다.

"너는 어째서 신책군의 장수를 네 멋대로 죽였는가?"

설원상은 그 장수가 무례하게 굴었던 모습을 전부 말해 준 다음 마지막으로 이렇게 말했다.

"재상은 조정 대신이며 중위께서도 조정 대신입니다. 그자가 오늘 재상께 무례하게 굴 수 있다면 내일은 중위께도 무례하게 굴 수 있습니다. 나라의 기강은 중위께도 마땅히 지켜서야 하는 것입니다. 일단 기강이 무너지면 걷잡을 수 없는 것이니 이는 바람직한 일이 아닙니다. 저는 중위의 처벌을 기다리고 있습니다."

구사량은 설원상의 말이 옳다고 여기고 함께 술 마시기를 청했다.

:: 임금께서는 부족한 군주이십니다

《한비자》는 다음과 같이 말했다.

"좋은 약은 입에 쓰지만 지혜로운 사람은 그 약을 애써 삼킨다. 그렇게 해야 병이 낫는다는 사실을 알기 때문이다."

사람들은 감정의 지배를 받기 쉬워 이성적으로 알고 있으면서도 남들의 충고에 반감을 느낀다. 그러나 지혜로운 사람은 남의 충언 속에서 뭔가를 배우려고 노력한다. 만약 충언이 전혀 근거가 없다면 웃어넘기면 그만이다. 이러한 순간은 침묵이 곧 이긴 것이 된다. 그래서 상대에게 진정한 교양이 어떤 것인지 알게 해 준다.

전국시대 위문후는 악양, 서문표 같은 사람을 장군으로 기용함으로써 중산 땅을 정벌해 영토를 확대했다. 그 후 위문후는 아들을 중산국의 원수에 봉했다.

어느 날 위문후는 신하들에게 물었다.

"과인은 어떤 군주인가?"

신하들은 이구동성으로 대답했다.

"어진 군주이십니다!"

그러자 위문후는 매우 흡족했다. 그는 이어서 한 사람 한 사람의 진언을 들었다. 임좌(任座)의 차례가 되자 그가 말했다.

　　"임금께서는 부족한 군주이십니다. 중산국을 정벌하여 아우를 봉하지 않고 아드님을 봉하셨으니 어찌 어진 군주라 할 수 있습니까?"

　　위문후의 얼굴에는 언짢은 기색이 역력했다. 그러자 임좌는 종종걸음으로 물러나 밖으로 나갔다. 이번에는 책황의 차례였다.

　　"임금께서는 현명한 군주이십니다. 임금이 현명하면 신하가 곧다고 합니다. 그런데 조금 전 임좌의 말은 곧았습니다. 이로써 저는 임금께서 어진 분인 줄로 아옵니다."

　　문후가 기뻐하며 말했다.

　　"경이 다시 임좌를 불러올 수 있겠소?"

　　책황이 대답했다.

　　"안 될 리가 있사옵니까? 충신은 자기의 충심을 다했다면 설사 그 일로 죽음을 당하더라도 숨지 않는 법이라고 들었습니다. 임좌는 아마 문 앞에서 기다리고 있을 겁니다."

　　책황이 나가보니 과연 임좌는 정말로 기다리고 있었다. 책황은 곧 임좌를 데리고 들어왔다. 위문후는 계단 아래까지 내려가 임좌를 맞이했으며 그 후로 그를 여러 곳에 크게 기용했다.

:: 이익보다 순리

《논어》에 다음과 같은 말이 있다.

"공자께서는 네 가지를 절대 하지 않으셨다. 사사로운 뜻을 갖지 않았고, 기필코 해야 한다는 일이 없었으며, 고집하는 일이 없었고, 자기를 내세우는 일이 없었다."

초나라와 한나라가 서로 전쟁 중일 때 항우의 군대가 형양성에 있는 유방의 군대를 포위했다. 이 때문에 유방이 초조해하고 있을 때 모사 진평이 계책을 내놓았다.

"항우 곁에 있는 범증(范增)과 종리말(鍾離眜)은 상당히 비상한 인물이라 상대하기가 어렵습니다. 이 두 사람만 없애면 항우에 대해 무서울 것이 없습니다. 항우는 의심이 많은 사람이니 갖은 방법을 써서 그 두 사람을 이간시켜 서로 죽이도록 하면 됩니다. 그때 우리는 기회를 타서 포위망을 뚫고 나가는 겁니다."

그 말을 듣고 유방은 진평에게 많은 황금을 주고 그 계책을 실행하게 했다. 항우가 자만심에 빠져 야심을 펼치는 데 방해가 될 것이라고 생각이 되면 아무리 가까운 사람이라도 제거할 것이란 계산 때문이었다.

진평은 그 황금으로 첩자를 모아 초나라 군영에 파견하였다. 그들은 먼저 "종리말은 전쟁에서 혁혁한 공을 세운 장수인데 봉토도 받지 못하고 제후의 자리도 얻지 못해서 가슴속에 분노를 품고 반란을 음모하고 있다."라는 소문을 퍼뜨렸다. 항우는 그 소문을 듣고 과연 그때부터 종리말을 믿지 않았다.

또한 진평은 항우의 사절이 한나라에 온 기회를 잡아 유방과 범증의 관계가 특별해 보이게 했다. 그러자 항우는 범증이 한나라 군대와 비밀리에 결탁하고 있는 것으로 여겨 범증의 군권을 박탈했다.

이에 범증은 분노를 참지 못하고 고향으로 돌아갔다. 결국 항우의 곁에 있던 중요한 인물들이 모두 떠나간 셈이 된 것이다.

지나친 의심 때문에 어진 신하와 충성스러운 장군을 내쫓은 항우는 승리할 수 있는 기회를 놓치고 끝내 전쟁에서 패하여 스스로 목숨을 끊고 말았다.

항우(項羽, BC 232~BC 202)

**하늘이 나를 망하게 한 것이지,
내가 싸움을 잘못한 것이 아니다**

진(秦)나라 말기의 장수이며 진을 멸
망시킨 반란군의 지도자. 한(漢)을 세
운 유방(劉邦)과 관중(關中)의 지배권을 놓고 다투었다. 항우가 패함으로
써 중국에서 봉건제가 일소되었다.

초나라의 명장 항연(項燕)의 후손으로, 처음에는 숙부 항량을 따르며
진왕 자영을 폐위시켜 주살한 후로 서초를 건국하고 서초 패왕(西楚 覇
王)에 즉위함으로써 왕이 되었고, 초 의제를 섭정으로 도와 통치했으나,
그를 암살했다. 뒷날 유방의 도전으로 초·한 간의 끝없는 전쟁에서 사
면초가에 몰려 패하고 스스로 목숨을 끊었다.

숙부 항량이 젊은 항우에게 처음에는 학문을 가르쳤으나 얼마 못가
학문은 이름만 쓸 줄 알면 된다며 그만뒀고, 무술을 가르쳤으나 이 또
한 얼마 못가 무술은 한 명의 적을 상대할 뿐이라 시시하다 하며 그만두
어서 항량이 항우에게 병법을 가르쳤다. 하지만 항우는 이마저도 지루해
하며 제대로 공부하지 아니하여 얼마 못가 흐지부지하고 말았다.

항우는 중국사에서 손꼽히는 학살자로 악명이 높았다. 가장 유명했
던 학살은 신안대학살이지만 그 이전 그 이후로도 항우는 지속적으로 학
살을 벌였다. 역사서에 기록된 항우의 주요 학살 사건은 양성 학살, 성양

학살, 신안 학살, 함양 학살, 제나라 학살 등이 있다. BC 205년 항우가 임명한 왕들을 제거하고 스스로 왕이 된 전영을 공격하는 과정에서 항복한 포로들을 생매장한 것을 시작으로 북진하면서 민간인들을 학살했다.

이처럼 항우의 학살은 악명 높았고, 특히 민간인 살해에서는 전례를 찾아보기 힘든 학살자였다. 항우의 이런 행보로 전 중국의 공적이 되었고, 항우군에 공격을 받은 나라와 주민들은 어차피 항복해도 죽을 것 죽을 때까지 저항한다는 심정으로 끝까지 항우에게 저항했고, 반대로 유방은 학살자 항우에게 대항하는 구원자로 적극적으로 지지를 받게 된다.

항우는 자신의 부하들을 못 믿고 의심을 많이 했는데, 특히 자신의 중요한 장수였던 구강왕(九江王) 영포(英布)를 못 믿어 영포에게 항우 자신에게 불만을 품게 만들고 끝내 유방에게 빼앗긴 것과 중요한 신하 종리말과 참모였던 범증마저 진평의 반간계에 빠져 의심하고 자기 손으로 범증을 내쳐 결국 죽게 만들었다.

:: 왕이 어디 있단 말인가

《귀곡자》는 이렇게 말했다.

"개방과 폐쇄의 규칙은 모두 음과 양의 두 가지 면에서 시험해 볼 수 있다. 양의 입장에서 유세하는 사람은 숭고한 대접을 받지만 음의 입장에서 유세하는 사람은 비천한 대우를 받는다. 비천함으로는 작은 것을 얻고 숭고함으로는 큰 것을 얻는다."

나와 대화하는 사람이 윗사람이거나 혹은 무언가를 부탁하는 대상이라면 더욱더 대범하고 자연스럽게 행동해야 하며 비굴하거나 거만하지 않아야 한다. 모든 사람은 평등하다는 마음가짐으로 대화해야지 그렇지 않으면 이야기를 시작하기도 전에 불리해지고 만다. 아무런 속박 없이 이야기를 풀어나가면 쉽게 상대방을 설득해 자신의 목적을 달성할 수 있다.

하루는 범수(范雎)가 위나라 대부 수가(須賈)를 따라 제나라를 방문했는데 몇 개월이 지나도 왕을 만나지 못했다. 이에 범수가 나서서 탁월한 말솜씨를 발휘해 마침내 왕을 알현할 기회를 얻어 냈고 자신의 임무도 성공적으로 완수했다. 제나라 양왕도 그의 언변에 반해 황금 10근에다 술과 쇠고기까지 푸짐하게 내렸지만 범수는 이를 정중히 거절했다.

한편, 이 일로 범수의 재능을 시기한 수가는 위나라로 돌아간 뒤, 범수가 제나라와 내통을 하고 뇌물을 받았다며 무고했다. 이 말을 듣고 화가 난 승상 위제는 사람을 시켜 범수를 매질하게 했다.

온몸의 뼈가 부러지고 이까지 뽑힌 범수는 살기 위해 죽은 척하는 수밖에 없었다. 위제는 그제야 매질을 멈추게 하고 범수를 거적때기로 둘둘 말아 뒷간에 내동댕이치고는 사람을 시켜 그 위에 오줌을 누게 했다.

이렇게 참을 수 없을 만큼 모욕을 당한 범수였지만 그는 오히려 침착함을 잊지 않았다. 꾀를 써서 겨우 살아난 범수는 그곳을 도망쳐 나오면서 이름을 장록으로 바꾸었다. 그리고 얼마 후에 그는 친구 정안평의 도움으로 진나라의 사자 왕계를 만났다.

역시나 범수의 말재주에 탄복한 왕계는 그의 탈출을 도와 진나라로 올 수 있게 해주었다. 범수는 이렇게 해서 탁월한 지혜와 냉정함 덕분에 무사히 위나라를 빠져나올 수 있었다.

훗날, 범수는 진소왕에게 진나라의 국사를 따끔하게 질책하는 상소를 올렸고 이 글을 본 진소왕은 즉시 범수를 궁으로 불러들였다. 입궁하던 날 범수는 일부러 오직 국왕만 다닐 수 있는 길로 성큼성큼 걸어 들어가서는 눈앞에 앉은 이가 왕이란 사실을 일면서도 절을 하지 않았다. 그의 이런 행동에 조정 대신들은 금세 시끄러워졌다. 하지만 범수는 눈 하나 깜짝하지 않으며 이렇게 말했다.

"진나라의 왕이 어디 있단 말인가? 그저 태후와 권신들만 있을 뿐!"

범수에게 아픈 곳을 정확히 찔린 소왕은 조심스럽게 범수에게 가르침을 얻고자 했다. 하지만 소왕이 거듭 청을 하는데도 범수는 입을 꾹 다물고는 아무 말도 하지 않았다. 그래도 여전히 소왕이 화를 내지 않고 진심으로 정사를 올바르게 돌볼 방도를 묻자 범수는 그제야 입을 열어 치국의 도를 술술 풀어 놓았다.

당시 진나라는 역대 왕들이 일군 노력 덕분에 국력이 상당한 수준이었다. 하지만 소왕이 집정하는 시기에는 일부 정책들이 나라의 발전을 가로막는 당파 세력이 점점 강해져 군주의 권력마저 심각한 위협을 받고 있었다. 또한 대외적으로도 이렇다 할 통일 정책을 내놓지 못해서 결국 노력에 비해 아무런 실효도 거둬들이지 못하는 상황이었다. 범수는 이러한 진나라의 상황을 정확하게 꼬집으면서 '원교근공(遠交近攻: 먼 나라와 손을 잡고 가까운 곳을 공격하는 외교 전략)' 할 것을 제안했다.

'원교근공'의 외교 전략에 성공을 거두자 범수는 소왕에게 대권을 독립하라고 권유했고 소왕은 마침내 태후를 폐하고 권신들을 모두 쫓아버리고 군주의 입지를 다졌다. 범수 역시 이 과정을 통해 진나라의 승상이 되었다.

:: 개 짖는 소리와 닭 울음소리

노자는 이렇게 말했다.

"성인은 언제나 사람을 잘 구하니 사람을 버리는 일이 없고 물건을 잘 아끼고 버리는 일이 없다."

성인은 언제나 사람들을 감화시켜 행복하게 함께 살 수 있도록 이끈다. 자신의 기준에 따라 사람들을 버리거나 특별히 귀하게 여기거나 버리는 것이 없다.

이것이 바로 진리에 따라 행동하는 진정한 성인의 모습이다. 개인적인 기준을 바탕으로 피아를 구분하지 않고 편견으로 일을 지체시키거나 그르치지 않는다. 그러므로 사람, 일, 사물을 모두 다 얻는다 할지라도 우쭐대거나 뽐내지 않는다. 이처럼 불편부당함을 앞세워 자연스럽게 행동하므로 사람들의 협력을 얻을 수 있어 능력을 최대한 발휘할 수 있게 되는 것이다.

진나라 소왕은 식객을 거느리고 진나라로 온 제나라 맹상군을 만나자마자 진나라의 재상으로 임용하려 했다. 그러자 한 간신이 소왕에게 말했다.

"맹상군은 제나라 왕족이므로 그를 진의 재상으로 중용하면 진나라를 위해 일을 하지 않고 제나라를 위해 일할 것입니다. 그렇다고 맹상군을 돌려보내면 장차 화근이 될지 모르니 차라리 죽여버리는 것이 낫습니다."

그 말을 듣고 진소왕은 맹상군을 연금했다.

맹상군은 뜻밖의 봉변을 당하자 진소왕의 애첩 행희에게 청을 하여 석방시켜 줄 것을 부탁하였다.

"나는 진소왕에게 선물한 호백구(狐白裘)가 필요해요. 그것을 나에게 준다면 기꺼이 노력해 볼게요."

호백구는 여우의 겨드랑이에 있는 하얗고 부드러운 털을 모아 만든 가죽옷으로, 여우 천 마리를 잡아야 겨우 한 벌을 만들 수 있는 진귀한 옷이었다.

"호백구가 있어야 제나라로 돌아갈 수 있을 텐데 이를 어찌하면 좋겠소?"

맹상군이 식객들에게 하소연하자 한 식객이 말했다.

"제가 호백구를 구해오겠습니다."

그는 개 짖는 소리를 잘 내고 도둑질을 잘하는 사람이었으나 맹상군은 그를 빈객으로 접대하였다. 그러나 많은 식객들은 그와 같이 천한 사람과 함께 있기를 싫어하였다.

어찌했든 그날 양산군은 진소왕의 대궐 안으로 들어가 호백구를 훔쳐 왔다. 그가 궁궐 담장을 넘을 때 순찰하는 군사들이

기척을 듣고 소리를 지르자 그는 개 짖는 소리를 내어 위기를 모면했다.

맹상군은 그 호백구를 행희에게 바쳤다. 과연 행희의 말대로 맹상군은 석방되었고 맹상군은 식객들을 이끌고 그날 밤으로 달아나 함곡관에 이르렀다. 그러나 함곡관의 성문이 굳게 닫혀 있었다. 진나라 군사가 뒤쫓아 오면 꼼짝없이 잡혀 죽을 수밖에 없는 다급한 순간이었다. 그런데 이때 식객들 가운데 누군가가 "꼬끼오!" 하고 닭 우는 소리를 냈다. 그러자 주위 마을의 닭들도 따라 울어댔다. 이에 함곡관을 지키던 병사들은 굳게 닫혔던 성문을 열었다. 이는 첫 닭의 울음소리에 성문을 여는 진나라의 규정이기 때문이었다.

이윽고 맹상군은 식객들을 이끌고 함곡관을 빠져나와 무사히 제나라에 이르렀다.

"제 식객들 중 여러 재주를 갖고 있는 분이 계셔서 무사히 귀국할 수 있었소!"

맹상군은 개 짖는 소리를 잘 내는 사람과 닭 울음소리를 잘 내는 사람에게 후하게 사례했다.

:: 발생하기 전에 처리해야 하고
어지러워지기 전에 다스려야

노자는 이렇게 말했다.

"안정된 것은 유지하기 쉽고 아직 조짐이 없을 때에는 도모하기 쉽고 무르고 연할 때는 풀기가 쉽고 미미할 때는 흐트러지기 쉽다. 일이 생기기 전에 처리하고 어지러워지기 전에 다스려야 한다."

노자는 만물은 언제나 반대 방향으로 변해간다고 하였다. 유에서 무로 변하고 존재에서 비존재로 가며 안정에서 혼란으로 간다. 그러므로 문제가 발생하기 전에 예방하고 대비해야 한다.

그래서 사람은 어떤 일이든 일이 발생하기 전에 처리해야 하고 어지러워지기 전에 다스려야 한다.

한나라가 세워진 지 30여 년이 지났지만 백성들은 여전히 가난에 허덕였다. 큰 재해라도 발생한다면 무엇을 가지고 이들을 구제할 수 있겠는가? 태중대부 가의(賈誼)가 한문제에게 이렇게 말했다.

"곳간이 가득 차 있어야만 백성들은 예의범절을 이해하게 되고 입을 것과 먹을 것이 넉넉해야 수치스러움을 알게 됩니다. 먹고 입을 것도 돌볼 겨를이 없다면 조정에서 아무리 잘 다스린다 한들 백성들이 귀담아들을 리 없습니다."

전쟁과 재해가 동시에 발생한다면 사회 질서는 크게 혼란해질 것이다. 그 기회를 틈타 반란을 일으키는 자가 있을 터인데 그제야 나라를 구할 방도를 생각한다면 이미 늦은 것이 아니겠는가?

한나라 문제(文帝)는 '문경지치(文景之治)'라는 중국 통일제국 최초의 태평성대를 이끈 인물이다. 당시 가의라는 천재가 있었다. 그가 쓴 '과진론(過秦論)'과 '치안책(治安策)'은 진(秦)의 몰락 원인 분석과 이에 따른 한나라의 나아갈 방향을 담고 있다.

먼저 '과진론'의 한 부분이다.

"추위에 떠는 사람들에게는 누더기 옷도 도움이 되고, 배고픈 사람에게는 술지게미도 달다. 천하 백성들의 애달픈 하소연은 새로이 등극한 왕자의 자산이다."

가의는 중국 최초의 농민 반란인 진승과 오광의 난이 성공했던 이유로 백성들의 아픔을 꼽았다. 백성들의 아픔을 어루만져 주면 권력을 쟁취할 수 있다는 뜻이다.

가의는 올바른 지도자 상에 대해서도 언급했다. 그는 "어릴 때의 이룸은 천성과 같고, 습관은 자연스러움과 같다."는 《논어》의 구절을 '치안책'에 언급했다.

권력을 잡은 뒤 펼쳐야 할 정책의 올바른 철학도 제시했다.

'치안책'은 "(진시황 치하에서) 다수는 소수를 억누르고 슬기로운 자는 어리석을 자를 속이고 용감한 자는 겁쟁이를 으르고, 젊은이는 노인을 능멸하여 그 어지러움이 극에 달했습니다. … 오늘날에는 이익을 좇는 데서 그치면 다행이지만, 그들이 행위의 옳고 그름을 거의 헤아리지 못할까 걱정입니다."라고 지적했다.

한문제는 가의의 말을 받아들여 농업 생산에 매진할 것을 명했고 아울러 생산력을 증대시킬 수 있는 정책을 실시하였다. 하여 한나라는 점차 강해졌다.

하지만 일부 귀족 출신 대신들의 반대로 혁신 정책은 실행되지 못했고 더욱이 가의는 조정에서 쫓겨나 척박하기 그지없는 장사 왕모산의 재부로 좌천되고 말았지만 후일 한문제는 가의를 양나라로 보내 양나라 왕 유승의 스승이 되게 했다.

가의가 양나라로 간 후, 한문제는 조정에 큰일이 있을 때마다 가의에게 자문을 구했고 가의는 수시로 상소를 하여 자신의 의견을 전하고자 했다.

가의는 '치안책'에서 이런 것을 주장했다.

"천하에는 염려할 일이 많습니다. 제후들은 세력이 강해지면 언젠가는 모반하기 마련입니다. 오랫동안 국가를 편안하게 다스리고자 하면 반드시 제후들의 힘을 약화시켜야 합니다. 작금에 이르러 통탄할 일은 제후들이 너무 강하여 이를 억누를 수 없음이요. 또 하나는 흉노족이 끊임없이 쳐들어오는 것입니다. 나머지는 조정에 인재가 부족하다는 것입니다. 아울러 사치스럽고 염치없는 자가 많은 것, 그리고 태자께서 제대로 학문을 전수받지 못하고 있으며 신하들 또한 예의를 잃은 것입니다."

앞날을 내다보는 눈을 가졌던 가의는 흉노족과 제후들의 문제에 대해 거론하며 이를 해결할 방법을 제시했다. 그리하여 한문제와 한경제는 가의의 상소문을 받아들여 사전에 철저히 대비하도록 했다. 가의는 한나라의 정권을 굳건히 다지고 사회를 발전시키는 데 막대한 공헌을 했다.

:: 비방을 두려워하지 않는다

《순자》는 다음과 같이 말했다.

"군자는 비방을 두려워하지 않는다."

아무 이유 없이 남을 비방한다면 그것은 분명 소인배의 짓거리다. 소인배는 타인의 성공을 질투하여 온갖 수단과 방법을 동원하여 중상모략을 한다. 그러나 지혜로운 사람은 비방에 대처하는 방법을 잘 알고 있기 때문에 비방을 두려워하지 않는다.

여제(女帝) 무측천이 황제로 등극한 후 적인걸(狄仁傑)을 재상으로 임명한 뒤 어느 날, 무측천이 적인걸에게 물었다.

"그대가 예전에 여남에서 관직 생활을 할 때 훌륭한 공적을 쌓아 백성들의 사랑과 존경을 한몸에 받았다고 들었소. 그런데 지금은 그대에 대한 비난과 모함이 끊이지 않고 있소. 어떤 내용인지 자세히 알고 싶지 않소?"

적인걸은 그 자리에서 자신의 죄를 고했다.

"폐하께서 제가 잘못하여 비난과 모함이 난무한다고 여긴다면 저는 당장에 제 잘못을 바로잡겠습니다. 그러나 폐하께서 제 잘못이 아니라고 생각하시면 신에게는 큰 기쁨이옵니다. 누가 저를 비난하고 어떤 모함을 하든 제게는 중요하지 않습니다."

무측천은 적인걸의 말을 듣고 매우 기뻐하며 그를 훌륭한 인생의 선배로 추종했다. 그가 남에게 관대하고 자신에게 엄격한 고상한 품격과 기개를 지녔기 때문이다.

자신이 비방을 당했을 때 자신을 절제하고 소극적인 감정을 없앤다. 그리고 자신의 무고함을 변명하려 하지 말고 지혜롭게 인내심을 가지고 항상 자신을 뒤돌아본다.

순자(荀子, BC 300?~ BC 230?)

**이해하기 쉽고 응집력 있는
유학사상의 방향을 제시**

공맹사상을 가다듬고 체계화했
으며, 사상적인 엄격성을 통해 이
해하기 쉽고 응집력 있는 유학사상의 방향을 제시했다.

　그의 본명은 순황이지만 보통 순자라고 하는데, 당시에는 '자(子)'라는
글자를 철학자들의 이름에 존칭으로 붙였다. 그의 생애와 활동에 대해
서는 정확히 알려져 있지 않다. 조나라 출생이라는 것, 몇 년 동안 동쪽에
있는 제(齊)나라의 직하(稷下) 학파에 있었다는 것, 그 후 중상모략을 받
아 남쪽의 주(周)나라로 옮겼고 BC 255년 그 나라의 지방 수령을 지내다
가 관직에서 물러난 후 곧 죽었다는 것 등이 알려진 사실의 전부이다.

　유가철학의 발전에서 순자가 차지하는 중요성은 그의 주요 저작인
《순자》의 역사적인 영향력에서 볼 수 있다. 《순자》는 대부분 그 자신이
쓴 것으로 전해지는데, 후대에 수정되거나 위조되지 않아서 원본 그대로
보존되어 있다. 《순자》는 중국 철학 발전의 획기적인 사건이었다. 《논
어》·《도덕경》·《맹자》·《장자》 같은 초기 철학 서적들은 일화·경구
로 채워진 서술 양식이라서 당시의 복잡한 철학적 논의를 더는 설득력
있게 전달해주지 못했다.

　이와 달리 순자는 유가 철학자 가운데 최초로 스승의 말·대화를 기

록한 제자들의 글뿐만 아니라, 자기가 직접 쓴 체계적인 논문을 통해 자신의 사상을 표현했다. 또한 총론적인 설명, 연속적인 논증, 세부적인 상술, 명료성에 중점을 두는 엄격한 서술 형태이다.

'시시비비(是是非非)'라는 말은 《순자》 '수신' 편에 '옳은 것을 옳다 하고 그른 것을 그르다고 하는 것은 지혜로운 일이요, 옳은 것을 그르다고 하고 그른 것을 옳다고 하는 것은 어리석은 일이다(是是非非謂之知, 非是是非謂之愚)'라고 한 것에서 유래했다. 참과 거짓을 분명하게 가려내는 것이 지혜이며, 그와 반대로 하는 것은 어리석음이라는 뜻이다.

순자의 가장 유명한 말은 "인간의 본성은 악하다. 선한 것은 수양에 의한 것일 뿐"이다. 그의 사상은 본질적으로 수양 철학이다. 인간의 본성을 그대로 둔다면 이기적이고 무질서하며, 반사회적·본능적 충동들로 가득 찰 것이라고 주장한다. 사회는 개인이 도덕의식을 가진 인간이 될 때까지 점차적으로 이끌고 도야시켜 사회에 교화시키려고 노력한다. 이러한 과정에서 가장 중요한 것은 예(禮)와 악(樂)이다.

인간 본성에 관한 순자의 견해는 인간이 태어날 때부터 선하다는 맹자의 낙관적인 견해와 근본적으로 대조를 이룬다. 물론 두 사람 모두 모든 인간이 잠재적으로 성인이 될 수 있는 능력을 가지고 있다는 데에는 의견의 일치를 보인다. 이것이 맹자에게는 모든 인간은 태어날 때부터 이미 선(善)의 '4단(四端)'을 가지고 있으며, 인간의 내부에 그것을 발전시킬 수 있는 능력도 있다는 것을 의미하지만, 순자에게는 모든 인간이 사회로부터 자기 내부에 있는 반사회적인 본능을 극복하는 방법을 배울 수 있다는 것을 의미한다.

순자가 죽은 후 몇 세기 동안 그의 영향력은 맹자보다 컸다. 10세기에 성리학이 일어나면서 그의 영향력이 약해졌지만, 12세기까지는 여전히 지속되었다. 그러나 12세기에 《맹자》가 유교의 4서에 포함되고 맹자가 유교의 두 번째 성인으로 추앙됨으로써 그는 이단으로 몰렸다.

:: 베틀에서 짜내는 베처럼 폭이 일정해야

《한비자》는 이렇게 말했다.

"옷과 음식이 풍족하면 방종하려는 심리가 생기기 쉽다. 그러면 행동이 사악하게 되며 사리에 어긋난다."

흔히 사람들은 잘 살게 되면 방종하고 스스로 부패하여 진취성을 잃어버린다. 그래서 사람을 비열하게 만들고 심지어 퇴폐적이고 사악한 구렁텅이로 떨어지게 한다.

제나라 대신 안자(晏子)가 제경공을 보좌하면서 전권을 휘두르던 경봉(慶封) 일당을 제거하여 큰 공을 세웠다. 그리하여 제경공은 안자에게 비옥한 패전 60개 읍을 상으로 주려고 하였으나 그는 한사코 받지 않았다. 대신 자미는 이를 이상하게 생각하고 물었다.

"부귀를 싫어하는 사람은 없거늘 어찌 땅을 안 받는 거요?"

안자는 대답했다.

"경봉은 전권을 휘두르면서 논밭을 많이 탈취하여 자신의 욕망을 채웠네. 바로 그 욕망 때문에 쫓겨난 것 아닌가? 지금은 나라 밖으로 달아나 단 한 평의 땅도 없네. 나의 땅은 많지 않아서 만족할 정도라고 볼 수는 없으나 패전의 많은 땅을 받으면 욕망은 채울 수 있겠지. 그러나 일단 욕망을 채웠다고 느끼면 망할 날도 멀지 않은 거라네. 내가 패전을 받지 않는 것은 부귀가 싫어서가 아니라 부귀를 잃을까 겁이 나서라네.

부귀는 마치 베틀에서 짜내는 베와 같아서 폭이 일정해야 하네. 그렇게 치수를 정해 놓은 이유는 한없이 넓고 커지는 것을 방지하고자 함이 아니겠는가! 사사로운 이익을 탐내다 보면 틀림없이 낭패를 당하고 만다네. 내가 큰 욕심을 내지 않는 것은 마치 천이 일정한 폭이 있어야 하는 것과 같은 이치지."

지식을 구할 때 방종하면 무지하고 천박한 사람으로 변한다. 일을 할 때 방종하면 게으르고 형편없는 사람으로 변한다. 생활하면서 방종하면 이기적이고 향략적인 사람으로 변한다. 이겼다고 방종하면 오만방자한 사람으로 변한다. 품성과 수양을 닦을 때 방종하면 허위에 차고 경박한 사람으로 변한다. 실패했을 때 방종하면 퇴폐적이고 부정적인 사람으로 변한다. 방종은 정신을 추하게 만들고 생각을 사악하게 만들며 성품을 악하게 만든다.

:: 사랑 받을 때와 미움 받을 때

《한비자》가 이렇게 말했다.

"무릇 설득할 때는 듣는 사람이 자랑스럽게 여기는 바를 빛나게 해주고 부끄러워하는 점을 없애주는 것이 중요하다."

사람들의 의사소통 능력이 중요한 시대이다. 자신의 생각과 의견이 상대에게 잘 전달되지 않으면 오해가 생기고 불편해진다. 의사소통의 기본 능력은 상대를 설득하는 것이다. 다양한 기법을 통해 상대를 설득해 원하는 결과를 얻어내야 한다.

위나라 영공에게 총애를 받는 미자하라는 미소년이 있었다. 위나라 법률에는 군주의 수레를 몰래 탄 자는 뒤꿈치를 잘리는 형벌을 받는다 했다. 그런데 어느 날, 미자하의 어머니가 병이 나자 이웃 사람이 그를 찾아와 은밀히 알려주었다. 놀란 미자하는 군명이라 속이고 군주의 수레를 타고 궁전을 나갔다.

뒤에 그 사실을 알게 된 군주는 오히려 미자하를 칭찬하였다.

"효자로다. 어머니를 걱정한 나머지 뒤꿈치가 잘리는 형벌을 잊었구나!"

그 후, 미자하는 군주와 함께 과수원을 거닐다가 복숭아를 하나 따서 먹었는데 맛이 매우 달아 먹다 남은 복숭아를 왕에게 바쳤다. 왕이 기뻐하며 말했다.

"미자하는 나를 진정 사랑하는구나. 그 맛있는 것을 다 먹지도 않고 과인에게 주다니!"

세월이 흘러 미자하의 미색이 쇠하자 왕의 총애도 차츰 식어갔다. 한번은 미자하가 사소한 실수를 하자 왕이 꾸짖으며 말했다.

"이놈은 본래 성품이 좋지 못한 놈이다. 예전에는 과인의 수레를 몰래 훔쳐 타기도 하고 먹던 복숭아를 과인에게 먹으라고 한 적도 있다."

미자하의 행동은 변함이 없었으나 전에는 칭찬을 받고 후에는 벌을 받는 까닭은 사랑이 미움으로 바뀌었기 때문이다.

그러므로 왕에게 사랑을 받을 때는 의견을 내는 것마다 왕의 마음에 들고 더 친밀해지지만, 왕으로부터 미움을 받을 때는 아무리 지혜를 짜내고 해도 왕에게는 옳은 것으로 보이지 않아 벌을 받고 더욱 멀어진다. 따라서 간언을 하거나 논의를 하고자 하는 신하는 군주가 좋아하고 싫어하는 것을 미리 살핀 후에 설득해야 한다.

같은 행동이라도 상대로부터 사랑을 받을 때와 미움을 받을 때가 각기 다르게 받아들여질 수 있다. 똑같은 상황이지만 상대방의 심리 상태의 변화에 따라 그 결과가 달라진다.

《한비자》는 말했다.

"유세하는 사람이 군주의 역린(逆鱗: 용의 턱밑에 거슬러 난 비늘을 건드리면 용이 크게 노한다는 전설에서 나온 말로, 임금의 분노를 비유적으로 이르는 말)을 건드리지 않아야 성공을 기대할 수 있다."

:: 위신과 권력은 지도자의 양팔

《한비자》는 이렇게 말했다.

"위신이 없는 지도자는 부하들의 침해를 당한다."

지도자는 권력만으로는 부족하다. 스스로 위신을 세워야 한다. 위신과 권력은 지도자의 양팔과 같아서 하나라도 없으면 권력을 행사할 수 없으며 아랫사람의 복종을 이끌어 낼 수 없다.

오나라 왕은 초나라를 치려고 했으나 초나라가 강대하고 병력이 강한 반면에 오나라는 병사 수도 적고 무기도 보잘것없어서 아직 결정을 못 내리고 있었다. 이때 오자서가 군사 전문가를 소개하며 말했다.

"이 사람은 오나라 출신이고 손무라고 합니다. 병법에 능통하며 신출귀몰한 지략이 있습니다. 직접 《병법》이라는 책도 썼습니다. 손무가 보좌한다면 천하무적이니 왕께서는 예를 갖추어 이 사람을 초빙하십시오."

그 후, 오자서가 손무를 청해 오왕을 알현했다. 오왕은 손무가 쓴 《병법》 13편을 보더니 크게 감탄하며 말했다.

"선생은 실로 신인(神人)이구려. 그런데 우리나라는 규모가 작고 병력도 보잘것없으니 좋은 방도가 있으면 말해 보시오.”

손무가 대답했다.

“저는 일반 사병을 훈련할 수 있을 뿐만 아니라 여자들까지 훈련할 수 있습니다.”

오왕은 전혀 믿으려 하지 않았다. 이를 본 손무가 말했다.

“왕께서 못 믿으시겠다면 후궁의 비빈과 궁녀들을 모아 주십시오. 훈련시켜 성공하지 못하면 벌을 달게 받겠습니다.”

그리하여 오왕은 비빈과 궁녀 300여 명을 소집하고 가장 총애하는 좌희와 우희를 대장으로 맡게 하고 손무에게 훈련시켜 보라고 했다.

손무가 말했다.

“군대의 명령은 엄해야 하며 상벌이 분명해야 합니다. 비록 이것은 시험이지만 놀이로 생각하면 안 됩니다.”

손무는 궁녀를 좌우 두 부대로 나누고 법 집행을 담당하는 사람까지 뽑아 몇 사람은 부장을 시키니 이제 제법 군대의 모양을 갖춘 듯 보였다. 그러고 나서 손무는 군법을 선포하였다.

“첫째, 대오를 흩트리지 말 것.

둘째, 큰소리로 소란을 피우지 말 것.

셋째, 고의로 군령을 위반하지 말 것.”

이튿날, 두 부대장은 궁녀를 이끌고 훈련장에 집합했다. 손무는 친히 전열을 배치하고 명령을 내렸다.

"첫 번째 북소리가 울리면 모두 차렷 자세를 하며 두 번째 북소리에는 좌부대는 우향우를 향하고 우부대는 좌향좌를 향하자. 세 번째 북소리에는 두 부대가 검을 빼들고 격투 준비를 하자. 징소리가 울리면 무기를 수습해서 원래의 위치로 돌아가라."

궁녀들은 키득대면서 누구 하나 진지하게 듣지 않았다. 첫 번째 북을 울리자 궁녀들은 제각각 하고 싶은 대로 제멋대로였다. 어떤 궁녀는 서 있고 어떤 궁녀는 앉아 있는 등 도무지 대오가 형성되지 않았다. 이에 손무가 말했다.

"군령을 제대로 전달하지 못하는 것은 지휘관인 내 책임이다."

이어서 군령을 다시 한번 일러주었다. 손무가 두 번째 북을 직접 치자 좌희와 우희를 비롯한 궁녀들은 일제히 웃기 시작했다. 손무는 크게 화를 내며 고함을 쳤다.

"법을 집행하는 병사는 어디 있느냐?"

법 집행인이 재빨리 앞으로 나와 꿇어앉았다. 손무가 물었다.

"군령을 두 차례나 선포했어도 병사가 명령을 따르지 않으면 무슨 죄에 해당하느냐?"

"참수의 죄에 해당합니다."

"병사들은 모두 참수할 수는 없으니 오늘은 부대장 두 명을 대표로 참수하여 본보기를 보이겠다."

오왕이 놀라서 손무에게 한 번만 봐달라고 애원했으나 손무는 듣지 않았다.

"군대에서 하는 말은 장난이 아닙니다. 참수하라!"

오왕은 어찌할 방법이 없었다. 좌희와 우희를 죽이자 궁녀들은 그제야 정신이 번쩍 났다. 좌로 돌라고 하면 좌향좌를, 우로 돌라고 하면 우향우를 열심히 하여 질서정연한 훈련을 진행하였다. 궁녀들의 훈련 모습을 보고 오왕은 손무의 재능을 확실히 알게 되었고 그를 군사로 임명했다.

그 후, 오나라는 과연 승승장구하여 당시 내로라하는 강대국으로 성장하였다.

언행이 일치하지 않고 말을 함부로 바꾸는 지도자는 위신을 지킬 수 없다. 일은 과감하게 결정하여 빠르게 실행하며 실시 단계에서는 신속하게 추진해야 한다. 단순한 명령은 지도자의 위신을 세우는 데 도움이 안 되기에 명령 대신 문제를 제기하여 아랫사람이 문제를 해결하려는 의욕을 고취시켜야 한다.

:: 오늘의 문제는 현재의 관점으로 보아야

《한비자》는 말했다.

"일이 많고 번잡한 시대에 일이 적었던 시대의 수단을 쓴다는 것은 지혜로운 자의 준비가 못된다."

오늘의 문제는 현재의 관점으로 보아야 한다. 과거의 잣대로 오늘의 일을 보고 판단하면 현명한 결정을 내리기 힘들다. 변화무쌍한 사회의 흐름을 읽지 못하고 지난 과거의 시각으로 오늘을 살면 낭패를 당하기 십상이다.

송나라 양공이 초나라 군대와 탁곡(涿谷)에서 전쟁을 벌였다. 송나라 군대는 이미 전열을 갖추고 있었지만 초나라 군대는 아직 강을 건너지 못하고 있었다.

우사마 구강(購强)이 달려 나와 양공에게 다음과 간언했다.

"초나라 군대는 많고 송나라 군대는 적습니다. 초나라 군대가 아직 강의 절반도 건너지 못했으니 적진을 정비하기 전에 서둘러 공격하도록 하면 반드시 무찌를 수 있을 것입니다."

양공이 말했다.

"그렇게 할 수 없다. 내가 들은 바에 의하면 적어도 군자라면 이미 부상당한 자를 거듭 치지 않으며 백발노인을 포로로 잡지 않으며 사람을 곤경에 빠뜨리지 않으며 상대방을 위험한 곳에 밀어붙이지 않고 진을 치지 못한 적을 공격해서는 안 된다고 한다. 지금 초나라가 아직 강을 건너지 않았는데 이들을 기습 공격한다는 것은 도리에 어긋나는 짓이다. 그러므로 나는 초나라 군대가 전부 강을 건너 전열을 갖춘 후에 북을 울려 공격할 것이다."

우사마가 말했다.

"왕께서는 송나라 백성을 아끼지 않고 자기 병사들의 안전을 생각하지 않으면서 단지 도의만을 실행하려고 하십니까?"

"대오로 돌아가지 않으면 군법으로 다스리겠다."

우사마는 어쩔 수 없이 뒤로 물러났다. 초나라 군대가 강을 다 건너고 전열을 가다듬자 비로소 양공은 공격에 나섰다. 하지만 송나라 군대는 크게 패했으며 양공은 다리에 부상을 당하고 사흘 만에 죽었다.

상황 변화에 따라 그에 따른 대응책도 달라야 한다. 옛날과 지금은 여러 가지 상황이 다르므로 변화의 추이를 파악해 상황에 적합하게 대비해야 한다.

∷ 선한 본심을 느끼게 거절하는 기교

《귀곡자》는 말했다.

"거절하려면 상대방에게 착각을 심어주자."

거절에서도 그 사람의 인격과 수양이 드러난다. 거절하면서도 상대방이 나의 진심과 선한 본심을 느끼고 믿도록 해야 한다. 체면 차리느라 맹목적으로 승낙해서는 안 된다. 마치 둥근 고리가 회전하는 것처럼 자신의 본심을 숨기고 진퇴의 기본 원칙을 세워야 한다.

북송 중기, 소식(蘇軾)과 소철(蘇轍) 형제는 높은 관직에 있었기에 그들의 집에는 늘 벼슬자리를 부탁하러 오는 사람들의 행렬이 끊이지 않았다.

하루는 소철의 친구가 벼슬자리를 부탁하러 그를 찾아왔다. 하지만 소철은 이를 미리 알고 숨어버리자 그는 다시 소식을 찾아가 부탁을 했다. 어쩔 수 없어 그를 방으로 들인 소식은 벼슬 이야기는 한마디도 꺼내지 않은 채 뜬금없이 옛날이야기를 했다.

"옛날에 아무것도 가진 것 없는 가난한 사내가 있었는데 그가 어느 날에는 도굴하기로 마음먹었다네. 그래서 정말로 무덤 하나를 팠는데 아무것도 입지 않은 한 사람이 거기에 누워 이런 말을 했다지. '그대는 한양왕의 자손들이 재물을 가벼이 여겨 땅에 묻힐 때 옷 한 벌도 입지 못했다는 말을 듣지 못했는가? 이렇게 알몸으로 누워 있는 마당에 무엇으로 자네를 도울 수 있겠나?'라고 말했다지 뭐."

소식은 흥미진진하게 자신의 이야기를 듣는 소철의 친구를 보고 이야기를 이어나갔다.

"그래서 사내가 다른 무덤을 팠더니 그 안에 누워 있던 제왕이 온화한 목소리로 그랬다는군 '나는 한무제다. 내 이미 세상을 떠나기 전에 무덤 속에 금은보화를 넣지 않도록 명령을 내렸으니 다른 데로나 가보도록 해라.'라고 했다지 뭐."

여기까지 이야기한 소식은 '하하하' 큰소리로 웃었다. 소철의 친구는 그제야 소식의 의도를 알아차리고 얼굴이 빨개졌다. 하지만 소식은 계속해서 이야기를 이어나갔다.

"할 수 없이 사내는 다시 나란히 있는 무덤 두 개를 찾아내 먼저 하나를 파기 시작했다네. 그런데 그때 빼빼 마른 그림자가 다가오더니 그에게 말하는 것이 아닌가. '나는 수양산에서 굶어 죽은 백이(伯夷)다! 그런데 내 무슨 수로 그대를 배불리 먹일 수 있겠는가?' 그래서 어쩔 수 없어 사내가 다른 무덤을 파려고 하자 백이가 말했네. '이 사람아, 그건 숙제(叔齊: 백이의 동생)의 무덤이야!' 이렇게 말했다나."

이미 완벽하게 소식의 뜻을 알아차린 소철의 친구는 서둘러 집으로 돌아갔다.

:: 그대처럼 수치를 모르는 자는 여태껏 본 적이 없다

《귀곡자》는 이렇게 말했다.

"실재로써 허점을 취하고 있음으로써 허점을 취하여 마치 무거운 것으로써 가벼운 것과 저울질하여 비교하는 것과 같다."

자신의 장점으로 타인의 단점을 공격하는 사람은 언제나 자신을 따르고 그 뜻에 맞는 사람을 세심하게 살펴보며 또 타인의 결함을 통해 자신의 실수나 약점을 발견한다. 이렇게 하면 나의 행동과 변화는 명확해지고 상대방의 위세를 누그러뜨릴 수 있다.

제갈량이 기산을 나와 위나라를 정벌하러 오자 위나라 사도 왕랑이 마침 그와 대적하게 되었다. 왕랑이 앞으로 나와 공수(拱手: 두 손을 맞잡아 공경의 뜻을 나타내다)를 하며 입을 열었다.

"그대가 제갈공명인가?"

제갈량이 부채를 든 손으로 공수를 하며 대답했다.

"그렇소만."

"내 그대의 이름을 오래전부터 들었다만 오늘에서야 만나게 되었구나. 그대는 분명 천명을 알 터인데 어찌 명분도 없는 싸움을 거는 것이냐?"

"명을 받들고 역적을 토벌하러 온 사람에게 어찌 명분이 없다고 하는가?"

"천수가 변하고 제위도 바뀌어 천하가 덕 있는 자에게 돌아가는 것이 바로 자연의 이치다!"

"조 씨 성을 가진 도적이 한의 왕위를 찬탈하고 중원을 차지했는데 어찌 그를 덕 있는 자라 할 수 있는가?"

"환제와 영제 이래로 황건적이 창궐하고 천하는 어지러워졌으며 종묘사직 역시 계란을 쌓은 듯 위태로워졌다. 그런데 태조 무황제께서 육합(六合: 천지와 사방을 합한 것으로 세계 또는 우주)을 정리하고 팔황(八荒: 팔방의 멀고 너른 범위, 온 세상)을 말끔히 거두어 주시니 민심도 모두 황제께 돌아섰으며 사방에 칭송이 자자하다. 힘이 아니라 그것이 천명이었기에 가능한 것이 아닌가!

그리고 문과 무에 모두 능한 세조 문황제는 대통을 이어 하늘과 사람의 뜻에 따르고 나라를 안정으로 이끌었으니 이 역시 하늘의 뜻이다. 오늘날 자신을 관중과 악비에 비기며 재능 있는 이들이 사방에서 몰려드는 것은 어찌 설명할 수 있는가? 옛말에 하늘에 순응하는 자는 흥하지만 거역하는 자는 망할 것이라 했다. 썩은 풀에 꼬이는 벌레 같은 그대들과 비길 바가 아니지! 예로써 투항한다면 내 제후국의 지위를 빼앗지 않고 목숨 또한 살려줄 것이다!"

제갈량은 왕랑의 말에 한바탕 크게 웃은 후 부채를 들고 이렇게 말했다.

"내 그대가 한나라의 노장이란 말을 듣고 필경 고견을 들을 것이라 생각하고 왔거늘 어찌 그처럼 망언을 내뱉을 줄은 생각도 못 했다. 내 한 수 가르쳐 줄 테니 잘 들어라.

그 옛날 환제와 영제 시절 황실은 쇠락하고 환관이 득세하며 나라가 어지러워졌다. 게다가 황건의 난이 끝난 뒤에는 동탁과 이각, 곽사가 연이어 들고일어나 헌제를 협박하며 온갖 흉악무도한 짓을 일삼으니 이로써 조정은 더욱 썩어문드러졌다. 이렇게 흉악하고 잔인한 이들이 정권을 잡고 종묘사직을 더욱 망쳤는데 이렇게 나라가 혼란에 빠져 있을 때 그대는 무엇을 했는가?

내 이미 그대의 이야기를 들어 잘 알고 있다. 동해에서 태어나 효렴(孝廉: 효성스럽고 청렴. ※ 향거리선제(鄕擧里選制)는 한나라 때 시행된 관리 임용법으로 지방관과 지방의 유력자가 관내의 우수한 인물을 추천하는 형식으로 진행되었다. 향거리선제의 인물 평가 과목으로는 효렴·현량·방정·직언·문학·계리·수재 등이 있었다)으로 관직을 시작한 그대는 마땅히 군주를 보필해 나라를 바르게 이끌어야 하거늘 어찌 역적의 무리와 손을 잡고 황위 찬탈을 돕는 것인가! 그대의 죄가 결코 가볍지 않으니 하늘도 그대를 용서치 않을 것이다!”

왕랑은 성이나 손가락으로 제갈량을 가리키며 소리쳤다.

“네가… 일개 촌부인 네가 감히!”

제갈량은 자리를 박차고 일어나 노한 목소리로 말했다.

“닥쳐라! 부끄러움도 모르는 도적 같으니! 지금 천하의 모든 사람들이 네 고기를 씹고자 안달인데, 어찌 감히 그 혀를 놀리느냐! 다행히 하늘이 한의 대통을 끊지 않으시고 사천의 소열 황제를 두었다. 내 오늘 그분의 명을 받들고 도적을 토벌하러 왔거늘 머리를 조아리고 죄를 빌어도 시원찮을 네가 어찌 함부로 천수를 입에 올리느냐! 이제 곧 구천에 가게 될 터이니 무슨 낯으로 한 왕조의 황제들을 뵐지나 걱정해라!”

왕랑은 손으로 가슴을 움켜쥐고 헐떡이며 말한다.

“나, 난, …나는…”

제갈량은 더욱더 목소리를 높이며 말했다.

“이미 70년을 산 그대는 일생 동안 이러저러한 공도 하나 세우지 못하고 오히려 조 씨 일가를 도와 황위를 찬탈했다. 그러고도 오늘 내 앞에서 잘도 짖어대는구나. 내 그대처럼 수치를 모르는 자는 여태껏 한 번도 본 적이 없다.”

“너, 너, 아…!”

왕랑은 말에서 떨어져 그만 숨이 끊어지고 말았다.

:: 먼저 백성들이 잘 살게 하고 그 뒤에 다스린다

관중은 말했다.

"나라의 근본은 백성이고 군주가 나라를 다스리는 근본적인 문제는 하나는 사람이고 또 하나는 일이다."

세상 만물 가운데 사람이 가장 소중하다.

제나라 환공은 천하를 통일해 패업을 이루고자 했지만 막상 시작하려니 어디서부터 손을 대야 할지 난감하기만 했다. 그래서 관중에게 가르침을 청하자 관중이 말했다.

"군주께서 패업을 이룩하여 크나큰 업적을 남기고 싶다면 먼저 가장 근본적인 일부터 시작하십시오."

제환공은 자리에서 일어나 두 손을 모으고 공손히 물었다.

"그 근본이라는 게 무엇이오?"

그러자 관중이 대답했다.

"제나라의 백성이 바로 나라의 근본입니다. 백성들은 굶주림과 과도한 세금으로 핍박받는 것을 두려워합니다. 또한 혹독한 형벌에 죽음을 당할까 봐 겁에 질려 있습니다. 백성들은 이처럼 고통받고 핍박받는 것을 두려워하는 데도 군주께서는 농번

기와 농한기를 구분하지 않고 백성에게 일을 시킵니다. 만일 군주께서 세금을 줄인다면 백성들은 굶주림을 걱정할 필요가 없게 되고 형벌을 줄이면 백성들은 죽음을 두려워하지 않을 것이며 농한기를 이용해 노역을 시켜도 백성들은 고되고 힘들어하지 않을 것입니다."

제환공이 고개를 끄덕이며 말했다.

"그대의 말을 듣고 보니 이해할 수 있겠소."

다음날 제환공은 곧바로 법령을 내려서 농민이 내던 세금을 줄여 기존의 1/100 정도만 내도록 했다. 그리고 고아와 어린이들은 형벌을 면제했고 관문에서 받던 통과료를 면제했으며 시장에 부과하던 세금도 없앴다.

그리고 신의와 예의로써 사람을 대했다. 그렇게 몇 년이 지나자 어느새 곳곳에서 사람들이 밀물처럼 제나라로 모여들기 시작했다.

시대를 막론하고 사람은 역사를 만들어가는 창조자이며 사회를 발전시키는 원동력이다. 관중의 민본사상은 오늘날 기업 관리에도 중요한 의미를 가지므로 경영관리 측면에서 반드시 지켜야 할 실천 사항이라면 덕의 경영, 인정을 중시하는 경영, 능력 위주의 경영 등을 들 수 있다.

제 4 편

뜻이 있는 사람은
반드시 성공한다

"

이름과 몸은 어느 것이 나에게 가깝고,

몸과 재물은 어느 것이 나에게 소중하며,

얻음과 잃음은 어느 것이 나에게 해로운가?

이런 까닭에 지나치게 사랑하면 반드시 크게 손해를 보고

너무 많이 지니면 반드시 크게 잃는다.

만족할 줄 알면 욕됨이 없고

그칠 줄 알면 위태롭지 않아서 오래 갈 수 있다.

"

:: 뜻이 있는 사람은 반드시 성공한다

《맹자》는 이렇게 말했다.

"원대한 일을 하는 것은 마치 우물을 파는 것과 같다. 아홉 길의 우물을 팠는데도 샘물이 나오지 않으면 버려진 우물과도 같다."

우리는 어떤 일을 함에 나태하지 말고 언제나 변함없는 마음과 태도를 갖는 것이 중요하다. 만약 뜻을 세우고 그 뜻을 실천해 나아가는 일을 하면 무슨 일이든 이뤄낼 수 있다.

광무제 유수(劉秀)가 한나라 황실을 부흥시키고 황제의 자리에 처음 올랐을 때의 일이다.

당시 여러 태수들은 제각기 왕호를 일컬었다. 이는 새로 들어선 동한 왕조에 큰 부담이 되었다. 그리하여 건위장군 경엄(耿弇)이 유수에게 말했다.

"신의 부친 경황이 지금 상곡에 주둔하고 있는데 막강한 병력을 지니고 있습니다. 그러니 제가 그와 연합해 일단 팽총(彭寵)을 토벌하고 그런 뒤에 태수 장풍과 태수 장보를 차례로 제거해 화근을 없애겠습니다."

경엄의 씩씩한 기상에 믿음이 간 유수는 그의 권유에 따라 먼저 어양(漁陽)으로 진격해 갔다. 경엄은 어양으로 진격하던 도중에 장풍(張豐)의 군사력이 상대적으로 약하다는 사실을 알고 장풍을 먼저 제거하기로 계획을 바꾸었다. 경엄은 주우와 왕상의 지원을 받으며 연거푸 승리를 거두고 일거에 장풍의 근거지를 소탕하고 장풍을 제거했다.

팽총은 원래 장풍과 결탁해 나쁜 짓을 일삼던 인물로 장풍이 죽자 홀로 버티기 어려웠다. 경엄이 승세를 타고 접근하자 팽총의 군사들은 달아났다. 다급해진 팽총은 성을 버리고 달아나려 했지만 가노(家奴)에게 죽음을 당했다. 경엄은 승세를 타고 제남을 격파하여 장보의 근거지 극현을 압박했다.

장보(張步)는 20만 대군을 모조리 전투에 투입시켰다. 전투는 시작부터 매우 치열했다. 경엄은 앞장서 상대를 무찌르던 중 어디선가 날아온 화살에 허벅지를 맞았다. 경엄은 군사들의 사기가 떨어질까 우려해 화살대를 잘라내고 이를 악물고 계속 싸웠다. 날이 저물자 쌍방은 군사를 거두었다. 그제야 주변 장수들은 경엄의 부상을 알게 되었다.

이 무렵 유수는 산동으로 돌아가 경엄을 원조할 채비를 갖추었다. 이 소식을 접한 경엄은 장수들에게 말했다.

"황제께서 곧 당도하실 것이다. 우리는 기필코 싸움에서 승리한 다음 황제를 맞이해야 할 것이다. 어찌 황제께서 위험한 전쟁터로 오시게 할 수 있겠는가?"

경엄의 말에 장수들은 크게 고무되었다. 이튿날 전투는 새벽부터 저녁까지 치열했고 결국 장보는 참담한 손실을 입고 달아났다.

승리를 축하하는 연회에서 유수는 감격스러운 어조로 경엄에게 말했다.

"장군은 백전노장이오. 가는 곳마다 대적할 자가 없소. 왕년의 한신도 감탄을 금치 못할 것이오. 돌이켜보면 앞서 장군이 내게 반역자들을 쓸어내자고 건의하였을 때 나는 염려스러웠소. 하지만 장군은 끝내 그 목표를 달성했소. 그야말로 뜻이 있는 사람은 결국 일을 해 낸다는 속담이 맞는 것 같소!"

맹자(孟子, BC 371?~BC 289?)

**백성을 나라의 근본으로 삼아
인과 덕으로 통치하는 왕도정치**

생몰 연대는 정확하지 않지만, 맹자는 공자가 죽고서 100년쯤 뒤 추(鄒)나라에서 태어났다. 맹자가 활약한 시기는 대체로 BC 4세기 전반기다. 맹자의 어머니는 맹자를 훌륭하게 키우기 위해 세 번 이사를 했다는 맹모삼천지교(孟母三遷之敎)로 유명한데, 이는 전한 시기의 학자 유향(劉向)이 지은 《열녀전》에 등장하면서 유명해진 일화이지만 사실로 보기 힘들다는 것이 중론이다.

맹자의 저서로 《맹자》가 있다. 《사기》에 따르면 맹자의 저술임이 분명하지만, 자신의 저작물에 '맹자'라고 한 점 등을 들어 맹자의 자작이 아님을 주장하는 견해도 있다. 당나라의 한유(韓愈)는 맹자가 죽은 뒤 그의 문인들이 그동안의 일을 기록한 것이라는 말도 하였다. 어쨌든 수미일관한 논조와 설득력 있는 논리의 전개, 박력 있는 문장은 맹자라는 한 인물의 경륜과 인품을 전해주기에 손색이 없다.

맹자의 사상은 하늘에 대한 숭경의 정념이라고 하겠다. 맹자는, 하늘은 인간을 포함한 만물을 낳고 그 피조물을 지배하는 영원불변의 법칙을 정해 이를 만물 창조의 목적으로 삼았다고 파악했다. 하늘과의 관련으로 인간 본연의 모습을 고찰하고 있다. 피조물인 인간에게는 하늘의 법칙성이 내재하고 있으며 하늘이 정한 법칙의 달성이 피조물인 인간의 목적이라는 것이 맹자의 기본적 인간관이다.

공자가 인(仁)이라 부르고 예(禮)를 실천하는 인간의 주체성에서 발견한 인간의 덕성을, 맹자는 인간이 갖추고 있는 하늘의 목적을 지닌 법칙성으로 생각하고 이를 인간의 본성이라 하여 인간의 본성은 선함을 주장하는 성선설(性善說)을 주장했다.

맹자는 인간의 성은 선이라고 하는 주장을 증명하기 위해 인간의 마음에는 인(仁)·의(義)·예(禮)·지(智) 등 사단(四端)이 구비되어 있다고 했다. 여기서 말하는 인은 '측은(惻隱)의 마음' 혹은 '남의 어려운 처지를 그냥 보아 넘길 수 없는 마음'이며, 의는 불의불선을 부끄럽게 알고 증오하는 '수오(羞惡)의 마음', 예는 사람에게 양보하는 '사양의 마음', 옳고 그름을 판단하는 '시비(是非)의 마음'으로 설명한다.

맹자는 백가가 다투어 각기 다른 사상을 주장하던 전국시대에 의연하게 공자 사상을 옹호하고, 이를 한층 진전시켰다. 이러한 그의 사상은 《맹자》 전편에 흐르고 있어서, 공자 다음가는 아성(亞聖)으로 추앙되고 있다.

:: 지게는 넘어가고 독은 박살나고

홍응명은 이렇게 말했다.

"높은 벼슬자리에 있을지라도 자연에 묻혀 사는 취미가 없어서는 안 되고 자연 속에 묻혀 있더라도 모름지기 조정의 경륜을 품어야 한다."

높은 관직에 있어도 자연의 취미를 지녀야 비속해지지 않고 초야에 묻혀 있으면서도 경륜을 품고 있어야 촌스럽지 않다.

독장수 홀아비가 큰 독을 지게에 지고 이 마을 저 마을로 팔러 다니다가 외딴집 담벽 앞에 지게를 뻗치고 쉬고 있었다. 독장수는 쉬는 사이에 이런저런 달콤한 생각을 했다.

"독 하나를 팔면 두 개를 살 수 있고, 이런 방식으로 계속 이익을 남기다 보면 가히 천만금을 쉽게 얻게 되므로, 큰 부자가 될 것이고, 많은 논밭을 사들이고 고래등같은 집을 짓고서 장가를 들게 되면, 어진 아내와 예쁜 첩이 모여들어 그들을 좌우에 거느리고 즐기게 되니 어찌 즐겁지 않으랴."

하는 연쇄적 공상으로 기뻐하다가 문득 다른 생각이 떠올랐다.

"아내와 첩을 같은 방에 있게 하면 필시 그들은 서로 다툴 것이므로 호령으로 꾸짖고, 그래도 말을 안 들으면 손을 들어 이렇게 때려야겠다."

라고 하면서, 두 팔을 뻗어 때리는 시늉을 하는 순간 지게를 받쳤던 작대기를 건드려 지게는 넘어가고 독은 박살나고 말았다.

:: 먼저 가까이 있는 사람의 마음을 얻어야

《맹자》는 이렇게 말했다.

"물은 구덩이를 가득 채우고 나서 흘러간다."

궁극적인 목적은 모든 사람의 마음을 얻는 데 있지만 먼저 가까이 있는 사람의 마음을 얻는 일부터 시작해야 한다. 최종 목표 달성에만 집착하여 차근차근 쌓아가는 과정을 생략하거나 노력 없이 더 큰일을 추구한다면 그 성과는 자칫 모래성에 지나지 않는다.

전국시대 제나라는 연나라를 공격해 왕을 죽여 그 시체로 젓을 담그는 만행을 저질렀다. 혼란에 빠진 연나라는 백성들의 추대로 소왕(昭王)을 왕위에 올렸다. 소왕은 왕위에 즉위하자마자 제나라에 대한 복수심에 불타 절치부심했다.

어느 날, 소왕은 신하 곽외(郭隗)에게 말했다.

"제나라는 우리나라가 혼란한 틈을 타서 우리 땅을 침범했소. 그러나 우리 연나라는 원래 작은 나라여서 도저히 복수할 수가 없소. 뛰어난 인물을 얻어서 함께 나랏일을 의논하여 선왕의 수치를 씻는 것이 내 소원이요. 선생은 그런 인물을 구해주시오. 나는 그를 스승으로 섬기겠소."

곽외는 이렇게 대답했다.

"옛날 임금이 가까운 신하에게 1천 금을 주고 하루에 천하를 달리는 천리마를 구해오라고 했습니다. 그런데 그 신하는 5백 금을 주고 죽은 천리마의 뼈를 사가지고 왔습니다. 임금이 성을 내면서 꾸짖으니 신하는 이렇게 말했답니다. '이 나라에서 죽은 말의 뼈도 5백 금을 주고 사니 정말 살아 있는 준마라면 얼마나 많은 돈을 줄지 모를 일이라는 소문이 나면 머지않아 천리마를 끌고 오는 사람이 있을 겁니다.' 과연 얼마 안 되어 천리마를 세 마리나 구했다고 합니다. 지금 왕께서 뛰어난 인물을 얻어야겠다고 생각하시면 우선 변변치 않은 저부터 시작해 보십시오. 그러면 저보다 훌륭한 사람이 천리가 멀다 하지 않고 찾아올 것입니다."

소왕은 곽외에게 새집을 지어주고 스승으로 대접하였다. 이 것을 소문으로 전해들은 천하의 뛰어난 선비들이 연나라로 모여들었다. 그 가운데는 지략이 뛰어난 장수 악의(樂毅)도 있었다. 훗날 소왕은 악의를 장군으로 삼아서 제나라를 공격하였다. 악의는 곧장 제나라 수도 임치(臨淄)로 쳐들어갔고 제나라 왕은 도읍을 버리고 위나라로 달아났다. 악의는 승승장구하여 여섯 달 동안에 70여 개 성을 함락했다.

:: 3년 동안 움직이지 않은 새

《귀곡자》는 이렇게 말했다.

"일을 할 때에 반드시 계략에 맞도록 하는 것을 위주로 한다. 남과 합치고 자기 쪽을 떠났다가도 계략에 맞지 않으면 반드시 다시 뒤집어 이쪽 편을 따른다."

현명한 사람은 자신이 처한 환경에서 상대방의 계략에 맞서 자신이 원하는 바를 적절하게 조화시켜 불리한 것을 유리하게 바꾸고 피동적인 것을 주도적으로 이끌어 위기를 기회로, 위험을 안정으로 바꾸는 일이다.

성공하려면 변화 발전을 이용할 수 있어야 하고 만물의 연관성과 독립성을 관찰하며 이를 명확하게 파악해야 한다.

춘추전국시대 초장왕은 즉위한 지 3년이 지나도록 정령 하나 공표하지 않은 채 오로지 술과 여색에만 빠져 지내서 신하들의 걱정이 이만저만이 아니었다.

어느 날, 신무외(申無畏)라는 신하가 장왕을 알현하고자 청해 왔다. 장왕은 태연한 표정으로 신무외에게 물었다.

"그대는 무슨 일로 나를 찾아왔소? 짐과 함께 음악을 들으며 술이라도 한잔하러 온 것이오? 아니면 긴히 할 말이 있는 것이오?"

그러자 신무외는 빙 둘러서 이야기를 했다.

"신은 술을 마시러 온 것도, 음악을 들으러 온 것도 아닙니다. 대왕께 여쭙고 싶은 일이 있어 긴히 찾아왔습니다."

그러자 장왕은 자못 궁금하다는 듯 되물었다.

"도대체 무슨 일이오? 어서 말해 보시오."

"초나라 어느 한곳의 절벽에는 온몸이 오색 털로 뒤덮인 커다란 새가 있다고 합니다. 그런데 그 새는 3년이 지나도록 날지도, 울지도 않으니 도대체 그 이유를 알 수가 없습니다."

신무외의 이야기를 들은 장왕은 크게 웃으며 말했다.

"그 새는 분명 평범한 새가 아니오. 3년 동안 움직이지 않은 것은 날개의 힘을 비축하려는 것이었고 날지도 않고 울지도 않은 것은 민정(民情)을 관찰하려는 것이었소. 그 새는 3년이나 날지 않았지만 일단 기지개를 켜면 날개의 끝이 하늘에 닿고 3년이나 울지 않았지만 한 번 울면 세상을 놀라게 할 것이오. 그러니 조금만 기다려 보시오!"

그로부터 다시 3년이 지났을 때 장왕은 춘추오패(春秋五霸)의 하나가 되어 천하에 그 위용을 떨쳤다.

장왕의 사고방식과 행동은 이렇듯 일반인들의 상식과는 달랐지만 그만의 특징이 있었다. 바로 객관적인 현실을 거스르지 않고 힘을 비축하고 민정을 정확하게 파악한 뒤에야 행동을 시작했던 것이다.

모든 사물의 발전 과정은 처음부터 끝까지 갈등의 보편성과 갈등의 특수성을 지니게 되는데 갈등을 일으키는 양측은 일정한 조건하에 서로 전환될 수 있어 '배신'이 '영합'으로 될 수 있고, '영합'이 때로는 '배신'으로 바뀔 수 있다. 이러한 사실은 불리한 환경에 처하더라도 자신을 믿고 능동성과 창의력을 발휘하며 끈질기게 노력한다면 얼마든지 나쁜 상황을 좋은 기회로 만들 수 있음을 가리킨다.

:: 폐하의 집안일이온데 어찌 다른 사람에게 물으려 하십니까

《귀곡자》는 이렇게 말했다.

"상대 세력의 경중을 알아내어 책략을 세우기 때문에 성인은 그 힘의 경중을 잘 판단하기 위하여 걱정하고 그 힘의 경중을 잘못 판단하여 벌어질 일을 걱정하는 것이다."

상대방에 따라 각기 다른 적절한 책략을 구사해야 한다. 상대방을 먼저 파악하고 그에 맞는 책략으로 접근하면 일은 언제나 생각보다 쉽게 해낼 수 있다. 상대방의 의지와 계획을 알고 난 다음에는 그것이 나에게 유리한지 아니면 나의 이익에 위배되는지를 판단해야 한다. 즉 상대방을 파악하고 나를 아는 것이다.

당 고종 이치(李治)는 무측천을 황후로 책봉하려 했는데 장손무기(長孫無忌)와 저수량(褚遂良) 등 원로 대신들의 반대에 부딪혔다.

이치는 대신들을 모아 놓고 이 일을 의논했다. 그러자 저수량이 말했다.

"오늘 황상께서 우리를 부르신 까닭은 분명 황후 책봉 문제를 의논하고자 함일 것입니다. 황상께서는 이미 마음을 정하신 것 같으니 만약 반대를 고집한다면 죽음을 면하기 어려울 테지요. 하지만 선황께서 우리에게 폐하를 잘 보살피라고 당부하지 않으셨습니까? 그런데 죽음이 두려워 옳은 말을 하지 않는다면 장차 무슨 낯으로 선황을 뵙겠습니까?"

고명대신(顧命大臣: 황제나 국왕의 퇴임 또는 임종 시 임금의 마지막 당부 및 유언을 받드는 대신) 이세적(李世勣)은 황제의 입궁 명령에 심상치 않은 기운을 감지하고 병을 핑계로 입궁을 미루고 화를 피하고자 했다. 그러자 공개적으로 황후의 책봉을 반대한 저수량은 그 자리에서 무측천에게 호된 질책을 당해야 했다. 이틀 후에 이세적이 혼자 황제 이치를 찾아갔다. 그러자 이치가 말했다.

"나는 무측천을 황후로 봉하려 하오. 하지만 저수량이 극구 반대를 하고 나서니 고명대신인 그대가 반대한다면 이 일은 없던 일로 할 수밖에 없소."

이세적은 황제의 뜻을 거스를 수 없다는 사실을 잘 알고 있었지만 또 그렇다고 공개적으로 황제의 뜻을 따르자니 다른 대신들의 질책이 겁나는 것도 사실이었다. 이때 이세적은 순간적으로 기지를 발휘했다.

"이 일은 폐하의 집안일이온데 어찌 다른 사람에게 물으려

하십니까?”

　이런 이세적의 대답은 황제의 뜻을 따르면서도 한편으로는 다른 대신들의 질책을 피해 갈 수도 있는 것이었다. 그의 말에 용기를 얻은 황제는 결국 무측천을 황후로 책봉했다.

　훗날, 장손무기 등 무측천의 황후 책봉을 반대했던 대신들은 모두 무측천에게 박해를 받았지만 이세적만은 승승장구할 수 있었다.

　세상을 살아가면서 항상 객관적으로 자신을 살피고 반성하며 더욱 완벽해지고자 노력해야 한다. 아울러 예민한 안목으로 주변의 사람들과 사물을 관찰해야 한다. 그렇게만 할 수 있다면 사회생활이 안정되고 평화로울 수가 있다.

:: '축적'은 하루아침에 되는 것이 아니다

《귀곡자》는 말했다.

"강함은 약함이 쌓여 만들어진 것이고 여유로움은 부족함이 모여 생긴 것이다."

성공을 원하는 사람이라면 '축적(蓄積)'하는 법을 배워야 한다. 오랜 시간 노력이 쌓이다 보면 그제야 비로소 그것이 질적인 것으로 변화해서 성공이 찾아오는 것이다.

1545년 기주 일대에서 대홍수가 발생하여 전염병이 창궐했다. 가난한 백성들은 의원을 찾아갈 형편이 되지 않아 극심한 고통에 시달렸다. 이시진(李時珍: 1518~1593)은 백성들을 직접 찾아가 치료했고, 그의 명성은 점차 높아졌다.

이시진은 환자를 치료하면서 약재 연구도 함께했는데, 이때 그는 예전부터 내려오는 약재 서적들에 오류가 많다는 것을 깨달았다. 유용한 약재들이 많이 누락되어 있는 것은 물론, 심지어 약의 성질과 효과가 다른 경우도 있었다.

제대로 된 약재 서적을 만들어야겠다고 결심한 이시진은 약학 서적뿐만 아니라 제자백가, 역사서, 경서 등 다양한 서적들을 섭렵하고, 문하생들과 함께 약초를 찾아 전국 각지를 떠돌며 표본을 채집했다. 한편 민간에서 전해 오는 다양한 민간 처방과 경험들도 수집했다.

이시진이 38세 되던 해 초왕이 아들의 병을 고쳐달라고 부탁해 왔다. 초왕의 아들은 자주 정신을 잃는 병을 앓고 있었는데, 이시진은 맥을 짚어 보고 그의 장에 문제가 있음을 알게 되었다. 이시진은 장을 치료하는 처방을 내렸고, 그는 그 후 얼마 지나지 않아 완치되었다. 이 덕분에 이시진은 왕부에 남아 봉사정 겸 초왕의 주치의가 되었다.

명나라의 황제 가정제는 불로장생설을 신봉하여 불로불사의 단약을 제조하기 위해 전국의 명의들을 불러모았다. 이시진도 초왕의 추천을 받아 북경으로 가게 되었다. 1559년 그는 태의가 되었지만 1년 후 병이 있다는 핑계로 고향으로 돌아왔다. 태의원이 단순히 황족들의 불로장생 약을 만드는 데 이용되고 있었기 때문이었다.

고향으로 돌아온 이시진은 환자들을 보살피면서 의학 서적을 편찬하는 일에 전념했다. 그는 당시까지 통용되던 본초학을 연구하는 한편 전국 각지의 산과 들을 다니면서 자생하는 식물들을 관찰하고 채집했다. 또한 의사, 농민, 어부, 사냥꾼 등 다양한 사람들에게 민간요법을 전수받았으며, 위험을 무릅쓰고 직접 약재를 식용하여 약효를 알아내고 확인했다.

1578년 이시진은 원고를 완성하여 《본초강목(本草綱目)》이라고 이름 지었다. 다음 해 그는 책의 인쇄를 위해 남경으로 향했다. 하지만 당시 유행하는 서적만 인쇄하던 풍조 때문에 그는 《본초강목》을 인쇄할 수가 없었다. 그는 다시 돌아와 수정 작업에 매달렸다. 1593년 이시진은 《본초강목》의 간행을 보지 못하고 세상을 떠났다. 《본초강목》은 그의 사후 남경에서 출판되었다.

《본초강목》은 식물 · 동물 · 광물 · 금속 약재 1,892종의 기원과 식생, 재배법, 채취법과 약재의 성질과 치료 증상, 의학 이론, 처방이 정리된 전통의학 서적이다.

《본초강목》은 중국과 한국, 일본에 전해져 중요한 의학서적으로 활용됐고, 1647년 유럽에 소개된 후, 18세기부터 20세기까지 영어, 프랑스, 독일, 러시아어로 번역돼 서구권에 알려졌다.

서구에서는 전통 약재 분류 기준과 방법을 체계적으로 정리한 《본초강목》을 근대적인 박물학 서적으로 평가해왔다. 이런 중요성을 인정받아 유네스코 세계기록유산으로 2011년 등재됐다.

조설근(曹雪芹: 1715?~1763)은 중국 청나라 사람으로 남경에서 귀공자로 태어났다. 그의 증조모가 강희제의 유모였으므로 가문은 3대째 부귀영화를 누렸다. 할아버지 조인(曹寅)은 공문서 처리 기관이던 통정사사(通政使司)의 장관을 지냈다. 강희제가 강남지방 순시 때 그의 집에 네 번이나 들릴 정도로 신임이 두터웠다.

조인은 남경의 문화계 인물로 폭넓은 교유 활동을 펼치고 있었고, 시사와 희곡 등에 정통해 강희제의 칙명에 따라 양주에서 《전당시(全唐詩)》를 간행하기도 했다.

조설근은 어린 시절 잠시 가문의 문화 전통을 맛보았지만 강희제가 죽고 옹정제가 등극하자 백년영화를 누리던 조 씨 가문은 마침내 몰락했다. 집안이 몰락하자 커다란 충격에 빠져 불우한 시절을 보냈다. 그가 13~14세 때 부친이 죄를 지었다는 이유로 가산을 몰수당하고, 가솔은 북경으로 이사해 살다가 다시 서교(西郊)의 산중으로 옮겨 살았다.

중년 이후 북경 교외 향산(香山) 아래로 옮겨 빈궁한 속에서도 시와 그림을 즐기며 필생의 역작 《홍루몽(紅樓夢)》을 창작했다. 만년에 더욱 곤궁해져 그림을 그려주고 받은 돈으로 술을 마셨다. 10년을 홍루몽 집필에 몰두하였으나 완성하지 못했다.

소설의 제목인 '홍루몽'을 직역하면 붉은 누각의 꿈이다. '홍루'는 홍등가를 의미하는 게 아니고, 중국의 전통 문화에서 여성이 거주하는 구역을 일컫는 말이며 작중에서 등장하는 주요 인물들은 여성의 비율이 높다. 소설의 내용과 주제를 잘 나타내고 있다고 할 수 있다. 다만 작품의 전체적인 구성과 주제를 생각하면 단순히 여성들의 공간에서 벌어진 이야기가 아니라, 홍진 세상의 물거품 같은 꿈이라는 중의적인 뜻도 된다.

《홍루몽》은 700명이 넘는 등장인물들의 세밀한 묘사로 청나라 시대의 대표적인 걸작소설로 칭송받고 있으며 100여 차례 간행되었고 30여 종의 후속편들이 나왔을 만큼 중국에서 크게 인기를 끈 국민적인 고전이 되었다.

우리나라에서는 《삼국지연의》,《서유기》,《수호전》에 비해 인지도가 낮지만, 중화권에서는 《홍루몽》이 다른 작품을 뛰어넘을 정도로 압도적으로 인기가 많다. 중국에서는 《금병매》를 제외시키고 《홍루몽》을 '사대명저'의 하나로 친다.

이시진과 조설근의 이야기는 우리에게 조그만 노력이 쌓이고 쌓이다 보면 큰 성공의 조건이 될 수 있다는 것을 말해준다.

축적은 하루아침에 되는 것이 아니다. 반드시 긴 시간과 각고의 노력에 의해 축적이 된다.

∷ 일은 항상 다 되어가는가 싶다가 실패한다

노자는 이렇게 말했다.

"사람들의 일은 항상 다 되어가는가 싶다가 실패한다."

일이 잘 되어가더라도 한결같이 신중하고 근면하며 교만을 경계해야 한다. 노자는 이에 대해 이렇게 말했다.

"마지막을 처음처럼 한다면 실패는 없다."

처음부터 끝까지 '무위'를 행한다면 이루지 못할 일이 없다.

이자성(李自成: 1606~1645)은 어렸을 때 목동으로 일하면서 주인으로부터 온갖 수모와 고통을 겪었고 21세에 은천의 역졸이 되었다. 그러다가 1629년, 동료들과 함께 왕가윤의 의병군이 되어 군대를 이끌었다.

농민의병들은 높은 기세로 연전연승하며 명나라 조정을 압박했다. 명나라 조정은 농민의병을 진압하기 위해 홍승주(洪承疇)를 병부상서로 승격시키고 모든 관군을 통솔하게 했다. 홍승주는 섬서를 비롯한 북방의 군사 7만 2천 명을 이끌고 6개월 이내에 농민군을 전멸한다는 계획을 세우고 무서운 기세로 의병대 진압에 나섰다.

이때 이자성은 이렇게 말했다.

"우리는 모두 한마음이 되어야 합니다. 지금 우리의 총병력은 관군의 몇 배에 달합니다. 관군이 철갑으로 무장한 말을 타고 온다고 하지만 그것이 그들의 승리를 장담해 주지는 않습니다. 지금 가장 시급한 문제는 어떻게 우리의 병력을 분산시켜 관군이 오는 길목을 지키느냐 하는 것입니다. 한마음 한뜻으로 힘을 합해야만 관군을 무찌를 수 있습니다."

의병군이 구역을 나누어 관군을 공격해야 한다는 이자성의 주장에 모든 장수들이 찬성했다. 그리하여 공영상, 이자성, 장현충은 수만의 농민의병군을 이끌고 고시, 곽구, 수주, 영주 등을 함락하고 곧장 풍양으로 쳐들어갔다. 명나라 조정은 풍양이 함락되었다는 소식을 듣고 몹시 놀랐고 황제는 밤잠도 못 자고 종묘에 가서 통곡하였다. 그리고 지방 관리들을 중죄로 다스리고 더 잔혹한 방법으로 농민군을 진압할 것을 명령했다. 이로써 농민군과 관군은 새로운 전쟁 국면으로 접어들었다.

1640년, 이자성은 관군이 장현충을 좇느라 하남을 비운 틈을 타서 정양 일대에서 군대를 일으켜 흥안, 상락을 지나 의양을 쳐부수고 하남으로 들어갔다. 당시 하남은 계속된 가뭄으로 땅이 갈라지고 메뚜기 떼로 역병까지 돌아 먹을 것이 없었고 아비가 자식을, 남편이 부인을 잡아먹는 참담한 상황이 벌어졌다.

이자성이 입성하자 굶주림에 시달리던 백성들은 하나같이 의병군에 가담했다. 이로써 그 위력을 떨치게 된 의병군은 낙양에까지 이르렀다.

1641년 1월 20일, 의병군이 낙양성을 공격하고 성안에 있는 관군들까지 합세하여 끝내 낙양을 함락했다. 관군은 이자성 군대와 맞서 싸울 때마다 패배하여 주력 부대의 태반을 잃고 어쩔 수 없이 수비만 하였다.

반면 의병군은 나날이 강성해졌다.

1644년 정월에 이자성은 서안을 점령하고, 서안을 서경이라 하고 수도로 정하고, 국호를 '대순(大順)'이라 하였다. 그리고 대순 정부의 내각을 구성하여 대순 농민 정권을 수립했다.

그해 3월 19일, 마침내 대순의 군대가 북경을 장악했다. 이자성은 말을 타고 정예부대의 보호를 받으며 북을 치며 당당하게 성안으로 들어왔다. 약 300년간 유지되었던 명 왕조는 이렇게 농민군에 의해 멸망하고 말았다.

대순 정부의 고위직들이 승리의 기쁨에 젖어 방탕한 나날을 보낼 무렵 산해관의 오삼계(吳三桂)는 은밀히 만주의 청나라 군대와 손을 잡고 이자성을 쳐부술 준비를 했다.

한편, 오삼계가 대순 정부의 회유책을 거절했다는 소식을 들고 이자성은 직접 군대를 이끌고 산해관을 향해 출병했다. 오삼계가 청나라 군대와 손을 잡으리라고는 이자성은 전혀 예상치 못했던 것이다.

4월 21일, 고작 6만 명밖에 안 되는 이자성의 군대가 산해관에 도착했고 이날 오삼계의 군대와 치열한 접전 끝에 승리를 거뒀다. 하지만 다음 날 갑자기 다이곤(多爾袞)이 청나라 군대를 이끌고 오삼계 군대에 합류했다. 이로써 이자성 군대는 대패하고 북경으로 달아날 수밖에 없었다.

오삼계는 만주군과 함께 북경을 압박했고 도성 안팎의 지주 관료들은 이 기회를 틈타 이자성 농민군에 반기를 들었다. 더이상 북경을 지키기 어렵게 되자 이자성의 군대는 북경을 나와 섬서로 후퇴했다. 이때 청나라 군대는 둘로 나누어 이자성 군대의 배후를 공격했다. 형세가 불리해지자 우금성 등이 청에 투항했고 이자성의 군대는 이합집산이 되고 말았다.

1645년 4월, 이자성은 하북에서 지주 무장집단의 습격을 받아 결국 자결하고 말았다. 그의 나이 겨우 39세였다.

'이자성의 난'은 중국 역사에서 길이 남을 대규모 농민 반란이다. 비록 청나라 군대에 의해 진압되기는 했지만 그 사건이 갖는 역사적 의미는 매우 크다. 농민군은 의병을 일으켰을 때의 초심을 지키지 못하며 실패하고 말았다. 이자성의 실패의 교훈은 오늘날까지도 그 의미를 되새기게 한다.

사람들은 흔히 낮은 위치에 있을 때는 비교적 성실하게 일을 한다. 그 위치에서는 거드름을 피울 이유가 없기 때문이다. 그러다가 지위와 위치가 높아지면 쉽게 거만해지고 결국 모든 일을 방치하게 된다. 그러므로 우리는 "일은 항상 다 되어가는가 싶다가 실패한다."라는 노자의 말을 잘 체득해야 한다.

∷ 만족할 줄 모르는 것이 사람의 성정이고,
혼란과 어지러움이 악이다

무릇 경영자라면 반드시 역사 속 국가들의 번영과 멸망, 왕조 교체를 거울삼아 그로부터 경영 발전에 보탬이 될 아이디어를 얻어내야 한다.

《묵자》는 말했다.

"나라에 일곱 가지 환난이 있으면 반드시 사직(社稷)을 지탱할 수 없으며 일곱 가지 환란을 내포하고 성곽을 수비한다 해도 적이 쳐들어오면 국가는 넘어지고 말 것이다. 일곱 가지 환란이 있으면 국가는 반드시 재앙을 입게 된다."

《묵자》가 말한 '칠환(七患)'

첫 번째 재앙: 성곽으로 나라를 제대로 지키지 못하면서 궁궐만은 호화롭게 치장한다.

두 번째 재앙: 적군의 군대가 국경에 이르러도 주변의 이웃 나라에서 지원군을 보내주지 않는다.

세 번째 재앙: 백성들의 힘을 쓸데없는 일에다 다 써버리고 능력 없는

사람에게 상을 주며 손님 접대에 나라의 온갖 재물을 다 써버린다.

네 번째 재앙: 관직에 있는 사람들이 자기 자리를 보전하려 하고 선비들은 무리를 지어 서로 교제하는 데만 힘쓰며 군주는 함부로 법을 고쳐 신하는 질책하고 신하는 군주가 두려워 감히 거스르지 못하는 것이다.

다섯 번째 재앙: 군주 스스로가 자신을 성인답고 지혜롭다고 여기어 남과 의논하지 않고 나라가 평안하고 강하다고 여기며 수비하지 않으며 이웃나라들이 침략을 도모하는 데도 이것을 모르고 경계하지 않는다.

여섯 번째 재앙: 군주가 믿는 사람들은 충성스럽지 않고 충성스러운 사람들은 군주를 믿지 않는 것이다.

일곱 번째 재앙: 생산된 식량이 백성들 먹이기에 부족하고 대신들이 군주를 섬기기에 능력이 부족하며 백성들에게 상을 내려도 그들이 기뻐하지 않고 죄인에게 벌을 내려도 그 벌을 두려워하지 않는다.

《묵자》의 '칠환'에서 국가를 멸망으로 이끄는 일곱 가지 재앙은 오늘날의 경영인들에게도 성공적인 경영 활동을 위한 방법을 적지 않게 시사한다.

:: 비가 내리기 전에 창문을 수리하고 둥지를 견고히 한다

《순자》는 말했다.

"먼저 할일을 생각하여 일하고 먼저 근심할 것을 생각하여 근심한다."

주나라 무왕은 상나라를 멸했으나 상나라 주왕의 아들 무경을 죽이지 않고 은군으로 봉하여 옛 상나라 도읍을 다스릴 수 있게 해주었다. 그러나 무경에 대한 경계를 늦추지 않고 자신의 동생인 관숙, 채숙, 곽숙에게 옛 상나라 도읍의 동쪽, 서쪽, 북쪽 지역의 땅을 주어 무경과 상나라 유민을 감시하도록 했다.

무왕의 동생 주공단과 태공, 소공은 무왕을 도와 상나라를 멸망시키는 데 큰 공을 세운 개국 공신이었다. 무왕은 세 동생을 곁에 두고 국정을 펼쳤는데 그중에서도 주공단을 가장 총애했다.

2년 후, 무왕이 갑자기 큰 병에 걸리자 신하들은 모두 근심 걱정에 휩싸였다. 무왕에 대한 충심이 남달랐던 주공단은 특별히 주나라 종묘에 제사를 지냈다. 이때 그는 형님을 대신해 자신의 목숨을 내놓겠다는 기도를 올리며 무왕의 쾌유를 빌었다. 제사가 끝난 후 주공단은 부하에게 명하여 제문을 봉해 석실에 감추도록 하고 철저히 입단속을 시켰다.

주공단이 제사를 올린 뒤, 얼마 지나지 않아 신기하게도 무왕의 병세가 잠시 호전되었지만 얼마 가지 않아 무왕은 세상을 떠났다. 그 후 어린 태자 희송(姬誦)이 왕위에 앉고 주공단은 무왕의 유언대로 섭정을 시작했다.

주공단이 섭정을 시작하자 관숙을 비롯한 무왕의 동생들은 주공단을 시기했다. 그래서 이들은 주공단이 성왕의 왕위를 찬탈하려 한다는 유언비어를 퍼뜨렸다. 이 소문은 금세 성왕의 귀에까지 흘러들어갔고 성왕은 주공단을 의심했다. 주공단은 이 사실을 알고 태공과 소공에게 "만약 내가 관숙 등을 치지 않으면 무슨 낯으로 선왕을 뵙겠소!"라고 말했다.

그러나 주공단은 관숙 등을 토벌할 계획을 당장 추진할 수 없었기에 일단 의심을 거두기 위해 주나라 도읍 호경을 떠나 낙읍으로 갔다.

무경은 주나라가 상나라를 멸망시킨 일에 원한을 품고 있었다. 무경은 주나라 왕족들 간에 세력 다툼이 발생하자 당장 관숙에게 사람을 보내 그들과 주공단 사이를 이간질했다. 이와 동시에 무경은 군대를 일으킬 준비를 시작했다. 주공단은 낙읍에서 지내는 2년 동안 무경의 음모를 밝혀낸 후, 이 내용을 은유적으로 표현한 시를 지어 성왕에게 보냈다.

부엉아! 부엉아!

너는 이미 나의 새끼를 빼앗아 갔으니

더 이상 내 집을 망가뜨리지 말아다오.

내가 얼마나 힘들게 고생했는지 아느냐.

새끼들을 키우느라 이미 지쳐버렸다.

아직 하늘에서 비가 내리지 않으니

나는 서둘러 나무껍질을 벗겨야겠다.

그리고 서둘러 창문을 고쳐야겠다.

아래에는 사람이 있으니

언제 우리를 괴롭힐지 모른다.

이 시는 어미 새의 구슬픈 울부짖음을 빌어 주공단이 국사를 걱정하는 마음을 표현한 것이다. 이 시에 등장한 부엉이란 바로 무경을 가리킨다.

그러나 어린 성왕은 이 시에 담긴 뜻을 몰랐다.

얼마 뒤, 성왕은 석실에 주공단이 남긴 제문을 우연히 발견하고 드디어 그의 진심을 알고 성왕은 당장 사람을 보내 주공단을 호경으로 불러들였다. 그리고 주공단이 무경을 토벌하도록 명령했다. 결국 무경, 관숙, 곽숙은 죽음을 당하고 채숙은 유배지에서 죽였다.

이후, 주나라는 나라의 기초를 바로잡아 태평성대를 이루었다.

"비가 내리기 전에 창문을 수리하고 둥지를 견고히 한다."

라는 옛말은 유비무환의 정신을 비유한 것이다.

:: 낙양의 종잇값이 폭등했다

《순자》는 말했다.

"눈은 동시에 두 가지를 보지 않아야 밝고 귀는 동시에 두 가지를 듣지 않아야 밝다."

중국 서진(西晉) 시대의 좌사(左思)는 어려서 어머니를 여의었고 아버지 좌희(左熹)는 말단 관직에 있었다. 아버지는 아들이 자라 가문을 빛낼 훌륭한 인재가 되기를 바라며 좌사의 교육에 심혈을 기울였다. 그러나 어린 좌사는 그다지 총명하지 않았다. 좌사는 서법, 음악, 병서를 배웠으나 어느 하나 두각을 나타내는 것이 없었다. 좌희는 크게 실망하며 아들이 아무런 재능도 없다고 생각했다. 어느 날 좌희는 집에 찾아온 친구와 이렇게 말했다.

"후대가 전대만 못하네. 내 아들은 예전에 내가 젊었을 때보다 못하니 앞으로도 큰일을 하지 못할 것이네."

우연히 이런 말을 들은 좌사는 큰 충격을 받고 그 자리에서 반드시 세상이 놀랄 큰일을 해내겠다고 마음먹었다.

그날 이후 좌사는 모든 잡념을 버리고 학문에 몰두했다. 그는 항상 "울지 않으면 그뿐이지만 한번 울면 사람을 놀라게 하리라!"라는 말을 되뇌었다.

　좌사는 1년 동안 공을 들여 《제도부》를 완성하였다. 이것을 친구들에게 보여주었는데 모두들 한결같이 훌륭하다고 칭찬을 아끼지 않았다. 좌사는 첫 성공에 고무되어 자신감이 더 커졌고 더 훌륭한 작품을 쓰기로 다짐했다. 좌사는 반고의 《양도부》와 장형의 《서경부》에 영향을 받아 《삼도부(三都賦)》를 쓰기로 마음먹었다.

　BC 272년 서진의 무제는 좌사의 여동생 좌채가 천하에 보기 드문 인재라는 소문을 듣고 그녀를 궁으로 불러들여 수의(修儀)에 봉했다. 여동생이 입궁하자 좌사는 수도 낙양으로 이사했다.

　좌사는 《삼도부》라는 목표를 세우긴 했으나 스스로 견문이 부족함을 느끼고 무제에게 왕궁의 서책을 관리하는 비서랑에 임용해 달라고 청했다. 무제는 좌사의 간청을 받아들였다. 이렇게 해서 좌사는 왕궁에 소장되어 있는 책 중 삼도(三都)와 관련된 책과 자료를 마음껏 볼 수 있게 되었다.

　그 후, 좌사는 오로지 어떻게 하면 《삼도부》를 훌륭하게 써낼 수 있을까만을 생각했다. 책상에 앉아서도, 밥을 먹거나 차를 마실 때도, 길을 걷거나 산책을 할 때도, 심지어 꿈속에서도 이 생각뿐이었다.

《삼도부》는 동오의 왕손, 서촉의 공자, 위국의 서생이라는 세 명의 가상 인물이 등장한다. 이 세 사람의 솔직한 대화를 통해 삼도의 개황, 역사, 특산품, 경치, 사람들과의 정치, 군사, 경제, 문화를 자세히 묘사했다.

《삼도부》는 웅장한 시조와 아름다운 문구, 그리고 장엄하고 화려한 산수를 묘사한 당대의 걸작이었다. 그러나 《삼도부》가 처음 발표되었을 때는 사람들의 주목을 끌지 못했다. 그래서 좌사는 당대의 위대한 학자로 칭송받던 황보밀을 찾아가 《삼도부》의 품평을 청했다. 황보밀은 《삼도부》를 읽고 난 후, 박수를 치며 칭찬을 아끼지 않았다. 그리고 흔쾌히 서문을 써 주었다. 좌사는 다시 저작랑 장재와 중서랑 유구에게 《삼도부》 해설서를 부탁했다. 이런 과정을 거쳐 《삼도부》는 드디어 당대 문단을 뒤흔들었다.

당시 재상인 장화(張華)는 《삼도부》를 두고 반장(班張: 동한(東漢) 때 '양도부'를 쓴 반고(班固)와 '양경부'를 쓴 장형(張衡))에 필적할 만큼의 훌륭한 작품이라고 평하면서부터 이 소문을 들은 지식인들이 앞다투어 이 책을 구하기 위해 열을 올렸던 것이다.

당시는 인쇄 기술이 없었던 시절이라 사람들은 종이를 구해 책을 필사해 보았기 때문에 낙양의 종잇값이 천정부지로 폭등하는 사태가 벌어졌던 것이다. 그 이후 사람들은 베스트셀러, 즉 인기가 많아 잘 팔리는 책이 있으면 '낙양의 지가를 올렸다'라는 표현을 쓰기 시작했다. 이에 '낙양의 종잇값이 폭등했다'는 '낙양지귀(洛陽紙貴)'라는 단어가 베스트셀러를 의미하는 고사성어가 되었다. '낙양지귀'의 원어는 낙양지가귀(洛陽紙價貴)인데, 출전은 《진서(晉書)》의 '문원전'이다.

그 옛날 복희가 하도(河圖)를 얻은 곳이 낙양 북쪽의 맹진이고, 우임금이 낙서(洛書)를 얻었다는 낙수가 바로 낙양을 관통하는 이곳이다. 이 하도낙서를 두 자로 줄여서 도서(圖書)라고 하며 도서관의 도서도 여기서 따온 말이다. 또한 이곳은 주나라 무왕이 아버지 문왕의 위패를 모시고 강북의 상나라로 쳐들어갔던 곳이기도 하다. 이때 총사령관인 강태공은 맹진의 벽두에서 한 걸음이라도 늦는 제후가 있으면 목을 베겠다고 호령하던 곳이다.

좌사는 10년간의 노력과 의지를 통해 드디어 재능을 인정받게 된 것이다. 역사상 위대한 인물들은 대부분 지혜가 뛰어나거나 다재다능한 인재가 아니라 지극히 평범한 사람들이었다. 이들은 모두 바보 같을 만큼 고집스럽게 한 우물을 팠기 때문에 성공한 것이다.

∷ 죽을 것이라는 것을 알면 용기가 솟아난다

노자는 말했다.

"힘써 행하는 사람은 뜻이 있다."

춘추 시기 초나라에 변화(卞和)라는 나무꾼이 있었는데 그는 비록 젊었으나 돌 속에서 옥을 가려내는 높은 재주를 가지고 있었다.

하루는 변화가 형산에 가서 나무를 하는데 수풀 속에서 돌덩이를 하나 발견하였다. 그는 돌덩이가 옥돌임을 알고 그것을 갈고 닦으면 천하에 둘도 없는 보옥이 될 것이라고 여겼다.

"나라에 보옥이 없이 늘 중원에서 가장 빈궁한 나라라고 얕잡아보는데 만약 둘도 없는 보옥을 왕께 바친다면 나라와 나를 위해서라도 더할 나위 없겠지!"

변화는 흥에 겨워 곧 옥돌을 품에 안고 초의 여왕(厲王)을 뵈려고 왕궁으로 향했다. 여왕은 변화가 가져온 옥돌을 감정하게 했다. 그러자 옥공이 초왕에게 아뢰었다.

"이것은 하나의 돌덩이에 불과합니다."

여왕은 자신을 속였다는 죄명으로 변화의 왼발을 자르고 왕궁에서 쫓아냈다.

　몇 년 후, 여왕이 죽고 그의 아들 무왕(武王)이 즉위했다. 이때도 변화는 여전히 그 옥돌을 나라에 바치려고 마음먹었다. 그리하여 그는 잘린 한쪽 발을 질질 끌고 왕궁으로 가서 무왕을 만났다. 그러나 전과 마찬가지로 그 옥돌을 평범한 돌덩이에 지나지 않는다고 했고 무왕 역시 자신을 속였다는 죄명으로 변화의 오른발마저 자른 뒤 왕궁에서 쫓아냈다.

　몇 년 후, 무왕이 죽고 문왕(文王)이 즉위했다. 이때에 변화는 옥돌을 품고 형산 아래에 앉아 통곡하고 있는데, 길을 가던 사람들은 이 광경을 보고 너무 상심하지 말라며 위로했다. 그러자 변화는 이렇게 말했다.

　"나는 두 발이 잘려나간 것 때문에 상심하는 것이 아니라 보옥을 돌덩이로 여겨 죄명을 덮어씌우는 것이 원통하여 그렇습니다."

　현명한 문왕은 이 소식을 듣고 변화를 데려오게 했다. 옥공이 그 돌을 가르자 그 돌 속에는 눈부시게 옥이 빛났다. 문왕은 즉시 옥공에게 옥돌을 잘 다듬어서 옥벽을 만들게 하고 그 이름을 '화씨벽(和氏璧)'이라고 명명했다.

　변화는 그 옥돌을 바치기 위해 두 발을 잘리는 형벌을 당했고 또 너무도 원통하여 형산 아래서 사흘 밤낮으로 통곡하여 세상에서 둘도 없는 보옥임을 인정받았다. 변화의 충성심과 애착 정신은 세상 사람들의 경탄을 자아내게 했다.

인생의 길은 본래부터 거칠고 척박하기 그지없다. 또한 사람의 능력이란 제한되어 있어 곤란을 벗어날 수 없는 경우도 있다. 그렇다고 실망하거나 비관하지 않고 미소를 지으면서 굳건하게 앞으로 믿음을 가지고 나아간다면 뜻을 이룰 수 있는 것이다.

:: 익숙해지면 남다른 비결이 생긴다

《중용》제20장에서는 다음과 같이 말했다.

"남이 한 번 해서 능히 하거든 나는 백 번을 해보고 남이 열 번 해서 능해지거든 나는 천 번을 해본다. 과연 이렇게 할 수 있다면 비록 어리석더라도 반드시 현명해지고, 비록 유약하더라도 반드시 강해진다."

人一能之 己百之 人十能之 己千之 果能此道矣 雖愚 必明 雖柔 必强

명나라 때 산해관에 걸린 '천하제일관(天下第一關)'이란 편액이 오랫동안 관리하지 않아 '일(一)' 자가 떨어져 나가 없어진 채 방치되었다.

조정에서는 그것을 복원하려 했지만 원래의 우아한 맛을 그대로 되살려 글씨를 쓸 사람이 없었다. 그리하여 황제는 상금을 걸고 그 글씨를 쓸 사람을 물색했다.

마침내 원래의 '일(一)' 자와 똑같이 모사하는 사람을 찾게 되었는데 그 사람은 바로 산해관 근처의 가게에서 일하는 심부름꾼이었다.

황제가 그를 불러 물었다.

"어떻게 너는 그 '일(一)' 자를 그토록 진짜와 똑같이 쓸 수 있느냐?"

심부름꾼이 대답했다.

"저는 매일 상을 닦을 때마다 그 '일(一)' 자를 마주 보고 행주를 붓 삼아 쓰면서 닦습니다. 매일매일 그렇게 '일(一)' 자를 연습하다 보니 그 글자와 똑같게 쓸 수 있었습니다."

황제는 심부름꾼의 말을 듣고 웃으면서 말했다.

"너의 비결인즉 익숙해지면 그처럼 남다른 기능이 생긴다는 것이로구나!"

아무리 어리석은 사람이라도 어떤 일을 열 번이고 백 번이고 거듭하면 현명해지고 강해진다.

백곡(栢谷) 김득신(金得臣: 1604~1684)은 어릴 때 천연두를 앓아 지각이 발달하지 못했다. 한마디로 말해 바보였다. 김득신의 할아버지는 진주 대첩의 명장 진주목사 김시민(金時敏)이고, 아버지는 경상도관찰사를 지낸 김치(金緻)이다. 부친은 그에게 "백 번이고 천 번이고 읽다 보면 어려운 글도 깨닫게 될 것이다."라며 격려했다.

그는 그때부터 책을 잡고 수없이 반복하여 읽고 또 읽었다. 《사기》 열전 가운데 '백이전'을 11만 3천 번 읽었고, 다른 책들도 1만 번 이상 읽었다. 결국, 한문 4대가 중 한 명인 이식(李植)에게서 "그대의 시가 제일이다."라는 말을 들으면서 세상에 문명을 널리 알렸다.

공부뿐이겠는가? 일상의 작은 배움도 같은 이치다.

:: 자신을 관찰하면 남을 알고 오늘의 것을 살피면 옛것을 깨달아

  현명한 사람은 눈이 예민하기에 아무리 작은 것이라도 분명하게 볼 수 있고 사물의 이치를 정확히 꿰뚫어볼 수 있다. 우리는 과학적인 사고방식과 함께 작은 것을 보고 큰 것을 깨우치는 능력을 갈고닦아 더욱 빨리 이들의 본질을 알 수 있도록 노력해야 한다.

  《귀곡자》는 말했다.

  "자신을 조용히 하여 상대방의 말을 잘 들어야 하며 거듭 관찰하면서 모든 일을 토론하고 크고 작은 세력의 자웅을 분별해야 하며 비록 그 일과 관련되지 않는 미세한 것이라도 자세히 살펴보아 그 추세를 알아내야 한다."

  초여름, 하늘은 구름 한 점 없이 맑고 꾀꼬리는 정답게 지저귀며 매미는 한껏 목청을 돋우고 나비도 한가롭게 날갯짓을 하고 있었다. 그때 귀곡자가 갑자기 제자 손빈과 방연에게 말했다.

  "곧 물이 불어날 테니 너희는 빨리 산을 내려가서 마을 사람들에게 알리고 서둘러 집을 정비하고 식량을 비축하게 하라."

스승의 갑작스런 말에 손빈과 방연은 반신반의했지만 더 묻지는 못하고 재빠르게 산을 내려갔다. 3일이 지나자 신기하게도 귀곡자의 말은 꼭 들어맞았다.

천둥번개가 치고 큰비가 내리더니 사방이 물바다로 변해버린 것이다. 다행히 귀곡자가 미리 이를 알려준 덕분에 백성들은 큰 화를 면할 수 있었다. 마을 사람들은 귀곡자에게 머리를 조아려 감사를 표했고 손빈과 방연 역시 이 일로 스승을 더욱 존경하게 되었다.

마치 점쟁이처럼 미래의 일을 알아맞히는 귀곡자가 신기하기만 했던 두 제자는 실례를 무릅쓰고 일의 자초지종을 물었다. 그러자 귀곡자는 태연한 표정으로 말했다.

"나는 신선이 아니다. 또 신선처럼 어떤 일을 미리 알지도 못한다. 그저 해마다 기상을 관찰하면서 규칙을 하나 발견한 것뿐이다. 홍수가 나기 전 새벽에는 항상 하늘이 뿌옇게 물드니 곧 물난리가 날 것이라 예측할 수 있었던 것이다."

어느 날, 귀곡자는 손빈과 방연을 데리고 함께 산책을 하고 있었다. 바람 한 점 불지 않던 그날은 파란 하늘에 흰 구름이 둥둥 떠다녔는데 마침 그 모양이 지붕 꼭대기의 기왓장 모양 같았다. 그런데 귀곡자는 그런 날씨를 보고서는 그 해에 큰 가뭄이 들 것이라고 예측했다. 그래서 손빈과 방연에게 서둘러 산을 내려가 이를 알리고 물을 비축하고 가뭄에 견딜 수 있는 작물을 재배하는 등 먹을 것을 마련해 두도록 했다. 과연 귀곡자의 말은 이번에도 딱 맞아떨어졌고 마을 사람들은 또 한 번 위기를 피해 갈 수 있었다.

작은 것을 보고 큰 것을 아는 사람은 마치 귀곡자와 마찬가지로 큰 화를 미리 피할 수 있으며 이는 어떤 일의 지속적인 발전에도 큰 도움이 된다. 그렇다면 어떤 방법을 통해 이런 능력을 키울 수 있을까?

먼저 독특한 안목으로 자신과 주변을 세심하게 관찰할 수 있어야 한다. 자신을 관찰하면 남을 알 수 있고 오늘의 것을 자세히 살피면 옛것을 깨달을 수 있다.

:: 여섯 나라의 재상이 된 소진

소진과 장의는 귀곡자의 문하에서 함께 유세학(遊說學)을 공부하였다. 그의 동문에는 이들 외에도 지난날 병법을 배워 먼저 하산한 방연(龐涓)과 손빈(孫臏)도 있었다. 하지만 그들이 배운 유세학은 열국의 형세를 꿰뚫고 이해득실을 따져 최소한의 희생으로 최대의 이익을 얻는 방법을 연구하는 것이었다. 그래서 전쟁에 나아가 실제적으로 군대를 운용하여 적군을 제압하는 병법보다 한 단계 위에 있는 학문이라고 할 수 있다.

귀곡 선생 밑에서 몇 해 동안 유세학을 공부한 소진은 이론을 어느 정도 터득했다고 생각해 하산을 결심하고 고향으로 돌아갔다. 제나라에서 공부를 마치고 집으로 돌아온 소진은 가족과 친지들에게 유세로써 출세하겠다며 호언장담한 뒤 각국을 돌아다니며 제후들에게 접근했지만 몇 해가 지나도록 별다른 성과를 얻지 못하고 파산한 채 낙향하고 말았다. 이를 두고 형제는 물론 형수와 아내, 그리고 일가친척들이 모두 비웃었다.

"주나라 사람은 주로 농사를 짓거나 나머지는 장사를 하거나 물건을 만들어 2할의 이익을 남기는데, 시숙은 아무 일도 하지 않고 오로지 세 치 혀로 출세하려고 하니 그 일이 가능하기나 합니까? 공연히 출세하겠다고 재산만 탕진하지 마세요."

소진의 형수는 시동생을 나무라며 밥조차 주지 않았다. 소진은 몹시 부끄러웠고 자신의 처지가 서글펐다. 그는 집안에만 틀어박혀 서가에 있는 책들을 두루 살펴 보며 다짐하였다.

"사내대장부가 고개를 숙이고 배웠으면 배운 것으로 부귀영화를 누릴 수 있어야지, 그렇지 못하면 배운들 무슨 소용이 있으랴!"

그리하여 그는 스승 귀곡자가 건네주었던 《음부경(陰符經)》을 펼쳐놓고 정독하기 시작했다. 《음부경》은 강태공이 남긴 비서(祕書)인데, 1년이 흐른 뒤 그 책에 담긴 비법을 터득한 소진은 제후들을 설득할 자신감이 생겼다. 그래서 다시 가족들을 설득해 노자를 마련한 뒤 유세의 길을 떠났다.

처음에 소진은 당시 명목상의 천자에 불과했던 주 왕실의 현왕(顯王)을 찾아가 유세를 펼치려고 하였다. 그러나 현왕의 측근들은 평소에 소진이 어떤 인물인지 들은 바가 있어 유세할 기회조차 주지 않았다. 그러자 그는 서쪽의 진효공(秦孝公)이 어진 사람을 구한다는 말을 듣고 그곳으로 찾아갔다. 그때 진나라는 효공이 죽고 유세객들을 싫어하던 혜왕(惠王)이 즉위해 있었다. 진나라에 당도한 소진은 1년 동안 그곳에 머물면서 기회를 엿보아 천하를 통일할 수 있는 방법을 저술한 책을 진혜왕에게 바쳤고 직접 대면해 통일 전략을 제시했다. 그러나 진혜왕은 진나라의 역량이 아직 부족하다는 이유를 들어 소진의 제안을 거절하였다.

소진은 진혜왕에게 실망하여 이번에는 조나라로 갔다. 조나라의 재상으로 있던 봉양군도 그와 같은 유세객을 좋아하지 않았던 탓에 소진을 반기지 않았다. 또다시 허탕을 친 소진은 산동 6국 중 가장 약소국이던 연나라로 들어갔다. 1년 남짓 연나라 곳곳을 떠돌다가 겨우 연문후(燕文侯)를 알현할 수 있었다. 연문후를 대면한 소진은 약소국인 연나라의 약점을 파고들어 진으로부터 연의 안전을 도모하기 위해서는 인접한 나라들과 합종해야 한다고 역설했다.

당시 천하는 강대한 진나라의 횡포로 전전긍긍하고 있었다. 진나라는 열국들에게 국토를 떼어달라는 요구를 하고 있었고, 그렇게 하지 않으면 군사를 끌고 와서 침략하곤 했다. 연나라도 진나라의 위협으로 골머리를 앓고 있었기 때문에 연문후는 소진에게 큰 관심을 보이며 물었다.

"합종을 하라고 했는데 어느 나라와 합종을 하라는 말이오?"

소진은 대답했다.

"천하는 전국칠웅이 다스리고 있습니다. 그중에서 가장 강대한 나라가 진나라여서 다른 나라들이 모두 두려워하고 있습니다. 따라서 진을 제외한 6국이 합종을 하여 진을 방비하는 것입니다. 6국이 합종했다는 말만 들어도 진나라는 감히 군사를 일으키지 못할 것입니다."

소진의 청산유수 같은 언변에 크게 감동한 연문후는 그를 연나라 재상에 임명하고 마차와 황금, 비단 등을 주어서 인접한 조나라로 파견했다. 소진은 연나라의 재상이란 신분으로 당당하게 조나라에 들어갔다. 마침 봉양군이 죽고 없었으므로 소진은 조숙후(趙肅侯)를 알현할 수 있었다. 합종 전략이 성사되려면 진나라와 인접한 조나라가 전면에 나서야만 했으므로 소진은 혼신의 힘을 다해 유세를 펼쳤다. 세 치 혀로 천하의 정세를 논하며 합종의 필요성을 역설하는 소진의 도도한 웅변에 조숙후도 크게 감동하였다. 그래서 화려한 수레와 상당한 양의 금과옥, 비단 등을 하사하며 그로 하여금 산동 6국의 협력 방안을 추진하게 했다.

연나라와 조나라의 전폭적인 지지에 한껏 고무된 소진은 내친 김에 한나라 선왕, 위나라 양왕, 제나라 선왕, 초나라 위왕을 차례대로 방문했다. 제후들과 만난 자리에서 소진은 각국 국력의 장단점을 명료하게 제시하면서 당근과 채찍을 동시에 구사해 산동 연합국의 필요성을 강력하게 주장하였다. 이처럼 소진은 6국을 순행하면서 언변으로 제후들을 움직였고, BC 334년에 드디어 합종전략을 성사시켜 6국의 재상이란 지위에 올랐다.

소진이 합종의 성사를 알리고자 조나라로 가기 위해 주나라를 지날 때 그 행차는 여느 국왕보다 더 화려하고 거창했다. 주왕은 소진이 지나간다는 말을 듣고 길을 깨끗하게 청소시키고 교외까지 특사를 파견해 영접하게 했다.

낙양에 살고 있던 소진의 형제들은 물론 아내와 형수, 일가친척들이 그의 출세 소식을 듣고 모두 몰려나왔다. 그러나 막상 소진이 도착하자 누구도 감히 고개를 들지 못하고 한쪽에 서 있었는데, 특히 형수가 가장 공손하게 무릎을 꿇고 머리를 조아리고 있었다. 소진이 웃으며 형수에게 물었다.

"어찌하여 전에는 오만하더니 지금은 공손합니까?"

형수는 몸을 굽혀 기어와서 얼굴을 땅에 대고 사죄하며 말했다.

"계자(소진)의 지위가 높고 재물이 매우 많은 것을 보았기 때문입니다."

소진은 길게 탄식하며 말했다.

"이 한 몸도 부귀해지자 친척들이 두려워하고 가난하고 천하면 업신여기는데, 하물며 뭇사람들임에랴! 만일 나에게 낙양성 주변에 밭이 두 이랑만 있었던들 어찌 여섯 나라 재상의 인수(印綬: 관인 따위를 몸에 찰 수 있도록 인(印)꼭지에 단 끈)를 찰 수 있었을까?"

소진은 천금을 풀어 일족과 친구들에게 나누어 주었다. 전에 소진은 연나라로 갈 때 다른 사람에게 백 전을 빌려 노자로 삼은 일이 있었는데 부귀해지자 백 금으로 갚았으며, 전날 은혜를 입은 모든 사람에게 골고루 보답하였다. 그 하인 가운데 유독 한 사람만 보답을 받지 못하였는데, 그가 소진 앞으로 나와 스스로 그 사실을 말하니 소진은 이렇게 대답했다.

"나는 결코 너를 잊지 않았다. 너는 나를 따라 연나라로 갔을 때 역수(易水)에서 여러 차례 나를 버리고 떠나려 하였다. 그때 나는 매우 곤란한 처지라서 너를 깊이 원망했다. 그래서 너에 대한 보답을 맨 뒤로 미루었을 뿐이다. 너에게도 이제 보답하겠다."

소진은 조숙후에게 연합국의 성공적인 탄생을 보고하였다. 조숙후는 노고를 치하하며 소진을 무안군에 봉하고, 6국이 합종한 맹약을 진나라의 함곡관에 보냈다. 진나라는 6국이 합종하여 대처한다는 말을 듣고 발칵 뒤집혔다. 진혜왕은 급히 대부들을 불러들여 대처 방안을 물었다.

대부들은 일제히 아뢰었다.

"6국이 합종을 하면 우리 진이 그들의 군사를 대적할 수 없습니다. 합종이 깨질 때까지 기다릴 수밖에 없습니다."

진혜왕이 탄식하며 말했다.

"유세객 한 놈이 세 치 혀를 놀려 진이 천하를 통일하려는 데 방해를 하다니 참으로 한탄스러운 일이 아닌가?"

소진이 주도한 합종 체제는 성공을 거둬 이후 진이 15년 동안 동쪽으로 진출하지 못하게 하는 힘을 발휘했다. 그러나 이 합종 체제는 소진의 비극적인 최후와 함께 막을 내리게 된다.

소진(蘇秦, ?~?)

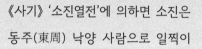
평민 출신이 여섯 제후국을
연합하여 동맹국으로 묶다

《사기》 '소진열전'에 의하면 소진은
동주(東周) 낙양 사람으로 일찍이
귀곡 선생에게 배웠다. 귀곡 선생은 전국시대에 활동한 종횡가 중 한 명
으로 소진의 친구 장의의 스승으로도 알려져 있다.

《사기》에 실린 그의 행적은 신빙성에 문제가 있었는데, 최근 마왕두
이[馬王堆] 한 묘에서 출토된 백서에 소진에 관한 자료가 발견되어 《사
기》의 착오가 분명하게 밝혀졌다.

소진은 배운 것을 써보기 위해 동주를 떠나 여러 해 동안 유세하러 다
녔지만, 많은 어려움을 겪고 집으로 돌아왔다. 비웃음을 뒤로한 채 문을
걸어 잠그고 방에 틀어박혀 있을 때 그의 뇌리에 박힌 책이 바로 스승 귀
곡자에게서 물려받은 병가의 책 《음부경》이었다. 이 책에 파묻힌 채 1년
쯤 보낸 그는 상대방의 심리를 알아내 설득하는 방법을 터득하고 곧바
로 찾아간 곳은 서쪽 진(秦)나라였다. 강력한 진나라를 위해 그가 내세
운 전략은 역설적이게도 연횡책이었다. 그러나 당시 군주인 혜왕은 조나
라와의 전쟁을 치르느라 지친 상태였기에 소진을 받아들일 수 없었다.

자신의 판단을 믿은 그는 다시 조나라로 발길을 돌려 수도 한단까지
머나먼 길을 갔으나 당시 조나라 숙후(肅侯)는 소진을 만나주지도 않았

다. 그러나 낙심하지 않고 다시 요서 지역과 국경을 맞대고 있는 연나라로 들어갔다. 연나라 문후(文候)도 처음엔 만나주지 않았으나 1년 동안 그곳에 머물며 기다린 소진의 정성에 마음을 움직여 소진에게 유세할 기회를 주었다. 문후 앞에 나섰을 때 그는 연나라 백성들의 창고에 어떤 물건이 쌓여 있는지도 소상하게 알고 있었기에 소진은 이렇게 말했다.

"연나라 땅은 사방 2,000여 리가 되고, 무장한 병력이 수십만 명이며, 수레 600대에 말 6,000필이 있고, 쌓아 놓은 식량은 몇 년을 견딜 수 있는 양입니다. 남쪽에는 갈석(碣石)이나 안문(雁門) 같은 물자가 풍부한 곳이 있고, 북쪽에는 대추와 밤에서 얻는 이익이 있어 백성은 밭을 갈지 않아도 넉넉하게 살 수 있습니다."

문후의 마음을 얻은 소진은 연나라를 거점으로 해 수레, 금과 비단을 갖고 조나라 숙후에게 다시 와 치밀한 논리로 유세해 숙후의 마음을 움직이게 되고 조나라와의 합종을 맺게 해 진나라에 대항하자는 합종안을 관철시킨다. 진나라를 제외한 나머지 6개국의 이해관계를 틀어쥔 소진은 절대 약소국인 한(韓)나라를 설득할 때는 한나라의 뛰어난 무기들의 우수성을 거론하면서 '소꼬리보다는 닭의 부리가 되라'는 계구우후(鷄口牛後) 논리로 왕을 설득했으며 인접한 약소국 위나라에는 진나라 속국이 되는 길이 치욕스럽지 않느냐고 하면서 다그쳐 동의를 이끌어냈다.

결국 소진의 노력에 의해 초나라와 제나라를 포함하여 여섯 나라는 합종책을 받아들여 공동으로 진나라에 대항하면서 15년 동안 진나라 군대를 함곡관 밖으로 나오지 못하게 했으니 역사를 뒤바꾸는 자는 의외로 단 한 명의 인재가 아닌가.

성현의 지혜 강사의 품격

_ 중국 성현들의 삶의 철학과 전략

초판 1쇄 발행 2025년 4월 30일

편 저 장석만
펴낸이 김호석
편집부 이면희 · 김영선
마케팅 오중환
경영관리 박미경
영업관리 김경혜

펴낸곳 도서출판 린
주소 경기도 고양시 일산동구 무궁화로 20-18 하임빌로데오 502호
전화 02-305-0210
팩스 031-905-0221
전자우편 dga1023@hanmail.net
홈페이지 www.bookdaega.com

ISBN 979-11-92575-27-8 03820